感悟名家经典

断魂枪

老舍◎著

三环出版社
SANHUAN PUBLISHING HOUSE

图书在版编目（CIP）数据

断魂枪 / 老舍著 . -- 海口：三环出版社（海南）

有限公司，2024. 8. --（感悟名家经典）. -- ISBN 978-

7-80773-275-4

Ⅰ. I246.7

中国国家版本馆 CIP 数据核字第 2024YK9360 号

感悟名家经典 断魂枪
GANWU MINGJIA JINGDIAN DUANHUN QIANG

著　　者	老　舍
责任编辑	刘金玲
责任校对	朱静楠
装帧设计	立丰天
出版发行	三环出版社（海口市金盘开发区建设三横路 2 号）
	邮　　编　570216　　邮　　箱　sanhuanbook@163.com
社　　长	王景霞　　**总 编 辑**　张秋林
印刷装订	三河市金兆印刷装订有限公司
书　　号	ISBN 978-7-80773-275-4
印　　张	13
字　　数	250 千字
版　　次	2024 年 8 月第 1 版
印　　次	2024 年 8 月第 1 次印刷
开　　本	787 mm × 960 mm　　1/16
定　　价	68.00 元

关 于 作 者

老舍（1899—1966）原名舒庆春，字舍予。满族人，生于北京。1918年毕业于北京师范学校。1924年起先后任英国伦敦大学东方学院中文讲师以及齐鲁大学、山东大学教授。1938年任中华全国文艺界抗敌协会总务部主任。1946年应邀与曹禺赴美国讲学。新中国成立后回国，先后担任中国文联和中国作协副主席兼北京文联主席，并被北京市人民政府授予"人民艺术家"称号。1966年"文革"中不堪凌辱，投太平湖自尽。主要作品有：长篇小说《老张的哲学》《赵子曰》《骆驼祥子》等，中篇小说《月牙儿》《我这一辈子》，短篇小说集《赶集》《樱海集》等，话剧剧本《龙须沟》《茶馆》等。

目　　录

马裤先生

　　火车在北平东站还没开，同屋那位睡上铺的穿马裤，戴平光的眼镜，青缎子洋服上身，胸袋插着小楷羊毫，足登青绒快靴的先生发了问："你也是从北平上车？"很和气的。

　　我倒有点迷了头，火车还没动呢，不从北平上车，难道由——由哪儿呢？我只好反攻了："你从哪儿上车？"很和气的。我希望他说是由汉口或绥远上车，因为果然如此，那么中国火车一定已经是无轨的。可以随便走走；那多么自由！

　　他没言语。看了看铺位，用尽全身——假如不是全生——的力气喊了声，"茶房！"

　　茶房正忙着给客人搬东西，找铺位。可是听见这么紧急的一声喊，就是有天大的事也得放下，茶房跑来了。

　　"拿毯子！"马裤先生喊。

　　"请少待一会儿，先生，"茶房很和气的说，"一开车，马上就给您铺好。"

　　马裤先生用食指挖了鼻孔一下，别无动作。

　　茶房刚走开两步。

　　"茶房！"这次连火车好似都震得直动。

　　茶房像旋风似的转过身来。

　　"拿枕头，"马裤先生大概是已经承认毯子可以迟一下，可是枕头总该先拿来。

　　"先生，请等一等，您等我忙过这会儿去，毯子和枕头就一齐全到。"茶房说的很快，可依然是很和气。

　　茶房看马裤客人没任何表示，刚转过身去要走，这次火车确是哗啦了半天，"茶房！"

　　茶房差点吓了个跟头，赶紧转回身来。

　　"拿茶！"

　　"先生，请略微等一等，一开车茶水就来。"

　　马裤先生没任何的表示。茶房故意的笑了笑，表示歉意。然后搭讪着慢慢的转身，以免快转又吓个跟头。转好了身，腿刚预备好要走，背后打了个霹雳，"茶房！"

　　茶房不是假装没听见，便是耳朵已经震聋，竟自没回头，一直的快步走开。

"茶房！茶房！茶房！"马裤先生连喊。一声比一声高：站台上送客的跑过一群来，以为车上失了火，要不然便是出了人命。茶房始终没回头。马裤先生又挖了鼻孔一下，坐在我的床上。刚坐下，"茶房！"茶房还是没来。看着自己的磕膝，脸往下沉，沉到最长的限度，手指一挖鼻孔，脸好似刷的一下又纵回去了。然后，"你坐二等？"这是问我呢。我又毛了，我确是买的二等，难道上错了车？

"你呢？"我问。

"二等。这是二等。二等有卧铺。快开车了吧？茶房！"

我拿起报纸来。

他站起来，数他自己的行李，一共八件，全堆在另一卧铺上——两个上铺都被他占了。数了两次，又说了话，"你的行李呢？"

我没言语。原来我误会了：他是善意，因为他跟着说，"可恶的茶房，怎么不给你搬行李？"

我非说话不可了："我没有行李。"

"呕？！"他确是吓了一跳，好像坐车不带行李是大逆不道似的。"早知道，我那四只皮箱也可以不打行李票了！"

这回该轮着我了，"呕？！"我心里说，"幸而是如此，不然的话，把四只皮箱也搬进来，还有睡觉的地方啊？！"

我对面的铺位也来了客人，他也没有行李，除了手中提着个扁皮夹。

"呕？！"马裤先生又出了声，"早知道你们都没行李，那口棺材也可以不另起票了！"

我决定了。下次旅行一定带行李；真要陪着棺材睡一夜，谁受得了！

茶房从门前走过。

"茶房！拿毛巾把！"

"等等，"茶房似乎下了抵抗的决心。

马裤先生把领带解开，摘下领子来，分别挂在铁钩上：所有的钩子都被占了，他的帽子，风衣，已占了两个。

车开了，他顿时想起买报，"茶房！"

茶房没有来。我把我的报赠给他；我的耳鼓出的主意。

他爬上了上铺，在我的头上脱靴子，并且击打靴底上的土。枕着个手提箱，用我的报纸盖上脸，车还没到永定门，他睡着了。

我心中安坦了许多。

到了丰台，车还没站住，上面出了声，"茶房！"

没等茶房答应，他又睡着了；大概这次是梦话。

过了丰台，茶房拿来两壶热茶。我和对面的客人——一位四十来岁平平无奇的人，脸上的肉还可观——吃茶闲扯。大概还没到廊房，上面又开了雷，"茶房！"

茶房来了，眉毛拧得好像要把谁吃了才痛快。

"干吗？先——生——"

"拿茶！"上面的雷声响亮。

"这不是两壶？"茶房指着小桌说。

"上边另要一壶！"

"好吧！"茶房退出去。

"茶房！"

茶房的眉毛拧得直往下落毛。

"不要茶，要一壶开水！"

"好啦！"

"茶房！"

我直怕茶房的眉毛脱净！

"拿毯子，拿枕头，打手巾把，拿——"似乎没想起拿什么好。

"先生，您等一等。天津还上客人呢；过了天津我们一总收拾，也耽误不了您睡觉！"茶房一气说完，扭头就走，好像永远不再想回来。

等了会儿，开水到了，马裤先生又入了梦乡，呼声只比"茶房"小一点，可是匀调而且是继续的努力，有时呼声稍低一点，用咬牙来补上。

"开水，先生！"

"茶房！"

"就在这哪；开水！"

"拿手纸！"

"厕所里有。"

"茶房！厕所在哪边？"

"哪边都有。"

"茶房！"

"回头见。"

"茶房！茶房！！茶房！！！"

没有应声。

"呼——呼呼——呼"又睡了。

有趣！

到了天津。又上来些旅客。马裤先生醒了，对着壶嘴喝了一气水。又在我头上击打靴底。穿上靴子，出溜下来，食指挖了鼻孔一下，看了看外面。"茶房！"

恰巧茶房在门前经过。

"拿毯子！"

"毯子就来。"

马裤先生出去，呆呆地立在走廊中间，专为阻碍来往的旅客与脚夫。忽然用力挖了鼻孔一下，走了。下了车，看看梨，没买；看看报，没买；看看脚行的号衣，更没作用。又上来了，向我招呼了声："天津，唉？"我没言语。他向自己说："问问茶房，"紧跟着一个雷，"茶房！"我后悔了，赶紧的说，"是天津，没错儿。"

"总得问问茶房；茶房！"

我笑了，没法再忍住。

车好容易又从天津开走。

刚一开车，茶房给马裤先生拿来头一份毯子枕头和手巾把。马裤先生用手巾把耳孔鼻孔全钻得到家，这一把手巾擦了至少有一刻钟，最后用手巾擦了擦手提箱上的土。

我给他数着，从老站到总站的十来分钟之间，他又喊了四五十声茶房。茶房只来了一次，他的问题是火车向哪面走呢？茶房的回答是不知道；于是又引起他的建议，车上总该有人知道，茶房应当负责去问。茶房说，连驶车的也不晓得东西南北。于是他几乎变了颜色，万一车走迷了路？！茶房没再回答，可是又掉了几根眉毛。

他又睡了，这次是在头上摔了摔袜子，可是一口痰并没往下唾，而是照顾了车顶。

我睡不着是当然的，我早已看清，除非有一对"避呼耳套"当然不能睡着。可怜的是别屋的人，他们并没预备来熬夜，可是在这种带钩的呼声下，还只好是白瞪眼一夜。

我的目的地是德州，天将亮就到了。谢天谢地！

车在此处停半点钟，我雇好车，进了城，还清清楚楚的听见"茶房！"

一个多礼拜了，我还惦记着茶房的眉毛呢。

（原载 1933 年 5 月 5 日《青年界》杂志第 3 卷第 3 期，
收入《赶集》，良友图书公司 1934 年 9 月初版）

大悲寺外

　　黄先生已死去二十多年了。这些年中，只要我在北平，我总忘不了去祭他的墓。自然我不能永远在北平；别处的秋风使我倍加悲苦；祭黄先生的时节是重阳的前后，他是那时候死的。去祭他是我自己加在身上的责任；他是我最钦佩敬爱的一位老师，虽然他待我未必与待别的同学有什么分别；他爱我们全体的学生。可是，我年年愿看看他的矮墓，在一株红叶的枫树下，离大悲寺不远。

　　已经三年没去了，生命不由自主的东奔西走，三年中的北平只在我的梦中！

　　去年，也不记得为了什么事，我跑回去一次，只住了三天。虽然才过了中秋，可是我不能不上西山去；谁知道什么时候才再有机会回去呢。自然上西山是专为看黄先生的墓。为这件事，旁的事都可以搁在一边，说真的，谁在北平三天能不想办一万样事呢。

　　这种祭墓是极简单的：只是我自己到了那里而已，没有纸钱，也没有香与酒。黄先生不是个迷信的人，我也没见他饮过酒。

　　从城里到山上的途中，黄先生的一切显现在我的心上。在我有口气的时候，他是永生的。真的；停在我心中，他是在死里活着。每逢遇上个穿灰布大褂，胖胖的人，我总要细细看一眼。是的，胖胖的而穿灰布大衫，因黄先生而成了对我个人的一种什么象征。甚至于有的时候与同学们聚餐，"黄先生呢？"常在我的舌尖上；我总以为他是还活着。还不是这么说，我应当说：我总以为他不会死，不应该死，即使我知道他确是死了。

　　他为什么作学监呢？胖胖的，老穿着灰布大衫！他作什么不比当学监强呢？可是，他竟自作了我们的学监；似乎是天命，不作学监他怎能在四十多岁便死了呢！

　　胖胖的，脑后折着三道肉印；我常想，理发师一定要费不少的事，才能把那三道弯上的短发推净。脸像个大肉葫芦，就是我这样敬爱他，也就没法否认他的脸不是招笑的。可是，那双眼！上眼皮受着"胖"的影响，松松的下垂，把原是一对大眼睛变成了俩螳螂卵包似的，留个极小的缝儿射出无限度的黑亮。好像这两道黑光，假如你单单的看着它们，把"胖"的一切注脚全勾销了。那是一个胖人射给一个活动，灵敏，快乐的世界的两道神光。他看着你的时候，这一点点黑珠就像是钉在你的心灵上，而后把你像条上了钩的小白鱼，钓起在他自己发射出的慈祥宽厚光朗的空气中。然后他笑了，极天真的一笑，你落在他的怀中，失去了你自己。那件松松裹着胖黄先生的灰布大衫，在这时节，变成了一件仙衣。在你没看见这双眼之前，假如你看他从远处来了，他不过是团蠕蠕而动的灰色什么东西。

无论是哪个同学想出去玩玩，而造个不十二分有伤于诚实的谎，去到黄先生那里请假，黄先生先那么一笑，不等你说完你的谎——好像唯恐你自己说漏了似的——便极用心的用苏字给填好"准假证"。但是，你必须去请假。私自离校是绝对不行的。凡关乎人情的，以人情的办法办；凡关乎校规的，校规是校规；这个胖胖的学监！

他没有什么学问，虽然他每晚必和学生们一同在自修室读书；他读的都是大本的书，他的笔记本也是庞大的，大概他的胖手指是不肯甘心伤损小巧精致的书页。他读起书来，无论冬夏，头上永远冒着热汗，他决不是聪明人。有时我偷眼看看他，他的眉，眼，嘴，好像都被书的神秘给迷住；看得出，他的牙是咬得很紧，因为他的腮上与太阳穴全微微的动弹，微微的，可是紧张。忽然，他那么天真的一笑，叹一口气，用块像小床单似的白手绢抹抹头上的汗。

先不用说别的，就是这人情的不苟且与傻用功已足使我敬爱他——多数的同学也因此爱他。稍有些心与脑的人，即使是个十五六岁的学生，像那时候的我与我的学友们，还能看不出：他的温和诚恳是出于天性的纯厚，而同时又能丝毫不苟的负责是足以表示他是温厚，不是懦弱？还觉不出他是"我们"中的一个，不是"先生"们中的一个；因为他那种努力读书，为读书而着急，而出汗，而叹气，还不是正和我们一样？

到了我们有了什么学生们的小困难——在我们看是大而不易解决的——黄先生是第一个来安慰我们，假如他不帮助我们；自然，他能帮忙的地方便在来安慰之前已经自动的作了。二十多年前的中学学监也不过是挣六十块钱，他每月是拿出三分之一来，预备着帮助同学，即使我们都没有经济上的困难，他这三分之一的薪水也不会剩下。假如我们生了病，黄先生不但是殷勤的看顾，而且必拿来些水果，点心，或是小说，几乎是偷偷的放在病学生的床上。

但是，这位困苦中的天使也是平安中的君王——他管束我们。宿舍不清洁，课后不去运动……都要挨他的雷，虽然他的雷是伴着以泪作的雨点。

世界上，不，就说一个学校吧，哪能都是明白人呢。我们的同学里很有些个厌恶黄先生的。这并不因为他的爱心不普遍，也不是被谁看出他是不真诚，而是伟大与藐小的相触，结果总是伟大的失败，好似不如此不足以成其伟大。这些同学们一样的受过他的好处，知道他的伟大，但是他们不能爱他。他们受了他十样的好处后而被他申斥了一阵，黄先生便变成顶可恶的。我一点也没有因此而轻视他们的意思，我不过是说世上确有许多这样的人。

他们并不是不晓得好歹，而是他们的爱只限于爱自己；爱自己是溺爱，他们不肯受任何的责备。设若你救了他的命，而同时责劝了他几句，他从此便永远记着你的责备——为是恨你——而忘了救命的恩惠。黄先生的大错处是根本不应来作学监，不负责的学监是有的，可是黄先生与不负责永远不能联结在一处。不论他怎样真诚，怎样厚道，管束。

他初来到学校，差不多没有一个人不喜爱他，因为他与别位先生是那样的不同。别位先生们至多不过是比书本多着张嘴的，我们佩服他们和佩服书籍差不多。即使他们是活泼有趣的，在我们眼中也是另一种世界的活泼有趣，与我们并没有多么大的关系。黄先生是个"人"，他与别位先生几乎完全不相同。他与我们在一处吃，一处睡，一处读书。

半年之后，已经有些同学对他不满意了，其中有的，受了他的规戒，有的是出于立异——人家说好，自己就偏说坏，表示自己有头脑，别人是顺竿儿爬的笨货。

经过一次小风潮，爱他的与厌恶他的已各一半了。风潮的起始，与他完全无关。学生要在上课的时间开会了，他才出来劝止，而落了个无理的干涉。他是个天真的人——自信心居然使他要求投票表决，是否该在上课时间开会！幸而投与他意见相同的票的多着三张！风潮虽然不久便平静无事了，可是他的威信已减了一半。

因此，要顶他的人看出时机已到：再有一次风潮，他管保得滚。谋着以教师兼学监的人至少有三位。其中最活动的是我们的手工教师，一个用嘴与舌活着的人，除了也是胖子，他和黄先生是人中的南北极。在教室上他曾说过，有人给他每月八百圆，就是提夜壶也是美差。有许多学生喜欢他，因为上他的课时就是睡觉也能得八十几分。他要是作学监，大家岂不是入了天国！每天晚上，自从那次小风潮后，他的屋中有小的会议。不久，在这小会议中种的子粒便开了花。校长处有人控告黄先生，黑板上常见"胖牛"，"老山药蛋"……

同时，有的学生也向黄先生报告这些消息。忽然黄先生请了一天的假。可是那天晚上自修的时候，校长来了，对大家训话，说黄先生向他辞职，但是没有准他。末后，校长说："有不喜欢这位好学监的，请退学；大家都不喜欢他呢，我与他一同辞职。"大家谁也没说什么。可是校长前脚出去，后脚一群同学便到手工教员室中去开紧急会议。

第三天上黄先生又照常办事了，脸上可是好像瘦减了一圈。在下午课后他召集全体学生训话，到会的也就是半数。他好像是要说许多许多的话似的，及至到台上，他第一个微笑就没笑出来，愣了半天，他极低细的说了一句："咱们彼此原谅吧！"没说第二句。

暑假后，废除月考的运动一天扩大一天。在重阳前，炸弹爆发了。英文教员要考，学生们不考；教员下了班，后面追随着极不好听的话。及至事情闹到校长那里去，问题便由罢考改为撤换英文教员，因为校长无论如何也要维持月考的制度。虽然有几位主张连校长一齐推倒的，可是多数人愿意先由撤换教员作起。既不向校长作战，自然罢考须暂放在一边。这个时节，已经有人警告了黄先生："别往自己身上拢！"

可是谁叫黄先生是学监呢？他必得维持学校的秩序。

况且，有人设法使风潮往他身上转来呢。

校长不答应撤换教员。有人传出来，在职教员会议时，黄先生主张严办学生，黄先生劝告教员合作以便抵抗学生，黄学监……

风潮又转了方向，黄学监，已经不是英文教员，是炮火的目标。

黄先生还终日与学生们来往，劝告，解说，笑与泪交替的揭露着天真与诚意。有什么用呢？

学生中不反对月考的不敢发言。依违两可的是与其说和平的话不如说激烈的，以便得同学的欢心与赞扬。这样，就是敬爱黄先生的连暗中警告他也不敢了：风潮像个魔咒捆住了全校。

我在街上遇见了他。

"黄先生，请你小心点，"我说。

"当然的，"他那么一笑。

"你知道风潮已转了方向？"

他点了点头，又那么一笑，"我是学监！"

"今天晚上大概又开全体大会，先生最好不用去。"

"可是，我是学监！"

"他们也许动武呢！"

"打'我'？"他的颜色变了。

我看得出，他没想到学生要打他；他的自信力太大。可是同时他并不是不怕危险。他是个"人"，不是铁石作的英雄——因此我爱他。

"为什么呢？"他好似是诘问着他自己的良心呢。

"有人在后面指挥。"

"呕！"可是他并没有明白我的意思，据我看；他紧跟着问："假如我去劝告他们，也打我？"

我的泪几乎落下来。他问得那么天真，几乎是儿气的；始终以为善意待人是不会错的。他想不到世界上会有手工教员那样的人。

"顶好是不到会场去，无论怎样！"

"可是，我是学监！我去劝告他们就是了；劝告是惹不出事来的。谢谢你！"

我愣在那儿了。眼看着一个人因责任而牺牲，可是一点也没觉到他是去牺牲——一听见"打"字便变了颜色，而仍然不退缩！我看得出，此刻他决不想辞职了，因为他不能在学校正极紊乱时候抽身一走。"我是学监！"我至今忘不了这一句话，和那四个字的声调。

果然晚间开了大会。我与四五个最敬爱黄先生的同学，故意坐在离讲台最近的地方，我们计议好：真要是打起来，我们可以设法保护他。

开会五分钟后，黄先生推门进来了。屋中连个大气也听不见了。主席正在报告由手工教员传来的消息——就是宣布学监的罪案——学监进来了！我知道我的呼吸是停止了一会儿。

黄先生的眼好似被灯光照得一时不能睁开了，他低着头，像盲人似的轻轻关好了门。他的眼睁开了，用那对慈善与宽厚作成的黑眼珠看着大众，他的面色是，也许因为灯光太强，有些灰白。他向讲台那边挪了两步，一脚登着台沿，微笑了一下。

"诸位同学，我是以一个朋友，不是学监的地位，来和大家说几句话！"

"假冒为善！"

"汉奸！"

后边有人喊。

黄先生的头低下去，他万也想不到被人这样骂他。他决不是恨这样骂他的人，而是怀疑了自己，自己到底是不真诚，不然……

这一低头要了他的命。

他一进来的时候，大家居然能那样静寂，我心里说，到底大家还是敬畏他；他没危险了。这一低头，完了，大家以为他是被骂对了，羞愧了。

"打他！"这是一个与手工教员最亲近的学友喊的，我记得。跟着"打！""打！"后面的全立起来。我们四五个人彼此按了按膝，"不要动"的暗号；我们一动，可就全乱了。我喊了一句。

"出去！"故意的喊得很难听，其实是个善意的暗示。

他要是出去——他离门只有两三步远——管保没有事了，因为我们四五个人至少可以把后面的人堵住一会儿。

可是黄先生没动！好像蓄足了力量，他猛然抬起头来。他的眼神极可怕了。可是不到半分钟，他又低下头去，似乎用极大的忏悔，矫正他的要发脾气。他是个"人"，可是要拿人力把自己提到超人的地步。我明白他那心中的变动：冷不防的被人骂了，自己怀疑自己是否正道：他的心告诉他——无愧；在这个时节，后面喊"打！"：他怒了；不应发怒，他们是些青年的学生——又低下头去。

随着说第二次低头，"打！"成了一片暴雨。

假如他真怒起来，谁也不敢先下手；可是他又低下头去——就是这么着，也还只听见喊打，而并没有人向前。这倒不是大家不勇敢，实在是因为多数——大多数——人心中有一句："凭什么打这个老实人呢？"自然，主席的报告是足以使些人相信的，可是究竟大家不能忘了黄先生以前的一切；况且还有些人知道报告是由一派人造出来的。

我又喊了声，"出去！"我知道"滚"是更合适的，在这种场面上，但怎忍得出口呢！

黄先生还是没动。他的头又抬起来：脸上有点笑意，眼中微湿，就像个忠厚的小儿看着一个老虎，又爱又有点怕忧。

忽然由窗外飞进一块砖，带着碎玻璃碴儿，像颗横飞的彗星，打在他的太阳穴上。登时见了血。他一手扶住了讲桌。后面的人全往外跑。我们几个挽住了他。

"不要紧，不要紧，"他还勉强的笑着，血已几乎盖满他的脸。

找校长，不在；找校医，不在；找教务长，不在；我们决定送他到医院去。

"到我屋里去！"他的嘴已经似乎不得力了。

我们都是没经验的，听他说到屋中去，我们就挽扶着他走。到了屋中，他摆了两摆，似乎要到洗脸盆处去，可是一头倒在床上；血还一劲的流。

老校役张福进来看了一眼，跟我们说，"扶起先生来，我接校医去。"

校医来了，给他洗干净，绑好了布，叫他上医院，他喝了口白兰地，心中似乎有了点力量，闭着眼叹了口气。校医说，他如不上医院，便有极大的危险。他笑了。低声的说：

"死，死在这里；我是学监！我怎能走呢——校长们都没在这里！"

老张福自荐伴着"先生"过夜。我们虽然极愿守着他，可是我们知道门外有许多人用轻鄙的眼神看着我们：少年是最怕被人说"苟事"的——同情与见义勇为往往被人解释作"苟事"，或是"狗事"；有许多青年的血是能极热，同时又极冷的。我们只好离开他。连这样，当我们出来的时候还听见了："美呀！黄牛的干儿子！"

第二天早晨，老张福告诉我们，"先生"已经说胡话了。

校长来了，不管黄先生依不依，决定把他送到医院去。

可是这时候，他清醒过来，我们都在门外听着呢。那位手工教员也在那里，看着学监室的白牌子微笑，可是对我们皱着眉，好像他是最关心黄先生的苦痛的。我们听见了黄先生说：

"好吧，上医院；可是，容我见学生一面。"

"在哪儿？"校长问。

"礼堂；只说两句话。不然，我不走！"

钟响了。几乎全体学生都到了。

老张福与校长挽着黄先生。血已透过绷布，像一条毒花蛇在头上盘着。他的脸完全不像他的了。刚一进礼堂门，他便不走了，从绷布下设法睁开他的眼，好像是寻找自己的儿女，把我们全看到了。他低下头去，似乎已支持不住，就是那么低着头，他低声——可是很清楚的——说：

"无论是谁打我来着，我决不，决不计较！"

10

他出去了，学生没有一个动弹的。大概有两分钟吧。忽然大家全往外跑，追上他，看他上了车。

过了三天，他死在医院。

谁打死他的呢？

丁庚。

可是在那时节，谁也不知道丁庚扔砖头来着。在平日他是"小姐"，没人想到"小姐"敢飞砖头。

那时的丁庚，也不过是十七岁。老穿着小蓝布衫，脸上长着小红疙瘩，眼睛永远有点水锈，像敷着些眼药。老实，不好说话，有时候跟他好，有时候又跟你好，有时候自动的收拾宿室，有时候一天不洗脸。所以是小姐——有点忽东忽西的小性。

风潮过去了，手工教员兼任了学监，校长因为黄先生已死，也就没探究谁扔的那块砖。说真的，确是没人知道。

可是，不到半年的工夫，大家猜出谁了——丁庚变成另一个人，完全不是"小姐"了。他也爱说话了，而且永远是不好听的话。他永远与那些不用功的同学在一起。吸上了香烟——自然也因为学监不干涉——每晚上必出去，有时候嘴里喷着酒味，他还作了学生会的主席。

由"那"一晚上，黄先生死去，丁庚变了样。没人能想到"小姐"会打人。可是现在他已不是"小姐"了，自然大家能想到他是会打人的。变动的快出乎意料之外，那么，什么事都是可能的了；所以是"他"！

过了半年，他自己承认了——多半是出于自夸，因为他已经变成个"刺儿头"。最怕这位"刺儿头"的是手工兼学监那位先生。学监既变成他的部下，他承认了什么也当然是没危险的。自从黄先生离开了学监室，我们的学校已经不是学校。

为什么扔那块砖？据丁庚自己说，差不多有五六十个理由，他自己也不知道哪一个最好，自然也没人能断定哪个最可靠。

据我看，真正的原因是"小姐"忽然犯了"小姐性"。他最初是在大家开会的时候，连进去也不敢，而在外面看风势。忽然他的那个劲儿来了，也许是黄先生责备过他，也许是他看黄先生的胖脸好玩而试试打得破与否，也许……不论怎么着吧，一个十七岁的孩子，天性本来是变鬼变神的，加以脸上正发红泡儿的那股忽人忽兽的郁闷，他满可以作出些无意作而作了的事。从多方面看，他确是那样的人。在黄先生活着的时候，他便是千变万化的，有时候很喜欢人叫他"黛玉"。黄先生死后，他便不知道他是怎回事了。有时候，他听了几句好话，能老实一天，趴在桌上写小楷，写得非常秀润。第二天，一天不上课！

这种观察还不只限于学生时代，我与他毕业后恰巧在一块作了半年的事，拿这半年中的情形看，他确是我刚说过的那样的人。拿一件事说吧。我与他全作了小学教师，在一个学校里，我教初四。已教过两个月，他忽然想换班，唯一的原因是我比他少着三个学生。可是他和校长并没这样说——为少看三本卷子似乎不大好出口。他说，四年级级任比三年级的地位高，他不甘居人下。这虽然不很像一句话，可究竟是更精神一些的争执。他也告诉校长：他在读书时是作学生会主席的，主席当然是大众的领袖，所以他教书时也得教第一班。

校长与我谈论这件事，我是无可无不可，全凭校长调动。校长反倒以为已经教了快半个学期，不便于变动。这件事便这么过去了。到了快放年假的时候，校长有要事须请两个礼拜的假，他打算求我代理几天。丁庚又答应了。可是这次他直接的向我发作了，因为他亲自请求校长叫他代理是不好意思的。我不记得我的话了，可是大意是我应着去代他向校长说说：我根本不愿意代理。

及至我已经和校长说了，他又不愿意，而且忽然的辞职，连维持到年假都不干。校长还没走，他卷铺盖走了。谁劝也无用，非走不可。

从此我们俩没再会过面。

看见了黄先生的坟，也想起自己在过去二十年中的苦痛。坟头更矮了些，那么些土上还长着点野花，"美"使悲酸的味儿更强烈了些。太阳已斜挂在大悲寺的竹林上，我只想不起动身。深愿黄先生，胖胖的，穿着灰布大衫，来与我谈一谈。

远处来了个人。没戴着帽，头发很长，穿着青短衣，还看不出他的模样来，过路的，我想；也没大注意。可是他没顺着小路走去，而是舍了小道朝我来了。又一个上坟的？

他好像走到坟前才看见我，猛然的站住了。或者从远处是不容易看见我的，我是倚着那株枫树坐着呢。

"你，"他叫着我的名字。

我愣住了，想不起他是谁。

"不记得我了？丁——"

没等他说完我想起来了，丁庚。除了他还保存着点"小姐"气——说不清是在他身上哪处——他绝对不是二十年前的丁庚了。头发很长，而且很乱。脸上乌黑，眼睛上的水锈很厚，眼窝深陷进去，眼珠上许多血丝。牙已半黑，我不由的看了看他的手，左右手的食指与中指全黄了一半。他一边看着我，一边从袋里摸出一盒"大长城"来。

不知道为什么我觉得一阵悲惨。我与他是没有什么感情的，可是幼时的同学……我过去握住他的手；他的手颤得很厉害。我们彼此看了一眼，眼中全湿了；然后不约而同的看着那个矮矮的墓。

"你也来上坟？"这话已到我的唇边，被我压回去了。他点一枝烟，向蓝天吹了一口，看看我，看看坟，笑了。

"我也来看他，可笑，是不是？"他随说随坐在地上。

我不晓得说什么好，只好顺口搭音的笑了声，也坐下了。

他半天没言语，低着头吸他的烟，似乎是思想什么呢。烟已烧去半截，他抬起头来，极有姿式的弹着烟灰。先笑了笑，然后说：

"二十多年了！他还没饶了我呢！"

"谁？"

他用烟卷指了指坟头："他！"

"怎么？"我觉得不大得劲；深怕他是有点疯魔。

"你记得他最后的那句？决——不——计——较，是不是？"

我点点头。

"你也记得咱们在小学教书的时候，我忽然不干了？我找你去叫你不要代理校长？好，记得你说的是什么？"

"我不记得。"

"决不计较！你说的。那回我要和你换班次，你也是给了我这么一句。你或者出于无意，可是对于我，这句话是种报复，惩罚。它的颜色是红的一条布，像条毒蛇，它确是有颜色的。它使我把生命变成一阵颤抖；志愿，事业，全随颤抖化为——秋风中的落叶。像这棵枫树的叶子。你大概也知道，我那次要代理校长的原因？我已运动好久，叫他不能回任。可是你说了那么一句——"

"无心中说的，"我表示歉意。

"我知道。离开小学，我在河务局谋了个差事。很清闲，钱也不少。半年之后，出了个较好的缺。我和一个姓李的争这个地位。我运动，他也运动，力量差不多是相等，所以命令多日没能下来。在这个期间，我们俩有一次在局长家里遇上了，一块打了几圈牌。局长，在打牌的时候，露出点我们俩竞争很使他为难的口话。我没说什么，可是姓李的一边打出一个红中，一边：'红的！我让了，决不计较！'红的！不计较！黄学监又立在我眼前，头上围着那条用血浸透的红布！我用尽力量打完了那圈牌，我的汗湿透了全身。我不能再见那个姓李的，他是黄学监第二，他用杀人不见血的咒诅在我魂灵上作祟：假如世上真有妖术邪法，这个便是其中的一种。我不干了，不干了！"他的头上出了汗。

"或者是你身体不大好，精神有点过敏。"我的话一半是为安慰他，一半是不信这种见神见鬼的故事。

"我起誓，我一点病没有。黄学监确是跟着我呢。他是假冒为善的人，所以他会说假冒为善的恶咒。还是用事实说明吧。我从河务局出来不久便成婚，"这一句还没说全，他的眼神变得像失了雏儿的恶鹰似的，瞪着地上一棵半黄的鸡爪草，半天，他好像神不附体了。我轻嗽了声，他一哆嗦，抹了抹头上的汗，说："很美，她很美。可是——不贞。在第一夜，洞房便成地狱，可是没有血，你明白我的意思？没有血的洞房是地狱，自然这是老思想，可是我的婚事老式的，当然感情也是老式的。她都说了，只求我，央告我，叫我饶恕她。按说，美是可以博得一切赦免的。可是我那时铁了心；我下了不戴绿帽的决心。她越哭，我越狠，说真的，折磨她给我一些愉快。末后，她的泪已干，她的话已尽，她说出最后的一句：'请用我心中的血代替吧，'她打开了胸，'给这儿一刀吧；你有一切的理由，我死，决不计较你！'我完了，黄学监在洞房门口笑我呢。我连动一动也不能了。第二天，我离开了家，变成一个有家室的漂流者，家中放着一个没有血的女人，和一个带着血的鬼！但是我不能自杀，我跟他干到底，他劫去我一切的快乐，不能再叫他夺去这条命！"

"丁：我还以为你是不健康。你看，当年你打死他，实在不是有意的。况且黄先生的死也一半是因为耽误了，假如他登时上医院去，一定不会有性命的危险。"我这样劝解；我准知道，设若我说黄先生是好人，决不能死后作祟，丁庚一定更要发怒的。

"不错。我是出于无心，可是他是故意的对我发出假慈悲的原谅，而其实是种恶毒的诅咒。不然，一个人死在眼前，为什么还到礼堂上去说那个呢？好吧，我还是说事实吧。我既是个没家的人，自然可以随意的去玩了。我大概走了至少也有十二三省。最后，我在广东加入了革命军。打到南京，我已是团长。设若我继续工作，现在来至少也作了军长。可是，在清党的时节，我又不干了。是这么回事，一个好朋友姓王，他是左倾的。他比我职分高。设若我能推倒他，我登时便能取得他的地位。陷害他，是极容易的事，我有许多对他不利的证据，但是我不忍下手。我们俩出死入生的在一处已一年多，一同入医院就有两次。可是我又不能抛弃这个机会；志愿使英雄无论如何也得辣些。我不是个十足的英雄，所以我想个不太激进的办法来。我托了一个人向他去说，他的危险怎样的大，不如及早逃走，把一切事务交给我，我自会代他筹画将来的安全。他不听。我火了。不能不下毒手。我正在想主意，这个不知死的鬼找我来了，没带着一个人。有些人是这样：至死总假装宽厚大方，一点不为自己的命想一想，好像死是最便宜的事，可笑。这个人也是这样，还在和我嘻嘻哈哈。我不等想好主意了，反正他的命是在我手心里，我对他直接的说了——我的手摸着手枪。他，他听完了，向我笑了笑。'要是你愿杀我，'他说，还是笑着，'请，我决不计较。'这能是他说的吗？怎能那么巧呢？我知道，我早就知道了，凡是我要成功的时候，'他'老借着个笑脸来报仇，假冒为善的鬼会拿柔软的方法来毁人。我的手连抬也抬不起来了，不要说还要拿枪打人。姓王的笑着，笑着，走了。他走了，能有我的好处吗？他的地位比我高。拿证据去告发他恐怕已来不及了，他能不马上想对待我的法子吗？结果，我得跑！到现在，我手下的小卒都有作团长的了，我呢？我只是个有妻室而没家，不当和尚而住在庙里的——我也说不

清我是什么！"

　　乘他喘气，我问下一句："哪个庙事？"

　　"眼前的大悲寺！为是离着他近，"他指着坟头。

　　看我没往下问，他自动的说明：

　　"离他近，我好天天来诅咒他！"

　　不记得我又和他说了什么，还是什么也没说，无论怎样吧！我是踏着金黄的秋色下了山，斜阳在我的背后。我没敢回头，我怕那株枫树，叶子不是怎么红得似血！

　　　　　　　　（原载 1933 年 7 月 1 日《文艺月刊》第 4 卷第 1 期，

　　　　　　　　收入《赶集》，良友图书公司 1934 年 9 月初版）

大悲寺外

老

舍

微　神

清明已过了，大概是；海棠花不是都快开齐了吗？今年的节气自然是晚了一些，蝴蝶们还很弱；蜂儿可是一出世就那么挺拔，好像世界确是甜蜜可喜的。天上只有三四块不大也不笨重的白云，燕儿们给白云上钉小黑丁字玩呢。没有什么风，可是柳枝似乎故意地轻摆，像逗弄着四外的绿意。田中的晴绿轻轻地上了小山，因为娇弱怕累得慌，似乎是，越高绿色越浅了些；山顶上还是些黄多于绿的纹缕呢。山腰中的树，就是不绿的也显出柔嫩来，山后的蓝天也是暖和的，不然，大雁们为何唱着向那边排着队去呢？石凹藏着些怪害羞的三月兰，叶儿还赶不上花朵大。

小山的香味只能闭着眼吸取，省得劳神去找香气的来源，你看，连去年的落叶都怪好闻的。那边有几只小白山羊，叫的声儿恰巧使欣喜不至过度，因为有些悲意。偶尔走过一只来，没长犄角就留下须的小动物，向一块大石发了会儿愣，又颠颠着俏式的小尾巴跑了。

我在山坡上晒太阳，一点思念也没有，可是自然而然地从心中滴下些诗的珠子，滴在胸中的绿海上，没有声响，只有些波纹走不到腮上便散了的微笑；可是始终也没成功一整句。一个诗的宇宙里，连我自己好似只是诗的什么地方的一个小符号。

越晒越轻松，我体会出蝶翅是怎样的欢欣。我搂着膝，和柳枝同一律动前后左右的微动，柳枝上每一黄绿的小叶都是听着春声的小耳勺儿。有时看看天空，啊，谢谢那块白云，它的边上还有个小燕呢，小得已经快和蓝天化在一处了，像万顷蓝光中的一粒黑痣，我的心灵像要往哪儿飞似的。

远处山坡的小道，像地图上绿的省分里一条黄线。往下看，一大片麦田，地势越来越低，似乎是由山坡上往那边流动呢，直到一片暗绿的松树把它截住，很希望松林那边是个海湾。及至我立起来，往更高处走了几步，看看，不是；那边是些看不甚清的树，树中有些低矮的村舍；一阵小风吹来极细的一声鸡叫。

春晴的远处鸡声有些悲惨，使我不晓得眼前一切是真还是虚，它是梦与真实中间的一道用声音作的金线；我顿时似乎看见了个血红的鸡冠：在心中，村舍中，或是哪儿，有只——希望是雪白的——公鸡。

我又坐下了；不，随便的躺下了。眼留着个小缝收取天上的蓝光，越看越深，越高；同时也往下落着光暖的蓝点，落在我那离心不远的眼睛上。不大一会儿，我便闭上了眼，看着心内的晴空与笑意。

我没睡去，我知道已离梦境不远，但是还听得清清楚楚小鸟的相唤与轻歌。说也奇怪，每逢到似睡非睡的时候，我才看见那块地方——不晓得一定是哪里，可是在入梦以前它老是那个样儿浮在眼前。就管它叫作梦的前方吧。

这块地方并没有多大，没有山，没有海。像一个花园，叫又没有清楚的界限。差不多是个不甚规则的三角，三个尖端浸在流动的黑暗里。一角上——我永远先看见它——是一片金黄与大红的花，密密层层的；没有阳光，一片红黄的后面便全是黑暗，可是黑的背景使红黄更加深厚，就好像大黑瓶上画着红牡丹，深厚得至于使美中有一点点恐怖。黑暗的背景，我明白了，使红黄的一片抱住了自己的彩色，不向四外走射一点；况且没有阳光，彩色不飞入空中，而完全贴染在地上。我老先看见这块，一看见它，其余的便不看也会知道的，正好像一看见香山，准知道碧云寺在哪儿藏着呢。

其余的两角，左边是一个斜长的土坡，满盖着灰紫的野花，在不漂亮中有些深厚的力量，或者月光能使那灰的部分多一些银色而显出点诗的灵空；但是我不记得在哪儿有个小月亮。无论怎样，我也不厌恶它。不，我爱这个似乎被霜弄暗了的紫色，像年轻的母亲穿着暗紫长袍。右边的一角是最漂亮的，一处小草房，门前有一架细蔓的月季，满开着单纯的花，全是浅粉的。

设若我的眼由左向右转，灰紫、红黄、浅粉，像是由秋看到初春，时候倒流；生命不但不是由盛而衰，反倒是以玫瑰作香色双艳的结束。

三角的中间是一片绿草，深绿，软厚，微湿；每一短叶都向上挺着，似乎是听着远处的雨声。没有一点风，没有一个飞动的小虫；一个鬼艳的小世界，活着的只有颜色。

在真实的经验中，我没见过这么个境界。可是它永远存在，在我的梦前。英格兰的深绿，苏格兰的紫草小山，德国黑林的幽晦，或者是它的祖先们，但是谁准知道呢。从赤道附近的浓艳中减去阳光，也有点像它，但是它又没有虹样的蛇与五彩的禽，算了吧，反正我认识它。

我看见它多少多少次了。它和"山高月小，水落石出"，是我心中的一对画屏。可是我没到那个小房里去过。我不是被那些颜色吸引得不动一动，便是由它的草地上恍惚的走入另种色彩的梦境。它是我常遇到的朋友，彼此连姓名都晓得，只是没细细谈过心。我不晓得它的中心是什么颜色的，是含着一点什么神秘的音乐——真希望有点响动！

这次我决定了去探险。

一想就到了月季花下，或也因为怕听我自己的足音？月季花对于我是有些端阳前后的暗示，我希望在哪儿贴着张深黄纸，印着个朱红的判官，在两束香艾的中间。没有。只在我心中听见了声"樱桃"的吆喝。这个地方是太静了。

小房子的门闭着，窗上门上部挡着牙白的帘儿，并没有花影，因为阳光不足。里边什么动静也没有，好像它是寂寞的发源地。轻轻地推开门，静寂与整洁双双地欢迎我进去，是，欢迎我；室中的一切是"人"的，假如外面景物是"鬼"的——希望我没用上过于强烈的字。

一大间，用幔帐截成一大一小的两间。幔帐也是牙白的，上面绣着些小蝴蝶。外间只有一条长案，一个小椭圆桌儿，一把椅子，全是暗草色的，没有油饰过。椅上的小垫是浅绿的，桌上有几本书。案上有一盆小松，两方古铜镜，锈色比小松浅些。内间有一个小床，罩着一块快垂到地上的绿毯。床首悬着一个小篮，有些快干的茉莉花。地上铺着一块长方的蒲垫，垫的旁边放着一双绣白花的小绿拖鞋。

我的心跳起来了！我决不是入了济慈^①的复杂而光灿的诗境；平淡朴美是此处的音调，也决不是辜勒律芝^②的幻境，因为我认识那只绣着白花的小绿拖鞋。

爱情的故事永远是平凡的，正如春雨秋霜那样平凡。可是平凡的人们偏爱在这些平凡的事中找些诗意；那么，想必是世界上多数的事物是更缺乏色彩的；可怜的人们！希望我的故事也有些应有的趣味吧。

没有像那一回那么美的了。我说"那一回"，因为在那一天那一会儿的一切都是美的。她家中的那株海棠花正开成一个大粉白的雪球；沿墙的细竹刚拔出新笋；天上一片娇晴；她的父母都没在家；大白猫在花下酣睡。听见我来了，她像燕儿似的从帘下飞出来；没顾得换鞋，脚下一双小绿拖鞋像两片嫩绿的叶儿。她喜欢得像清早的阳光，腮上的两片苹果比往常红着许多倍，似乎有两颗香红的心在脸上开了两个小井，溢着红润的胭脂泉。那时她还梳着长黑辫。

她父母在家的时候，她只能隔着窗儿望我一望，或是设法在我走去的时节，和我笑一笑。这一次，她就像一个小猫遇上了个好玩的伴儿；我一向不晓得她"能"这样的活泼。在一同往屋中走的工夫，她的肩挨上了我的。我们都才十七岁。我们都没说什么，可是四只眼彼此告诉我们是欣喜到万分。我最爱看她家壁上那张工笔百鸟朝凤；这次，我的眼匀不出工夫来。我看着那双小绿拖鞋；她往后收了收脚，连耳根儿都有点红了；可是仍然笑着。我想问她的功课，没问；想问新生的小猫有全白的没有，没问；心中的问题多了，只是口被一种什么力量给封起来，我知道她也是如此，因为看见她的白润的脖儿直微微地动，似乎要将些不相干的言语咽下去，而真值得一说的又不好意思说。

① 济慈（John Keats，1975–1821），英国诗人。向往古希腊文化，幻想在"永恒的美的世界"中寻找安慰。

② 现通译为柯尔律治（Samuel Taylor Coleridge，1772–1834）英国诗人、文艺评论家。湖畔派代表，他的诗多采用象征手法，描写超自然的事物，充满神秘色彩。

她在临窗的一个小红木凳上坐着，海棠花影在她半个脸上微动。有时候她微向窗外看看，大概是怕有人进来。及至看清了没人，她脸上的花影都被欢悦给浸渍得红艳了。她的两手交换着轻轻的摸小凳的沿，显着不耐烦，可是欢喜的不耐烦。最后，她深深的看了我一眼，极不愿意而又不得不说的说，"走吧！"我自己已忘了自己，只看见，不是听见，两个什么字由她的口中出来？可是在心的深处猜对那两个字的意思，因为我也有点那样的关切。我的心不愿动，我的脑知道非走不可。我的眼盯住了她的。她要低头，还没低下去，便又勇敢的抬起来，故意的，不怕的，羞而不肯羞的，迎着我的眼。直到不约而同的垂下头去，又不约而同的抬起来，又那么看。心似乎已碰着心。

我走，极慢的，她送我到帘外，眼上蒙了一层露水。我走到二门，回了回头，她已赶到海棠花下。我像一个羽毛似的飘荡出去。

以后，再没有这种机会。

有一次，她家中落了，并不使人十分悲伤的丧事。在灯光下我和她说了两句话。她穿着一身孝衣。手放在胸前，摆弄着孝衣的扣带。站得离我很近，几乎能彼此听得见脸上热力的激射，像雨后的禾谷那样带着声儿生长。可是，只说了两句极没有意思的话——口与舌的一些动作：我们的心并没管它们。

我们都二十二岁了，可是五四运动还没降生呢。男女的交际还不是普通的事。我毕业后便作了小学的校长，平生最大的光荣，因为她给了我一封贺信。信笺的末尾——印着一枝梅花——她注了一行：不要回信。我也就没敢写回信。可是我好像心中燃着一束火把，无所不尽其极的整顿学校。我拿办好了学校作为给她的回信；她也在我的梦中给我鼓着得胜的掌——那一对连腕也是玉的手！

提婚是不能想的事。许多许多无意识而有力量的阻碍，像个专以力气自雄的恶虎，站在我们中间。

有一件足以自慰的，我那系在心上的耳朵始终没听到她的定婚消息。还有件比这更好的事，我兼任了一个平民学校的校长，她担任着一点功课。我只希望能时时见到她，不求别的。她呢，她知道怎么躲避我——已经是个二十多岁的大姑娘。她失去了十七八岁时的天真与活泼，可是增加了女子的尊严与神秘。

又过了二年，我上了南洋。到她家辞行的那天，她恰巧没在家。

在外国的几年中，我无从打听她的消息。直接通信是不可能的。间接的探问，又不好意思。只好在梦里相会了。说也奇怪，我在梦中的女性永远是"她"。梦境的不同使我有时悲泣，有时狂喜；恋的幻境里也自有一种味道。她，在我的梦中，还是十七岁时的样子：小圆脸，眉眼清秀中带着一点媚意。身量不高！处处都那么柔软，走路非常的轻巧。那一条长黑的发辫，造成最动心的一个背影。我也记得她梳起头来的样儿，但是我总梦见那带辫的背影。

回国后，自然先探听她的一切。一切消息都像谣言，她已作了暗娼！

就是这种刺心的消息，也没减少我的情热；不，我反倒更想见她，更想帮助地。我到她家去。已不在那里住，我只由墙外看见那株海棠树的一部分。房子早已卖掉了。

到底我找到她了。她已剪了发，向后梳拢着，在项部有个大绿梳子。穿着一件粉红长袍，袖子仅到肘部，那双臂，已不是那么活软的了。脸上的粉很厚，脑门和眼角都有些褶子。可是她还笑得很好看，虽然一点活泼的气象也没有了。设若把粉和油都去掉，她大概最好也只像个产后的病妇。她始终没正眼看我一次，虽然脸上并没有羞愧的样子，她也说也笑，只是心没在话与笑中，好像完全应酬我。我试着探问她些问题与经济状况，她不大愿意回答。她点着一枝香烟，烟很灵通地从鼻孔出来，她把左膝放在右膝上，仰着头看烟的升降变化，极无聊而又显着刚强。我的眼湿了，她不会看不见我的泪，可是她没有任何表示。她不住地看自己的手指甲，又轻轻的向后按头发，似乎她只是为它们活着呢。提到家中的人，她什么也没告诉我。我只好走吧。临出来的时候，我把住址告诉给她——深愿她求我，或是命令我，作点事。她似乎根本没往心里听，一笑，眼看看别处，没有往外送我的意思。她以为我是出去了，其实我是立在门口没动，这么着，她一回头，我们对了眼光。只是那么一擦似的她转过头去。

初恋是青春的第一朵花，不能随便掷弃。我托人给她送了点钱去。留下了，并没有回话。

朋友们看出我的悲苦来，眉头是最会卖人的。她们善意的给我介绍女友，惨笑的摇首是我的回答。我得等着她。初恋像幼年的宝贝永远是最甜蜜的，不管那个宝贝是一个小布人，还是几块小石子。慢慢的，我开始和几个最知己的朋友谈论她，他们看在我的面上没说她什么，可是假装闹着玩似的暗刺我，他们看我太愚，也就是说她不配一恋。他们越这样，我越顽固。是她打开了我的爱的园门，我得和她走到山穷水尽。怜比爱少着些味道，可是更多着些人情。不久，我托友人向她说明，我愿意娶她。我自己没胆量去。友人回来，带回来她的几声狂笑。她没说别的，只狂笑了一阵。她是笑谁？笑我的愚，很好，多情的人不是每每有些傻气吗？这足以使人得意。笑她自己，那只是因为不好意思哭，过度的悲郁使人狂笑。

愚痴给我些力量，我决定自己去见她。要说的话都详细的编制好，演习了许多次，我告诉自己——只许胜，不许败。她没在家。又去了两次，都没见着。第四次去，屋门里停着小小的一口薄棺材，装着她。她是因打胎而死。

一篮最鲜的玫瑰，瓣上带着我心上的泪，放在她的灵前，结束了我的初恋，开始终生的虚空。为什么她落到这般光景？我不愿再打听。反正她在我心中永远不死。

我正呆看着那小绿拖鞋，我觉得背后的幔帐动了一动。一回头，帐子上绣的小蝴蝶在她的头上飞动呢。她还是十七八岁时的模样，还是那么轻巧，像仙女飞降下来还没十分立稳那样立着。我往后退了一步，似乎是怕一往前凑就能把她吓跑。这一退的工夫，她变了，变成二十多岁的样子。她也往后退了，随退随着脸上加着皱纹。她狂笑起来。我坐在那个小床上。刚坐下，我又起来了，扑过她去，极快；她在这极短的时间内，又变回十七岁时的样子。在一秒钟里我看见她半生的变化，她像是不受时间的拘束。我坐在椅子上，她坐在我的怀中。我自己也恢复了十五六年前脸上的红色，我觉得出。我们就这样坐着，听着彼此心血的潮荡。不知有多么久。最后，我找到音声，唇贴着她的耳边，问：

"你独自住在这里？"

"我不住在这里；我住在这儿，"她指着我的心说。

"始终你没忘了我，那么？"我握紧了她的手。

"被别人吻的时候，我心中看着你！"

"可是你许别人吻你？"我并没有一点妒意。

"爱在心里，唇不会闲着；谁教你不来吻我呢？"

"我不是怕得罪你的父母吗？不是我上了南洋吗？"

她点了点头，"怕你失去一切，隔离使爱的心慌了。"

她告诉了我，她死前的光景。在我出国的那一年，她的母亲死去。她比较得自由了一些。出墙的花枝自会招来蜂蝶，有人便追求她。她还想念着我，可是肉体往往比爱少些忍耐力，爱的花不都是梅花。她接受了一个青年的爱，因为他长得像我。他非常地爱她，可是她还忘不了我，肉体的获得不就是爱的满足，相似的容貌不能代替爱的真形。他疑心了，她承认了她的心是在南洋。他们俩断绝了关系。这时候，她父亲的财产全丢了。她非嫁人不可。她把自己卖给一个阔家公子，为是供给她的父亲。

"你不会去教学挣钱？"我问。

"我只能教小学，那点薪水还不够父亲买烟吃的！"

我们俩都愣起来。我是想：假使我那时候回来，以我的经济能力说，能供给得起她的父亲吗？我还不是大睁白眼的看着她卖身？

"我把爱藏在心中，"她说，"拿肉体挣来的茶饭营养着它。我深恐肉体死了，爱便不存在，其实我是错了；先不用说这个吧。他非常的妒忌，永远跟着我，无论我是干什么，上哪儿去，他老随着我。他找不出我的破绽来，可是觉得出我是不爱他。慢慢的，他由讨厌变为公开地辱骂我，甚至于打我，他逼得我没法不承认我的心是另有所寄。忍无可忍也就顾不及饭碗问题了。他把我赶出来，连一件长衫也没给我留。我呢，父亲照样和我要钱，我自己得吃得穿，而且我一向吃好的穿好的惯了。为满足肉体，还得利用肉体，身体是现成的本钱。凡给我钱的便买去我点筋肉的笑。我很会笑：我照着镜子练习那迷人的笑。环境的不同使人作退一步想，这样零卖，到是比终日叫那一个阔公子管着强一些。在街上，有多少人指着我的后影叹气，可是我到底是自由的，有时候我与些打扮得不漂亮的女子遇上，我也有些得意。我一共打过四次胎，但是创痛过去便又笑了。

"最初，我颇有一些名气，因为我既是作过富宅的玩物，又能识几个字，新派旧派的人都愿来照顾我。我没工夫去思想。甚至于不想积蓄一点钱，我完全为我的服装香粉活着。今天的漂亮是今天的生活。明天自有明天管照着自己，身体的疲倦，只管眼前的刺激，不顾将来。不久，这种生活也不能维持了。父亲的烟是无底的深坑。打胎需要花许多费用。以前不想剩钱；钱自然不会自己剩下。我连一点无聊的傲气也不敢存了。我得极下贱地去找钱了，有时是明抢。有人指着我的后影叹气，我也回头向他笑一笑了。打一次胎增加两三岁。镜子是不欺人的，我已老丑了。疯狂足以补足衰老。我尽着肉体的所能伺候人们，不然，我没有生意。我敞着门睡着，我是大众的，不是我自己的。一天廿四小时，什么时间也可以买我的身体。我消失在欲海里。在清醒的世界中我并不存在。我看着人们在身上狂动，我的手指算计着钱数。我不思想，只是盘算——怎能多进五毛钱。我不哭，哭不好看。只为钱着急，不管我自己。"

她休息了一会儿，我的泪已滴湿她的衣襟。

"你回来了！"她继续着说："你也三十多了；我记得你是十七岁的小学生。你的眼已不是那年——多少年了？——看我那双绿拖鞋的眼。可是，你，多少还是你自己，我，早已死了。你可以继续作那初恋的梦，我已无梦可作。我始终一点也不怀疑，我知道你要是回来，必定要我。及到见着你，我自己已找不到我自己，拿什么给你呢？你没回来的时候，我永远不拒绝，不论是对谁说，我是爱你；你回来了，我只好狂笑。单等我落到这样，你才回来，这不是有意戏弄人？假如你永远不回来，我老有个南洋作我的梦景，你老有个我在你的心中，岂不很美？你偏偏回来了，而且回来这样迟——"

"可是来迟了并不就是来不及了，"我插了一句。

"晚了就是来不及了。我杀了自己。"

"什么？"

"我杀了我自己。我命定的只能住在你心中，生存在一首诗里，生死有什么区别？在打胎的时候我自己下了手。有你在我左右，我没法子再笑。不笑，我怎么挣钱？只有一条路，名字叫死。你回来迟了，我别再死迟了：我再晚死一会儿，我便连住在你心中的希望也没有了。我住在这里，这里便是你的心。这里没有阳光，没有声响，只有一些颜色。颜色是更持久的，颜色画成咱们的记忆。看那双小鞋，绿的，是点颜色，你我永远认识它们。"

"但是我也记得那双脚。许我看看吗？"

她笑了，摇摇头。

我很坚决，我握住她的脚，扯下她的袜，露出没有肉的一支白脚骨。

"去吧！"她推了我一把。"从此你我无缘再见了！我愿住在你的心中，现在不行了；我愿在你心中永远是青春。"

太阳已往西斜去；风大了些，也凉了些，东方有些黑云。春光在一个梦中惨淡了许多。我立起来，又看见那片暗绿的松树。立了不知有多久。远处来了些蠕动的小人，随着一些听不甚真的音乐。越来越近了，田中惊起许多白翅的鸟，哀鸣着向山这边飞。我看清了，一群人们匆匆着走，带起一些灰土。三五鼓手在前，几个白衣人在后，最后是一口棺材。春天也要埋人的。撒起一把纸钱，蝴蝶似的落在麦田上。东方的黑云更厚了，柳条的绿色加深了许多，绿得有些凄惨。心中茫然，只想起那双小绿拖鞋，像两片树叶在永生的树上作着春梦。

（原载 1933 年 10 月 1 日《文学》第 1 卷第 4 期，收入《赶集》，良友图书公司 1934 年 9 月初版）

微神

老舍

开市大吉

　　我，老王，和老邱，凑了点钱，开了个小医院。老王的夫人作护士主任，她本是由看护而高升为医生太太的。老邱的岳父是庶务兼会计。我和老王是这么打算好，假如老丈人报花账或是携款潜逃的话，我们俩就揍老邱；合着老邱是老丈人的保证金。我和老王是一党，老邱是我们后约的，我们俩总得防备他一下。办什么事，不拘多少人，总得分个党派，留个心眼。不然，看着便不大像回事儿，加上王太太，我们是三个打一个，假如必须打老邱的话。老丈人自然是帮助老邱喽，可是他年岁大了，有王太太一个人就可把他的胡子扯净了。老邱的本事可真是不错，不说屈心的话。他是专门割痔疮。手术非常的漂亮，所以请他合作。不过他要是找揍的话，我们也不便太厚道了。

　　我治内科，老王花柳，老邱专门痔漏兼外科，王太太是看护士主任兼产科，合着我们一共有四科。我们内科，老老实实的讲，是地道二五八。一分钱一分货，我们的内科收费可少呢。要敲是敲花柳与痔疮，老王和老邱是我们的希望。我和王太太不过是配搭，她就根本不是大夫，对于生产的经验她有一些，因为她自己生过两个小孩。至于接生的手术，反正我有太太决不叫她接生。可是我们得设产科，产科是最有利的。只要顺顺当当的产下来，至少也得住十天半月的；稀粥烂饭的对付着，住一天拿一天的钱。要是不顺顺当当的生产呢，那看事作事，临时再想主意。活人还能叫尿憋死？

　　我们开了张。"大众医院"四个字在大小报纸已登了一个半月。名字起的好——办什么赚钱的事儿，在这个年月，就是别忘了"大众"。不赚大众的钱，赚谁的？这不是真情实理吗？自然在广告上我们没这么说，因为大众不爱听实话的；我们说的是："为大众而牺牲，为同胞谋幸福。一切科学化，一切平民化，沟通中西医术，打破阶级思想。"真花了不少广告费，本钱是得下一些的。把大众招来以后，再慢慢收拾他们。专就广告上看，谁也不知道我们的医院有多么大。院图是三层大楼，那是借用近邻转运公司的相片，我们一共只有六间平房。

　　我们开张了。门诊施诊一个星期，人来的不少，还真是"大众"，我挑着那稍像点样子的都给了点各色的苏打水，不管害的是什么病。这样，延迟过一星期好正式收费呀；那真正老号的大众就干脆连苏打水也不给，我告诉他们回家洗洗脸再来，一脸的滋泥，吃药也是白搭。

忙了一天，晚上我们开了紧急会议，专替大众不行啊，得设法找"二众"。我们都后悔了，不该叫"大众医院"。有大众而没贵族，由哪儿发财去？医院不是煤油公司啊，早知道还不如干脆叫"贵族医院"呢。老邱把刀子沾了多少回消毒水，一个割痔疮的也没来！长痔疮的阔老谁能上"大众医院"来割？

老王出了主意：明天包一辆能驶的汽车，我们轮流的跑几趟，把二姥姥接来也好，把三舅母装来也行。一到门口看护赶紧往里搀，接上这么三四十趟，四邻的人们当然得佩服我们。

我们都很佩服老王。

"再赁几辆不能驶的，"老王接着说。

"干吗？"我问。

"和汽车行商量借给咱们几辆正在修理的车，在医院门口放一天。一会儿叫咕嘟一阵。上咱们这儿看病的人老听外面咕嘟咕嘟的响，不知道咱们又来了多少坐汽车的。外面的人呢，老看着咱们的门口有一队汽车，还不唬住？"

我们照计而行，第二天把亲戚们接了来，给他们碗茶喝，又给送走。两个女看护是见一个搀一个，出来进去，一天没住脚。那几辆不能活动而能咕嘟的车由一天亮就运来了，五分钟一阵，轮流的咕嘟，刚一出太阳就围上一群小孩。我们给汽车队照了个像，托人给登晚报。老邱的丈人作了篇八股，形容汽车往来的盛况。当天晚上我们都没能吃饭，车咕嘟得太厉害了，大家都有点头晕。

不能不佩服老王，第三天刚一开门，汽车，进来位军官。老王急于出去迎接，忘了屋门是那么矮，头上碰了个大包。花柳；老王顾不得头上的包了，脸笑得一朵玫瑰似的，似乎再碰它七八个包也没大关系。三言五语，卖了一针六〇六。我们的两位女看护给军官解开制服，然后四只白手扶着他的胳臂，王太太过来先用小胖食指在针穴轻轻点了两下，然后老王才给用针。军官不知道东西南北了，看着看护一个劲儿说："得劲！得劲！得劲！"我在旁边说了话，再给他一针。老邱也是福至心灵，早预备好了——香片茶加了点盐。老王叫看护扶着军官的胳臂，王太太又过来用小胖食指点了点，一针香片下去了。军官还说得劲，老王这回是自动的又给了他一针龙井。我们的医院里吃茶是讲究的，老是香片龙井两着沏。两针茶，一针六〇六，我们收了他二十五块钱。本来应当是十元一针，因为三针，减收五元。我们告诉他还得接着来，有十次管保除根。反正我们有的是茶，我心里说。

把钱交了，军官还舍不得走，老王和我开始跟他瞎扯，我就夸奖他的不瞒着病——有花柳，赶快治，到我们这里来治，准保没危险。花柳是伟人病，正大光明，有病就治，几针六〇六，完了，什么事也没有。就怕像铺子里的小伙计，或是中学的学生，得了药藏藏掩掩，偷偷的去找老虎大夫，或是袖口来袖口去买私药——广告专贴在公共厕所里，非糟不可。军官非常赞同我的活，告诉我他已上过二十多次医院。不过哪一回也没有这一回舒服。我没往下接碴儿。

老王接过去，花柳根本就不算病，自要勤扎点六〇六。军官非常赞同老王的话，并且有事实为证——他老是不等完全好了便又接着去逛；反正再扎几针就是了。老王非常赞同军官的话，并且愿拉个主顾，军官要是长期扎扎的话，他愿减收一半药费：五块钱一针。包月也行，一月一百块钱，不论扎多少针。军官非常赞同这个主意，可是每次得照着今天的样子办，我们都没言语，可是笑着点了点头。

军官汽车刚开走，迎头来了一辆，四个丫环搀下一位太太来。一下车，五张嘴一齐问：有特别房没有？我推开一个丫环，轻轻的托住太太的手腕，搀到小院中。我指着转运公司的楼房说，"那边的特别室都住满了。您还算得凑巧，这里——我指着我们的几间小房说——还有两间头等房，您暂时将就一下吧，其实这两间比楼上还舒服，省得楼上楼下的跑，是不是，老太太？"

老太太的第一句话就叫我心中开了一朵花，"唉，这还像个大夫——病人不为舒服，上医院来干吗？东生医院那群大夫，简直的不是人！"

"老太太，您上过东生医院？"我非常惊异的问。

"刚由那里来，那群王八羔子！"

乘着她骂东生医院——凭良心说，这是我们这里最大最好的医院——我把她搀到小屋里，我知道，我要是不引着她骂东生医院，她决不会住这间小屋，"您在那儿住了几天？"我问。

"两天；两天就差点要了我的命！"老太太坐在小床上。

我直用腿顶着床沿，我们的病床都好，就是上了点年纪，爱倒。"怎么上那儿去了呢？"我的嘴不敢闲着，不然，老太太一定会注意到我的腿的。

"别提了！一提就气我个倒仰——。你看，大夫，我害的是胃病，他们不给我东西吃！"老太太的泪直要落下来。

"不给您东西吃？"我的眼都瞪圆了。"有胃病不给东西吃？蒙古大夫！就凭您这个年纪？老太太您有八十了吧？"

老太太的泪立刻收回去许多，微微的笑着："还小呢。刚五十八岁。"

"和我的母亲同岁。她也是有时候害胃口疼！"我抹了抹眼睛。"老太太，您就在这儿住吧，我准把那点病治好了。这个病全仗着好保养，想吃什么就吃：吃下去，心里一舒服，病就减去几分，是不是，老太太？"

老太太的泪又回来了，这回是因为感激我。"大夫，你看，我专爱吃点硬的，他们偏叫我喝粥，这不是故意气我吗？"

"您的牙口好，正应当吃口硬的呀！"我郑重的说。

"我是一会儿一饿，他们非到时候不准我吃！"

"糊涂东西们！"

"半夜里我刚睡好，他们把小玻璃棍放在我嘴里，试什么度。"

"不知好歹！"

"我要便盆，那些看护说，等一等，大夫就来，等大夫查过病去再说！"

"该死的玩艺儿！"

"我刚挣扎着坐起来，看护说，躺下。"

"讨厌的东西！"

我和老太太越说越投缘，就是我们的屋子再小一点，大概她也不走了。爽性我也不再用腿顶着床了，即使床倒了，她也能原谅。

"你们这里也有看护呀？"老太太问。

"有，可是没关系，"我笑着说。"您不是带来四个丫环吗？叫她们也都住院就结了。您自己的人当然伺候的周到；我干脆不叫看护们过来，好不好？"

"那敢情好啦，有地方呀？"老太太好像有点过意不去了。

"有地方，您干脆包了这个小院吧。四个丫环之外，不妨再叫个厨子来，您爱吃什么吃什么。我只算您一个人的钱，丫环厨子都白住，就算您五十块钱一天。"

老太太叹了口气："钱多少的没有关系，就这么办吧。春香，你回家去把厨子叫来，告诉他就手儿带两只鸭子来。"

我后悔了：怎么才要五十块钱呢？真想抽自己一顿嘴巴！幸而我没说药费在内；好吧，在药费上找齐儿就是了；反正看这个来派，这位老太太至少有一个儿子当过师长。况且，她要是天天吃火烧夹烤鸭，大概不会三五天就出院，事情也得往长里看。

医院很有个样子了：四个丫环穿梭似的跑出跑入，厨师傅在院中墙根砌起一座炉灶，好像是要办喜事似的。我们也不客气，老太太的果子随便拿起就尝，全鸭子也吃它几块。始终就没人想起给她看病，因为注意力全用在看她买来什么好吃食。

老王和我总算开了张，老邱可有点挂不住了。他手里老拿着刀子。我都直躲他，恐怕他拿我试试手。老王直劝他不要着急，可是他太好胜，非也给医院弄个几十块不甘心。我佩服他这种精神。

吃过午饭，来了！割痔疮的！四十多岁，胖胖的，肚子很大。王太太以为他是来生小孩，后来看清他是男性，才把他让给老邱。老邱的眼睛都红了。三言五语，老邱的刀子便下去了。四十多岁的小胖子疼得直叫唤，央告老邱用点麻药。老邱可有了话：

"咱们没讲下用麻药哇！用也行，外加十块钱。用不用？快着！"

小胖子连头也没敢摇。老邱给他上了麻药。又是一刀，又停住了："我说，你这可有管子，刚才咱们可没讲下割管子。还往下割不割？往下割的话，外加三十块钱。不的话，这就算完了。"

我在一旁，暗伸大指，真有老邱的！拿住了往下敲，是个办法！

四十多岁的小胖子没有驳回，我算计着他也不能驳回。老邱的手术漂亮，话也说得脆，一边割管子一边宣传："我告诉你，这点事儿值得你二百块钱；不过，我们不敲人；治好了只求你给传传名。赶明天你有工夫的时候，不妨来看看。我这些家伙用四万五千倍的显微镜照，照不出半点微生物！"

胖子一声也没出，也许是气胡涂了。

老邱又弄了五十块。当天晚上我们打了点酒，托老太太的厨子给作了几样菜。菜的材料多一半是利用老太太的。一边吃一边讨论我们的事业，我们决定添设打胎和戒烟。老王主张暗中宣传检查身体，凡是要考学校或保寿险的，哪怕已经作下寿衣，预备下棺材，我们也把体格表填写得好好的；只要交五元的检查费就行。这一案也没费事就通过了。老邱的老丈人最后建议，我们匀出几块钱，自己挂块匾。老人出老办法。可是总算有心爱护我们的医院，我们也就没反对。老丈人已把匾文拟好——仁心仁术。陈腐一点，不过也还恰当。我们议决，第二天早晨由老丈人上早市去找块旧匾。王太太说，把匾油饰好，等门口有过婆妇的，借着人家的乐队吹打的时候，我们就挂匾。到底妇女的心细，老王特别显着骄傲。

（原载 1933 年 10 月 10 日《矛盾》第 2 卷第 2 期，
收入《赶集》，良友图书公司 1934 年 9 月初版）

柳家大院

这两天我们的大院里又透着热闹，出了人命。

事情可不能由这儿说起，得打头儿来。先交代我自己吧，我是个算命的先生。我也卖过酸枣落花生什么的，那可是先前的事了。现在我在街上摆卦摊，好了呢，一天也抓弄个三毛五毛的。老伴儿早死了，儿子拉洋车。我们爷儿俩住着柳家大院的一间北房。

除了我这间北房，大院里还有二十多间房呢。一共住着多少家子？谁记得清！住两间房的就不多，又搭上今天搬来，明儿又搬走，我没有那么好记性。大家见面招呼声"吃了吗"，透着和气；不说呢，也没什么。大家一天到晚为嘴奔命，没有工夫扯闲盘儿。爱说话的自然也有啊，可是也得先吃饱了。

还就是我们爷儿俩和王家可以算作老住户，都生了一年多了。早就想搬家，可是我这间屋子下雨还算不十分漏；这个世界哪去找不十分漏水的屋子？不漏的自然有哇，也得住得起呀！再说，一搬家又得花三份儿房钱，莫如忍着吧。晚报上常说什么"平等"，铜子儿不平等，什么也不用说。这是实话。就拿媳妇们说吧，娘家要是不使彩礼，她们一定少挨点揍，是不是？

王家是住两间房。老王和我算是柳家大院里最"文明"的人了。"文明"是三孙子，话先说在头里。我是算命的先生，眼前的字儿颇念一气。天天我看俩大子的晚报。"文明"人，就凭看篇晚报，别装孙子啦！老王是给一家洋人当花匠，总算混着洋事。其实他会种花不会，他自己晓得；若是不会的话，大概他也不肯说。给洋人院里剪草皮的也许叫作花匠；无论怎说吧，老王有点好吹。有什么意思？剪草皮又怎么低得着呢？老王想不开这一层。要不怎么我们这种穷人没起色呢，穷不是，还好吹两句！大院里这样的人多了，老跟"文明"人学；好像"文明"人的吹胡子瞪眼睛是应当应分。反正他挣钱不多，花匠也罢，草匠也罢。

老王的儿子是个石匠，脑袋还没石头顺溜呢，没见过这么死巴的人。他可是好石匠，不说屈心话。小王娶了媳妇，比他小着十岁，长得像搁陈了的窝窝头，一脑袋黄毛，永远不乐，一挨揍就哭，还是不短挨揍。老王还有个女儿，大概也有十四五岁了，又贼又坏。他们四口住两间房。

除了我们两家，就得算张二是老住户了；已经在这儿住了六个多月。虽然欠下俩月的房钱，可是还对付着没叫房东给撵出去。张二的媳妇嘴真甜甘，会说话；这或者就是还没叫撵出去的原因。自然她只是在要房租来的时候嘴甜甘；房东一转身，你听她那个骂。谁能不骂房东呢；就凭那么一间狗窝，一月也要一块半钱？！可是谁也没有她骂得那么到家，那么解气。连我这老头子都有点爱上她了，不是为别的，她真会骂。可是，任凭怎么骂，一间狗窝还是一块半钱。这么一想，我又不爱她了。没有真力量，骂骂算得了什么呢。

张二和我的儿子同行，拉车。他的嘴也不善，喝俩铜子的猫尿能把全院的人说晕了；穷嚼！我就讨厌穷嚼，虽然张二不是坏心肠的人。张二有三个小孩，大的捡煤核，二的滚车辙，三的满院爬。

提起孩子来了，简直的说不上来他们都叫什么。院子里的孩子足够一混成旅，怎能记得清楚呢？男女倒好分，反正能光眼子就光着。在院子里走道总得小心点；一慌，不定踩在谁的身上呢。踩了谁也得闹一场气。大人全别着一肚子委屈，可不就抓个碴儿吵一阵吧。越穷，孩子越多，难道穷人就不该养孩子？不过，穷人也真得想个办法。这群小光眼子将来都干什么去呢？又跟我的儿子一样，拉洋车？我倒不是说拉洋车就低贱，我是说人就不应当拉车；人嘛，当牛马？可是，好些个还活不到能拉车的年纪呢。今年春天闹瘟疹，死了一大批。最爱打孩子的爸爸也咧着大嘴哭，自己的孩子哪有不心疼的？可是哭完也就完了，小席头一卷，夹出城去；死了死了，省吃是真的。腰里没钱心似铁，我常这么说。这不像一句话，是得想个办法！

除了我们三家子，人家还多着呢。可是我只提这三家子就够了。我不是说柳家大院出了人命吗？死的就是王家那个小媳妇——像窝窝头的那位。我又说她像窝窝头，这可不是拿死人打哈哈。我也不是说她"的确"像窝窝头。我是替她难受，替和她差不多的姑娘媳妇们难受。我就常思索，凭什么好好的一个姑娘，养成像窝窝头呢？从小儿不得吃，不得喝，还能油光水滑的吗？是，不错，可是凭什么呢？

少说闲话吧；是这么回事：老王第一个不是东西。我不是说他好吹吗？是，事事他老学那些"文明"人。娶了儿媳妇，喝，他不知道怎么好了。一天到晚对儿媳妇挑鼻子弄眼睛，派头大了，为三个钱的油，两个大的醋，他能闹得翻江倒海。我知道，穷人肝气旺，爱吵架。老王可是有点存心找毛病；他闹气，不为别的，专为学学"文明"人的派头。他是公公；妈的，公公几个子儿一个！我真不明白，为什么穷小子单要充"文明"，这是哪一股儿毒气呢？早晨，他起得早，总得也把小媳妇叫起来，其实有什么事呢？他要立这个规矩，穷酸！她稍微晚起来一点，听吧，这一顿揍！

我知道，小媳妇的娘家使了一百块的彩礼。他们爷儿俩大概再有一年也还不清这笔亏空，所以老拿小媳妇泄气。可是要专为这一百块钱闹气，也倒罢了，虽然小媳妇已经够冤枉的。他不是专为这点钱。他是学"文明"人呢，他要作足了当公公的气派。他的老伴不是死了吗，他想把婆婆给儿媳妇的折磨也由他承办。他变着方儿挑她的毛病。她呢，一个十七岁的孩子可懂得什么？跟她耍排场？我知道他那些排场是打哪儿学来的：在茶馆里听那些"文明"人说的。他就是这么个人——和"文明"人要是过两句话，替别人吹几句，脸上立刻能红堂堂的。在洋人家里剪草皮的时候，洋人要是跟他过一句半句的话，他能把尾巴摆动三天三夜。他确是有尾巴。可是他摆一辈子的尾巴了，还是他妈的住破大院啃窝窝头。我真不明白！

老王上工去的时候，把磨折儿媳妇的办法交给女儿替他办，那个贼丫头！我一点也没有看不起穷人家的姑娘的意思；她们给人家作丫环去呀，作二房去呀，是常有的事（不是应该的事），那能怨她们吗？不能！可是我讨厌王家这个二姐，她和她爸爸一样的讨人嫌，能钻天觅缝地给她嫂子小鞋穿，能大睁白眼地乱造谣言给嫂子使坏。我知道她为什么这么坏，她是由那个洋人供给着在一个学校念书，她一万多个看不上她的嫂子。她也穿一双整鞋 ①，头发上也戴着一把梳子，瞧她那个美！我就这么琢磨这回事：世界上不应当有穷有富。可是穷人要是狗着 ② 有钱的，往高处爬，比什么也坏。老王和二姐就是好例子。她嫂子要是作双青布新鞋，她变着方儿给踩上泥，然后叫他爸爸骂儿媳妇。我没工夫细说这些事儿，反正这个小媳妇没有一天得着好气；有的时候还吃不饱。

小王呢，石厂子在城外，不住在家里。十天半月地回来一趟，一定揍媳妇一顿。在我们的柳家大院，揍儿媳妇是家常便饭。谁叫老婆吃着男子汉呢，谁叫娘家使了彩礼呢，挨揍是该当的。可是小王本来可以不揍媳妇，因为他轻易不家来，还愿意回回闹气吗？哼，有老王和二姐在旁边唧咕啊。老王罚儿媳妇挨饿，跪着；到底不能亲自下手打，他是自居为"文明"人的，哪能落个公公打儿媳妇呢？所以挑唆儿子去打；他知道儿子是石匠，打一回胜似别人打五回的。儿子打完了媳妇，他对儿子和气极了。二姐呢，虽然常拧嫂子的胳臂，可也究竟是不过瘾，恨不能看着哥哥把嫂子当作石头，一哑子锤碎才痛快。我告诉你，一个女人要是看不起另一个女人的，那就是活对头。二姐自居女学生；嫂子不过是花一百块钱买来的一个活窝窝头。

王家的小媳妇没有活路。心里越难受，对人也越不和气；全院里没有爱她的人。她连说话都忘了怎么说了。也有痛快的时候，见神见鬼地闹"撞客"③。总是在小王揍完她走了以后，她又哭又说，一个人闹欢了。我的差事来了，老王和我借宪书，抽她的嘴巴。他怕鬼，叫我去抽。等我进了她的屋子，把她安慰得不哭了——我没抽过她，她要的是安慰，几句好话——他进来了，掐她的人中，用草纸熏；其实他知道她已缓醒过来，故意的惩治她。每逢到这个节骨眼，我和老王吵一架。平日他们吵闹我不管；管又有什么用

---

① 整鞋，指的是没破的鞋。

② 狗着，巴结的意思。

③ 撞客，神志昏迷、哭闹、说胡话，迷信的人认作是撞见鬼了。

呢？我要是管，一定是向着小媳妇；这岂不更给她添堵？所以我不管。不过，每逢一闹撞客，我们俩非吵不可了，因为我是在那儿，眼看着，还能一语不发？奇怪的是这个，我们俩吵架，院里的人总说我不对；妇女们也这么说。他们以为她该挨揍。他们也说我多事。男的该打女的，公公该管教儿媳妇，小姑子该给嫂子气受，他们这群男女信这个！怎么会信这个呢？谁教给他们的呢？哪个王八蛋三孙子"文明"可笑，又可哭，肚子饿得像两层皮的臭虫，还信"文明"呢？！

前两天，石匠又回来了。老王不知怎么一时心顺，没叫儿子揍媳妇，小媳妇一见大家欢天喜地，当然是喜欢，脸上居然有点像要笑的意思。二妞看见了这个，仿佛是看见天上出了两个太阳。一定有事！她嫂子正在院子里作饭，她到嫂子屋里去搜开了。一定是石匠哥哥给嫂子买来了贴己的东西，要不然她不会脸上笑出来。翻了半天，什么也没翻出来。我说"半天"，意思是翻得很详细；小媳妇屋里的东西还多得了吗？我们的大院里凑到一块也找不出两张整桌子来，要不怎么不闹贼呢。我们要是有钱票，是放在袜筒儿里。

二妞的气大了。嫂子脸上敢有笑容？不管查得出私弊查不出，反正得惩治她！

小媳妇正端着锅饭澄米汤，二妞给了她一脚。她的一锅饭出了手。"米饭"！不是丈夫回来，谁敢出主意吃"饭"！她的命好像随着饭锅一同出去了。米汤还没澄干，稀粥似的，雪白的饭，摊在地上。她拼命用手去捧，滚烫，顾不得手；她自己还不如那锅饭值钱呢。实在太热，她捧了几把，疼到了心上，米汁把手糊住。她不敢出声，咬上牙，扎着两只手，疼得直打转。

"爸！瞧她把饭全洒在地上啦！"二妞喊。

爷儿俩全出来了。老王一眼看见饭在地上冒热气，登时就疯了。他只看了小王那么一眼，已然是说明白了："你是要媳妇，还是要爸爸？"

小王的脸当时就涨紫了，过去揪住小媳妇的头发，拉倒在地。小媳妇没出一声，就人事不知了。

"打！往死了打！打！"老王在一旁嚷，脚踢起许多土来。

二妞怕嫂子是装死，过去拧她的大腿。

院子里的人都出来看热闹，男人不过来劝解，女的自然不敢出声；男人就是喜欢看别人揍媳妇——给自己的那个老婆一个榜样。

我不能不出头了。老王很有揍我一顿的意思。可是我一出头，别的男人也蹭过来。好说歹说，算是劝开了。

第二天一清早，小王老王全去工作。二妞没上学，为是继续给嫂子气受。

张二嫂动了善心，过来看看小媳妇。因为张二嫂自信会说话，所以一安慰小媳妇，可就得罪了二妞。她们俩抬起来了。当然二妞不行，她还说得过张二嫂！"你这个丫头要不下窑子，我不姓张！"一句话就把二妞骂闷过去了。"三秃子给你俩大子，你就叫他亲嘴；你当我没看见呢？有这么回事没有？有没有？"二嫂的嘴就堵着二妞的耳朵眼，二妞直往后退，还说不出话来。

这一场过去，二妞搭讪着上了街，不好意思再和嫂子闹了。

小媳妇一个人在屋里，工夫可就大啦。张二嫂又过来看一眼，小媳妇在炕上躺着呢，可是穿着出嫁时候的那件红袄。张二嫂问了她两句，她也没回答，只扭过脸去。张家的小二，正在这么工夫跟个孩子打起来，张二嫂忙着跑去解围，因为小二被敌人给按在底下了。

二妞直到快吃饭的时候才回来，一直奔了嫂子的屋子去，看看她作好了饭没有。二妞向来不动手作饭，女学生吗！一开屋门，她失了魂似的喊了一声，嫂子在房梁上吊着呢！一院子的人全吓惊了，没人想起把她摘下来，好鞋不踩臭狗屎，谁肯往人命事儿里搀合呢？

二妞捂着眼吓成孙子了。"还不找你爸爸去？！"不知道谁说了这么一句，她扭头就跑，仿佛鬼在后头追她呢。

老王回来也傻了。小媳妇是没有救儿了；这倒不算什么，脏了房，人家房东能饶得了他吗？再娶一个，只要有钱，可是上次的债还没归清呢！这些个事叫他越想越气，真想咬吊死鬼儿几块肉才解气！

娘家来了人，虽然大嚷大闹，老王并不怕。他早有了预备，早问明白了二妞，小媳妇是受张二嫂的挑唆才想上吊；王家没逼她死，王家没给她气受。你看，老王学"文明"人真学得到家，能瞪着眼扯谎。

张二嫂可抓了瞎，任凭怎么能说会道，也禁不住贼咬一口，入骨三分！人命，就是自己能分辩，丈夫回来也得闹一阵。打官司自然是不会打的，柳家大院的人还敢打官司？可是老王和二妞要是一口咬定，小媳妇的娘家要是跟她要人呢，这可不好办！柳家大院是不讲情理的，老王要是咬定了她，她还就真跑不了。谁叫自己平日爱说话呢，街坊们有不少恨着她的，就棍打腿，他们还不一拥而上把她"打倒"，用个晚报上的字眼。果不其然，张二一回来就听说了，自己的媳妇惹了祸。谁还管青红皂白，先揍完再说，反正打媳妇是理所当然的事。张二嫂挨了顿好的，全大院都觉得十分的痛快。

小媳妇的娘家不打官司；要钱；没钱再说厉害的。老王怕什么偏有什么；前者娶儿媳妇的钱还没还清，现在又来了一档子！可是，无论怎样，也得答应着拿钱，要不然屋里放着吊死鬼，总不像句话。

小王也回来了，十分像个石头人，可是我看得出，他的心里很难过，谁也没把死了的小媳妇放在心上，只有小王进到屋中，在尸首旁边坐了半天。要不是他的爸爸"文明"，我想他决不会常打她。可是，爸爸"文明"，儿子也自然是要孝顺了，打吧！一打，他可就忘了他的胳臂本是砸石头的。他一声没出，在屋里坐了好大半天，而且把一条新裤子——就是没补钉的呀——

给媳妇穿上。他的爸爸跟他说什么，他好像没听见。他一个劲儿的吸蝙蝠牌的烟，眼睛不错眼珠的看着点什么——别人都看不见的一点什么。

娘家要一百块钱——五十是发送小媳妇的，五十归娘家人用。小王还是一语不发。老王答应了拿钱。他第一个先找了张二去。"你的媳妇惹的祸，没什么说的，你拿五十，我拿五十；要不然我把吊死鬼搬到你屋里来。"老王说得温和，可又硬张。

张二刚喝了四个大子的猫尿，眼珠子红着。他也来得不善："好王大爷的活，五十？我拿！看见没有？屋里有什么你拿什么好了。要不然我把这两个大孩子卖给你，还不值五十块钱？小三的妈！把两个大的送到王大爷屋里去！会跑会吃，决不费事，你又没个孙子，正好吗！"

老王碰了个软的。张二屋里的陈设大概一共值不了四个子儿！俩孩子？叫张二留着吧。可是，不能这么轻轻地便宜了张二；拿不出五十呀，三十行不行？张二唱开了《打牙牌》①，好像很高兴似的。"三十干吗？还是五十好了，先写在账上，多咱我叫电车轧死，多咱还你。"

老王想叫儿子揍张二一顿。可是张二也挺壮，不一定能揍了他。张二嫂始终没敢说话，这时候看出一步棋来，乘机会自己找找脸："姓王的，你等着好了，我要不上你屋里去上吊，我不算好老婆，你等着吧！"

老王是"文明"人，不能和张二嫂斗嘴皮子。而且他也看出来，这种野娘们什么也干得出来，真要再来个吊死鬼，可就更吃不了兜着走了。老王算是没敲上张二，张二由《打牙牌》改成了《刀劈三关》。

其实老王早有了"文明"主意，跟张二这一场不过是虚晃一刀。他上洋人家里去，洋大人没在家，他给洋太太跪下了，要一百块钱。洋太太给了他，可是其中的五十是要由老王的工钱扣的，不要利钱。

老王拿着钱回来了，鼻子朝着天。

开张殃榜就使了八块；阴阳生要不开这张玩艺，麻烦还小得了吗。这笔钱不能不花。

小媳妇总算死得"值"。一身新红洋缎的衣裤，新鞋新袜子，一头银白铜的首饰。十二块钱的棺材。还有五个和尚念了个光头三②。娘家弄了四十多块去；老王无论如何不能照着五十的数给。

事情算是过去了，二妞可遭了报，不敢进屋子。无论干什么，她老看见嫂子在门梁上挂着呢。老王得搬家。可是，脏房谁来住呢？自己住着，房东也许马马虎虎不究真儿；搬家，不叫赔房才怪呢。可是二妞不敢进屋睡觉也是个事儿。况且儿媳妇已经死了，何必再住两间房？让出那一间去，谁肯住呢？这倒难办了。

---

① 打牙牌，娼妓中流行的黄色小调、小曲。
② 死了人，在第三天上念经超度亡魂。

老王又有了高招儿，儿媳妇一死，他更看不起女人了。四五十块花在吊死鬼身上，还叫她娘家拿走四十多，真堵得慌。因此，连二妞的身分也落下来了。干脆把她打发了，进点彩礼，然后赶紧再给儿子续上一房。二妞不敢进屋子呀，正好，去她的。卖个三百二百的，除给儿子续娶之外，自己也得留点棺材本儿。

他搭讪着跟我说这个事。我以为要把二妞给我的儿子呢；不是，他是托我给留点神，有对事的外乡人肯出三百二百的就行。我没说什么。

正在这个时候，有人来给小王提亲，十八岁的大姑娘，能洗能作，才要一百廿块钱的彩礼。老王更急了，好像立刻把二妞铲下去才痛快。

房东来了，因为上吊的事吹到他耳朵里。老王把他唬回去了：房脏了，我现在还住着呢！这个事怨不上来我呀，我一天到晚不在家；还能给儿媳妇气受？架不住有坏街坊，要不是张二的娘们，我的儿媳妇能想得起上吊？上吊也倒没什么，我呢，现在又给儿子张罗着，反正混着洋事，自己没钱呀，还能和洋人说句话，接济一步。就凭这回事说吧，洋人送了我一百块钱！

房东叫他给唬住了，跟旁人一打听，的的确确是由洋人那儿拿来的钱。房东没再对老王说什么，不便于得罪混洋事的。可是张二这个家伙不是好调货，欠下两个月的房租，还由着娘们拉舌头扯簸箕。撵他搬家！张二嫂无论怎么会说，也得补上俩月的房钱，赶快滚蛋！

张二搬走了，搬走的那天，他又喝得醉猫似的。

等着看吧。看二妞能卖多少钱，看小王又娶个什么样的媳妇。什么事呢！"文明"是三孙子，还是那句！

（原载 1933 年 11 月《大众画报》第 1 期，
收入《赶集》，良友图书公司 1934 年 9 月初版）

黑白李

爱情不是他们哥儿俩这档子事的中心，可是我得由这儿说起。

黑李是哥，白李是弟，哥哥比弟弟大着五岁。俩人都是我的同学，虽然白李一入中学，黑李和我就毕业了。黑李是我的好友，因为常到他家去，所以对白李的事儿我也略知一二。五年是个长距离，在这个时代。这哥儿俩的不同正如他们的外号——黑，白。黑李要是"古人"，白李是现代的。他们俩并不因此打架吵嘴，可是对任何事的看法也不一致。黑李并不黑；只是在左眉上有个大黑痣。因此他是"黑李"；弟弟没有那么个记号，所以是"白李"；这在给他们送外号的中学生们看，是很逻辑的。其实他俩的脸都很白，而且长得极相似。

他俩都追她——恕不道出姓名了——她说不清到底该爱谁，又不肯说谁也不爱。于是大家替他们弟兄捏着把汗。明知他俩不肯吵架，可是爱情这玩艺是不讲交情的。

可是，黑李让了。

我还记得清清楚楚：正是个初夏的晚间，落着点小雨，我去找他闲谈，他独自在屋里坐着呢，面前摆着四个红鱼细磁茶碗。我们俩是用不着客气的，我坐下吸烟，他摆弄那四个碗。转转这个，转转那个，把红鱼要一点不差的朝着他。摆好，身子往后仰一仰，像画家设完一层色那么退后看看。然后，又逐一的转开，把另一面的鱼儿摆齐。又往后仰身端详了一番，回过头来向我笑了笑，笑得非常天真。

他爱弄这些小把戏。对什么也不精通，可是什么也爱动一动。他并不假充行家，只信这可以养性。不错，他确是个好脾性的人，有点小玩艺，比如粘补旧书等等，他就平安的销磨半日。

叫了我一声，他又笑了笑，"我把她让给老四了，"按着大排行，白李是四爷，他们的伯父屋中还有弟兄呢。"不能因为个女子失了兄弟们的和气。"

"所以你不是现代人，"我打着哈哈说。

"不是：老狗熊学不会新玩艺了。三角恋爱，不得劲儿。我和她说了，不管她是爱谁，我从此不再和她来往。觉得很痛快！"

"没看见过？这么讲恋爱的。"

"你没看见过？我还不讲了呢。干她的去，反正别和老四闹翻了。赶明儿咱俩要来这么一出的话，希望不是你收兵，就是我让了。"

"于是天下就太平了？"

我们笑开了。

过了有十天吧，黑李找我来了。我会看，每逢他的脑门发暗，必定是有心事。每逢有心事，我俩必喝上半斤莲花白。我赶紧把酒预备好，因为他的脑门不大亮吗。

喝到第二盅上，他的手有点哆嗦。这个人的心里存不住事。遇上点事，他极想镇定，可是脸上还泄露出来。他太厚道。

"我刚从她那儿来，"他笑着，笑得无聊；可还是真的笑，因为要对个好友道出胸中的闷气。这个人若没有好朋友，是一天也活不了的。

我并不催促他；我俩说话用不着忙，感情都在话中间那些空子里流露出来呢。彼此对看着，一齐微笑，神气和默默中的领悟，都比言语更有分量。要不怎么白李一见我俩喝酒就叫我们"一对糟蛋"呢。

"老四跟我好闹了一场，"他说，我明白这个"好"字——第一他不愿说兄弟间吵了架，第二不愿只说弟弟不对，即使弟弟真是不对。这个字带出不愿说而又不能不说的曲折。"因为她。我不好，太不明白女子心理。那天不是告诉你，我让了吗？我是居心无愧，她可出了花样。她以为我是故意羞辱她。你说对了，我不是现代人，我把恋爱看成该怎样就怎样的事，敢情人家女子愿意'大家'在后面追随着。她恨上了我。这么报复一下——我放弃了她，她断绝了老四。老四当然跟我闹了。所以今天又找她去，请罪。她骂我一顿，出出气，或者还能和老四言归于好。我这么希望。哼，她没骂我。她还叫我和老四都作她的朋友。这个，我不能干，我并没这么明对她讲，我上这儿跟你说说。我不干，她自然也不再理老四。老四就得再跟我闹。"

"没办法！"我替他补上这一小句。过了一会儿，"我找老四一趟，解释一下？"

"也好。"他端着酒盅愣了会儿，"也许没用。反正我不再和她来往。老四再跟我闹呢，我不言语就是了。"

我们俩又谈了些别的，他说这几天正研究宗教。我知道他的读书全凭兴之所至，我决不会因为谈到宗教而想他有点厌世，或是精神上有什么大的变动。

哥哥走后，弟弟来了。白李不常上我这儿来，这大概是有事。他在大学还没毕业，可是看起来比黑李精明着许多。他这个人，叫你一看，你就觉得他应当到处作领袖。每一句话，他不是领导着你走上他所指出的路子，便是把你绑在断头台上。他没有客气话，和他哥哥正相反。

我对他也不便太客气了，省得他说我是"糟蛋"。

"老二当然来过了？"他问；黑李是大排行行二。"也当然跟你谈到我们的事？"我自然不便急于回答，因为有两个"当然"在这里。果然，没等我回答，他说了下去："你知道，我是借题发挥？"

我不知道。

"你以为我真要那个女玩艺？"他笑了，笑得和他哥哥一样，只是黑李的向来不带着这不屑于对我笑的劲儿。"我专为和老二捣乱，才和她来往；不然，谁有工夫招呼她？男与女的关系，从根儿上说，还不是兽欲的关联？为这个，我何必非她不行？老二以为这个兽欲的关系应当叫作神圣的，所以他郑重的向她磕头，及至磕了一鼻子灰，又以为我也应当去磕，对不起，我没那个瘾！"他哈哈的笑起来。

我没笑，也不敢插嘴。我很留心听他的话，更注意看他的脸。脸上处处像他哥哥，可是那股神气又完全不像他的哥哥。这个，使我忽而觉得是和一个顶熟识的人说话，忽而又像和个生人对坐着。我有点不舒坦——看着个熟识的面貌，而找不到那点看惯了的神气。

"你看，我不磕头；得机会就吻她一下。她喜欢这个，至少比受几个头更过瘾。不过，这不是正笔。正文是这个，你想我应当老和二爷在一块儿吗？"

我当时回答不出。

他又笑了笑——大概心中是叫我糟蛋呢。"我有我的前途，我的计划；他有他的。顶好是各走各的路，是不是？"

"是；你有什么计划？"我好容易想起这么一句；不然便太僵得慌了。

"计划，先不告诉你，得先分家，以后你就明白我的计划了。"

"因为要分居，所以和老二吵；借题发挥？"我觉得自己很聪明似的。

他笑着点了头；没说什么，好像准知道我还有一句呢。我确是有一句："为什么不明说，而要吵呢？"

"他能明白我吗？你能和他一答一和的说，我不行。我一说分家，他立刻就得落泪。然后，又是那一套——母亲去世的时候，说什么来着？不是说咱俩老得和美吗？他必定说这一套，好像活人得叫死人管着似的。还有一层，一听说分家，他管保不肯，而愿把家产都给了我，我不想占便宜。他老拿我当作'弟弟'，老拿自己的感情限定住别人的举止，老假装他明白我，其实他是个时代落伍者。这个时代是我的，用不着他来操心管我。"他的脸上忽然的很严重了。

看着他的脸，我心中慢慢的起了变化——白李不仅是看不起"两糟蛋"的狂傲少年了，他确是要树立住自己，我也明白过来，他要是和黑李慢慢的商量，必定要费许多动感情的话，要讲许多弟兄间的情义；即使他不讲，黑李总要讲的。与其这样，还不如吵，省得拖泥带水；他要一刀两断，各自奔前程。再说，慢慢的商议。老二决不肯干脆的答应。老四先吵嚷出来，老二若还不干，便是显着要霸占弟弟的财产了。猜到这里，我心中忽然一亮：

"你是不是叫我对老二去说？"

"一点不错。省得再吵。"他又笑了。"不愿叫老二太难堪了，究竟是弟兄。"似乎他很不喜欢说这末后的两个字——弟兄。

我答应了给他办。

"把话说得越坚决越好。二十年内，我俩不能作弟兄。"他停了一会儿，嘴角上挤出点笑来。"也给老二想了，顶好赶快结婚，生个胖娃娃就容易把弟弟忘了。二十年后，我当然也落伍了，那时候，假如还活着的话，好回家作叔叔。不过，告诉他，讲恋爱的时候要多吻，少磕头，要死追，别死跪着。"他立起来，又想了想，"谢谢你呀。"他叫我明明的觉出来，这一句是特意为我说的，他并不负要说的责任。

为这件事，我天天找黑李去。天天他给我预备好莲花白。吃完喝完说完，无结果而散。至少有半个月的工夫是这样，我说的，他都明白，而且愿意老四去闯练闯练。可是临完的一句老是"舍不得老四呀！"

"老四的计划？计划？"他走过来，走过去，这么念道。眉上的黑痣夹陷在脑门的皱纹里，看着好似缩小了些。"什么计划呢？你问问他，问明白我就放心了。"

"他不说，"我已经这么回答过五十多次了。

"不说便是有危险性！我只有这么一个弟弟！叫他跟我吵吧，吵也是好的。从前他不这样，就是近来才和我吵。大概还是为那个女的！劝我结婚？没结婚就闹成这样，还结婚！什么计划呢？真！分家？他爱要什么拿什么好了。大概是我得罪了他，我虽不跟他吵，我知道我也有我的主张。什么计划呢？他要怎样就怎样好了，何必分家……"

这样来回磨，一磨就是一点多钟。他的小玩艺也一天比一天增多：占课，打卦，测字，研究宗教……什么也没能帮助他推测出老四的计划，只添了不少小恐怖。这可并不是说，他显着怎样的慌张。不，他依旧是那么婆婆慢慢的。他的举止动作好像老追不上他的感情，无论心中怎样着急，他的动作是慢的，慢得仿佛是拿生命当作玩艺儿似的逗弄着。

我说老四的计划是指着将来的事业而言，不是现在有什么具体的办法。他摇头。

就这么耽延着，差不多又过了一个多月。

"你看，"我抓住了点理，"老四也不催我，显然他说的是长久之计，不是马上要干什么。"

他还是摇头。

时间越长，他的故事越多。有一个礼拜天的早晨，我看见他进了礼拜堂。也许是看朋友，我想。在外面等了他会儿。他没出来。不便再等了，我一边走一边想：老李必是受了大的刺激——失恋，弟兄不和，或者还有别的。只就我知道的这两件事说，大概他已经支持不下去。他的动作仿佛是拿生命当作小玩艺，那正是因他对任何小事都要慎重的考虑。茶碗上的花纹摆不齐都觉得不舒服。那一件小事也得在他心中摆好，摆得使良心上舒服。上礼拜堂去祷告，为是坚定良心。良心是古圣先贤给他制备好了的，可是他又不愿将一切新事新精神一笔抹杀。结果，他"想"怎样老不如"已是"怎样来得现成，他不知怎样才好。他大概是真爱她，可是为弟弟不能不放弃她，而且失恋是说不出口的。他常对我说，"咱们也坐一回飞机。"说完，他一笑，不是他笑呢，是"身体发肤，受之父母"笑呢。

过了晌午，我去找他。按说一见面就得谈老四，在过去的一个多月都是这样。这次他变了花样，眼睛很亮，脸上有点极静适的笑意，好像是又买着一册善本的旧书。

"看见你了，"我先发了言。

他点了点头，又笑了一下，"也很有意思！"

什么老事情被他头次遇上，他总是说这句。对他讲个闹鬼的笑话，也是"很有意思！"他不和人家辩论鬼的有无，他信那个故事，"说不定世上还有比这更奇怪的事"。据他看，什么事都是可能的。因此，他接受的容易，可就没有什么精到的见解。他不是不想多明白些，但是每每在该用脑子的时候，他用了感情。

"道理都是一样的，"他说，"总是劝人为别人牺牲。"

"你不是已经牺牲了个爱人？"我愿多说些事实。

"那不算，那是消极的割舍，并非由自己身上拿出点什么来。这十来天，我已经读完'四福音书'。我也想好了，我应当分担老四的事，不应当只不准他离开我。你想想吧，设若他真是专为分家产，为什么不来跟我明说？"

"他怕你不干，"我回答。

"不是！这几天我用心想过了，他必是真有个计划，而且是有危险性的。所以他要一刀两断，以免连累了我。你以为他年青，一冲子性？他正是利用这个骗咱们；他实在是体谅我，不肯使我受屈。把我放在安全的地方，他好独作独当的去干。必定是这样！我不能撒手他，我得为他牺牲，母亲临去世的时候——"他没往下说，因为知道我已听熟了那一套。

我真没想到这一层。可是还不深信他的话；焉知他不是受了点宗教的刺激而要充分的发泄感情呢？

我决定去找白李。万一黑李猜得不错呢！是，我不深信他的话，可也不敢耍玄虚。

怎样找也找不到白李。学校，宿舍，图书馆，网球场，小饭铺，都看到了，没有他的影儿。和人们打听，都说好几天没见着他。这又是白李之所以为白李；黑李要是离家几天，连好朋友们他也要通知一声。白李就这么人不知鬼不觉地不见了。我急出一个主意来——上"她"那里打听打听。

她也认识我。因为我常和黑李在一块儿。她也好几天没见着白李。她似乎很不满意李家兄弟，特别是对黑李。我和她打听白李，她偏跟我谈论黑李。我看出来，她确是注意——假如不是爱——黑李。大概她是要圈住黑李，作个标本。有比他强的呢，就把他免了职；始终找不到比他高明的呢，最后也许就跟了他。这么一想，虽然只是一想，我就没乘这个机会给他和她再撮合一下；按理说应当这么办，可是我太爱老李，总觉得他值得娶个天上的仙女。

从她那里出来，我心中打开了鼓。白李上哪儿去了呢？不能告诉黑李！一叫他知道了，他能立刻登报找弟弟，而且要在半夜里起来占课测字。可是，不说吧，我心中又痒痒。干脆不找他去？也不行。

走到他的书房外边，听见他在里面哼唧呢。他非高兴的时候不哼唧着玩。可是他平日哼唧，不是诗便是那句代表一切歌曲的"深闺内，端的是玉无瑕"，这次的哼唧不是这些。我细听了听，他是练习圣诗呢。他没有音乐的耳朵，无论什么，到他耳中都是一个味儿。他唱出的时候，自然也还是一个味儿。无论怎样吧，反正我知道他现在是很高兴。为什么事高兴呢？

我进到屋中，他赶紧放下手中的圣诗集，非常的快活："来得正好，正想找你去呢！老四刚走。跟我要了一千块钱去。没提分家的事，没提！"

显然他是没问过弟弟，那笔钱是干什么用的。要不然他不能这么痛快。他必是只求弟弟和他同居，不再管弟弟的行动；好像即使弟弟有带危险性的计划，只要不分家，便也没什么可怕的了。我看明白了这点。

"祷告确是有效，"他郑重的说。"这几天我天天祷告，果然老四就不提那回事了。即使他把钱都扔了，反正我还落下个弟弟！"

我提议喝我们照例的一壶莲花白。他笑着摇摇头："你喝吧，我陪着吃菜，我戒了酒。"

我也就没喝，也没敢告诉他，我怎么各处去找老四。老四既然回来了，何必再说？可是我又提起"她"来。他连接碴儿也没接，只笑了笑。

对于老四和"她"，似乎全没有什么可说的了。他给我讲了些圣经上的故事。我一面听着，一面心中嘀咕——老李对弟弟与爱人所取的态度似乎有点不大对；可是我说不出所以然来。我心中不十分安定，一直到回在家中还是这样。

又过了四五天，这点事还在我心中悬着。有一天晚上，王五来了。他是在李家拉车，已经有四年了。

王五是个诚实可靠的人，三十多岁，头上有块疤——据说是小时候被驴给啃了一口。除了有时候爱喝口酒，他没有别的毛病。

他又喝多了点，头上的疤都有点发红。

"干吗来了，王五？"我和他的交情不错，每逢我由李家回来得晚些，他总张罗把我拉回来，我自然也老给他点"酒钱"。

"来看看你，"说着便坐下了。

我知道他是来告诉我点什么。"刚沏上的茶，来碗？"

"那敢情好；我自己倒；还真有点渴！"

我给了他支烟卷，给他提了个头儿："有什么事吧？"

"哼，又喝了两壶，心里痒痒；本来是不应当说的事！"他用力吸了口烟。

"要是李家的事，你对我说了准保没错。"

"我也这么想，"他又停顿了会儿，可是被酒气催着，似乎不能不说："我在李家四年零三十五天了！现在叫我很难。二爷待我不错，四爷呢，简直是我的朋友。所以不好办。四爷的事，不准告诉二爷；二爷又是那么傻好的人。对二爷说吧，又对不起四爷——我的朋友。心里别提多么为难了！论理说呢，我应当向着四爷。二爷是个好人，不错；可究竟是个主人。多么好的主人也还是主人，不能肩膀齐为弟兄。他真待我不错，比如说吧，在这老热天，我拉二爷出去，他总设法在半道上耽搁会儿，什么买包洋火呀，什么看看书摊呀，为什么？为是叫我歇歇，喘喘气。要不怎说，他是好主人呢。他好，咱也得敬重他，这叫作以好换好。久在街上混，还能不懂这个？"

我又让了他碗茶，显出我不是不懂"外面"的人。他喝完，用烟卷指着胸口说："这儿，咱这儿可是爱四爷。怎么呢？四爷年青，不拿我当个拉车的看。他们哥儿俩的劲儿——心里的劲儿——不一样。二爷吧，一看天气热就多叫我歇会儿，四爷就不管这一套，多么热的天也得拉着他飞跑。可是四爷和我聊起来的时候，他就说，凭什么人应当拉着人呢？他是为我们拉车的——天下的拉车的都算在一块儿——抱不平。二爷对'我'不错，可想不到大家伙儿。所以你看，二爷来的小，四爷来的大。四爷不管我的腿，可是管我的心；二爷是家长里短，可怜我的腿，可不管这儿。"他又指了指心口。

我晓得他还有话呢，直怕他的酒气教酽茶给解去，所以又紧了他一板，往下说呀，王五！都说了吧，反正我还能拉老婆舌头，把你搁里！"

"他摸了摸头上的疤，低头想了会儿。然后把椅子往前拉了拉，声音放得很低："你知道，电车道快修完了？电车一开，我们拉车的全玩完！这可不是为我自个儿发愁，是为大家伙儿。"他看了我一眼。

我点了点头。

"四爷明白这个；要不怎么我俩是朋友呢。四爷说：王五，想个办法呀！我说：四爷，我就有一个主意，揍！四爷说：王五，这就对了，揍！一来二去，我们可就商量好了。这我不能告诉你。我要说的是这个，"他把声音放得更低了，"我看见了，侦探跟上了四爷！未必然是为这件事，可是叫侦探跟着总不妥当。这就来到坐蜡的地方了：我要告诉二爷吧，对不起四爷；不告诉吧，又怕把二爷也饶在里面。简直的没法儿！"

把王五支走，我自己琢磨开了。

黑李猜的不错，白李确是有个带危险性的计划。计划大概不一定就是打电车，他必定还有厉害的呢。所以要分家，省得把哥哥拉扯在内。他当然是不怕牺牲，也不怕别人牺牲，可是还不肯一声不发的牺牲了哥哥——把黑李牺牲了并无济于事。电车的事来到眼前，连哥哥也顾不得了。

我怎办呢？警告黑李是足以激起他的爱弟弟的热情。劝白李，不但没用，而且把王五搁在里边。

事情越来越紧了，电车公司已宣布出开车的日子。我不能再耗着了，得告诉黑李去。

他没在家，可是王五没出去。

"二爷呢？"

"出去了。"

"没坐车？"

"好几天了，天天出去不坐车！"

由王五的神气，我猜着了："王五，你告诉了他？"

王五头上的疤都紫了："又多喝了两盅不由的就说了。"

"他呢？"

"他直要落泪。"

"说什么来着？"

"问了我一句——老五，你怎样？我说，王五听四爷的。他说了声，好。别的没说，天天出去，也不坐车。"

我足足的等了三点钟，天已大黑，他才回来。

"怎样？"我用这两个字问到了一切。

他笑了笑，"不怎样。"

决没想到他这么回答我。我无须再问了，他已决定了办法。我觉得非喝点酒不可，但是独自喝有什么味呢。我只好走吧。临别的时候，我提了句："跟我出去玩几天，好不好？"

"过两天再说吧。"他没说别的。

感情到了最热的时候是会最冷的。想不到他会这样对待我。

电车开车的头天晚上，我又去看他。他没在家，直等到半夜，他还没回来。大概是故意的躲我。

王五回来了，向我笑了笑，"明天！"

"二爷呢？"

不知道。那天你走后，他用了不知什么东西，把眉毛上的黑痦子烧去了，对着镜子直出神。"

完了，没了黑痦，便是没有了黑李，不必再等他了。

我已经走出大门，王五把我叫住："明天我要是——"他摸了摸头上的疤，"你可照应着点我的老娘！"

约摸五点多钟吧，王五跑进来，跑得连裤子都湿了。"全——揍了！"他再也说不出话来。直喘了不知有多少工夫，他才缓过气来，抄起茶壶对着嘴喝了一气。"啊！全揍了！马队冲下来，我们才散。小马六叫他们拿去了，

黑
白
李

老

舍

43

看得真真的。我们吃亏没有家伙，专仗着砖头哪行！小马六要玩完。"

"四爷呢？"我问。

"没看见，"他咬着嘴唇想了想。"哼，事闹得不小！要是拿的话呀，准保是拿四爷，他是头目。可也别说，四爷并不傻，别看他年青。小马六要玩完，四爷也许不能。"

"也没看见二爷？"

"他昨天就没回家。"他又想了想，"我得在这儿藏两天。"

"那行。"

第二天早晨，报纸上登出——砸车暴徒首领李——当场被获，一同被获的还有一个学生，五个车夫。

王五看着纸上那些字，只认得一个"李"字，"四爷玩完了！四爷玩完了！"低着头假装抓那块疤，泪落在报上。

消息传遍了全城，枪毙李——和小马六，游街示众。

毒花花的太阳，把路上的石子晒得烫脚，街上可是还挤满了人。一辆敞车上坐着两个人，手在背后捆着。土黄制服的巡警，灰色制服的兵，前后押着，刀光在阳光下发着冷气。车越走越近了，两个白招子随着车轻轻的颤动。前面坐着的那个，闭着眼，额上有点汗，嘴唇微动，像是祷告呢。车离我不远，他在我头前坐着摆动过去。我的泪迷住了我的心。等车过去半天，我才醒了过来，一直跟着车走到行刑场。他一路上连头也没抬一次。

他的眉皱着点，嘴微张着，胸上汪着血，好像死的时候正在祷告。我收了他的尸。

过了两个月，我在上海遇见了白李，要不是我招呼他，他一定就跑过去了。

"老四！"我喊了他一声。

"啊！"他似乎受了一惊。"呕，你？我当是老二复活了呢。"

大概我叫得很像黑李的声调，并非有意的，或者是在我心中活着的黑李替我叫了一声。

白李显着老了一些。更像他的哥哥了。我们俩并没说多少话，他好似不大愿意和我多谈。只记得他的这么两句：

"老二大概是进了天堂，他在那里顶合适了；我还在这儿砸地狱的门呢。"

（原载 1933 年 1 月 1 日《文学季刊》创刊号，收入《赶集》，良友图书公司 1934 年 9 月初版）

感悟名家经典

44

牺　牲

　　言语是奇怪的东西。拿种类说，几乎每一个人都有一种言语。只有某人才用某几个字，用法完全是他自己的；除非你明白这整个的人，你决不能了解这几个字。你一辈子也未必明白得了几个人，对于言语乘早不用抱多大的希望；一个语言学家不见得能都明白他太太的话，要不然语言学家怎会有时候被太太罚跪在床前呢。

　　我认识毛先生还是三年前的事。我们俩初次见面的光景，我还记得很清楚，因为我不懂他的话，所以十分注意地听他自己解释，因而附带的也记住了当时的情形。我不懂他的话，可不是因为他不会说国语。他的国语就是经国语推行委员会考试也得公公道道的给八十分。我听得很清楚。但是不明白。假如他用他自己的话写一篇小说，极精美的印出来，我一定还是不明白，除非每句都有他自己的注解。

　　那正是个晴美的秋天，树叶刚有些黄的；蝴蝶们还和不少的秋花游戏着。这是那种特别的天气：在屋里吧，作不下工去，外边好像有点什么向你招手；出来吧，也并没什么一定可作的事：使人觉得工作可惜，不工作也可惜。我就正这么进退两难，看看窗外的天光，我想飞到那蓝色的空中去；继而一想，飞到那里又干什么呢？立起来，又坐下，好多次了，正像外边的小蝶那样飞起去又落下来。秋光把人与蝶都支使得不知怎样好了。

　　最后，我决定出去看个朋友，仿佛看朋友到底像回事，而可以原谅自己似的。来到街上，我还没有决定去找哪个朋友。天气给了我个建议。这样晴爽的天，当然是到空旷的地方去，我便想到光惠大学去找老梅，因为大学既在城外，又有很大的校园。

　　从楼下我就知道老梅是在屋里呢：他屋子的窗户都开着，窗台上还晒着两条雪白的手巾。我喊了他一声，他登时探出头来，头发在阳光下闪出个白圈儿似的。他招呼我上去，我便连蹦带跳的上了楼。不仅是他的屋子，楼上各处的门与窗都开着呢，一块块的阳光印在地板上，使人觉得非常的痛快。老梅在门口迎接我。他踢拉着鞋片，穿着短衣，看着很自在；我想他大概是没有功课。

　　"好天气？！"我们俩不约而同的问出来，同时也都带出赞美的意思。

　　屋里敢情还另有一位呢，我不认识。

　　老梅的手在我与那位的中间一拉线，我们立刻郑重的带出笑容，而后彼此点头，牙都露出点来，预备问"贵姓"。可是老梅都替我们说了："——君；毛博士。"我们又彼此龇了龇牙。我坐在老梅的床上；毛博士背靠着窗，斜向屋门立着；老梅反倒坐在把椅子上；不是他们俩很熟，就是老梅不大敬重这位博士，我想。

一边和老梅闲扯，我一边端详这位博士。这个人有点特别。他"全份武装"地穿着洋服，该怎样的就全怎样了，例如手绢是在胸袋里掖着，领带上别着个针，表链在背心中下部横着，皮鞋尖擦得很亮等等。可是衣裳至少也像穿过三年的，鞋底厚得不很自然，显然是曾经换过掌儿。他不是"穿"洋服呢，倒好像是为谁许下了愿，发誓洋装三年似的；手绢必放在这儿，领带的针必别在那儿，都是一种责任，一种宗教上的律条。他不使人觉到穿西服的洋味儿，而令人联想到孝子扶杖披麻的那股勉强劲儿。

他的脸斜对着屋门，原来门旁的墙上有一面不小的镜子，他是照镜子玩呢。他的脸是两头跷，中间洼，像个元宝筐儿，鼻子好像是睡摇篮呢。眼睛因地势的关系——在元宝翘的溜坡上——也显着很深，像两个小圆槽，槽底上有点黑水；下巴往起跷着，因而下齿特别的向外，仿佛老和上齿顶得你出不来我进不去的。

他的身量不高，身上不算胖，也说不上瘦，恰好支得起那身责任洋服，可又不怎么带劲。脖子上安着那个元宝脑袋，脑袋上很负责的长着一大堆黑头发，过度负责的梳得极光滑。

他照着镜子，照得有来有去的，似乎很能欣赏他自己的美好。可是我看他特别。他是背着阳光，所以脸的中部有点黑暗，因为那块十分的低洼。一看这点洼而暗的地方，我就赶紧向窗外看看，生怕是忽然阴了天。这位博士把那么晴好的天气都带累得使人怀疑它了。这个人别扭。

他似乎没心听我们俩说什么，同时他又舍不得走开；非常的无聊，因为无聊所以特别注意他自己。他让我想到：这个人的穿洋服与生活着都是一种责任。

我不记得我们是正说什么呢，他忽然转过脸来，低洼的眼睛闭上了一小会儿，仿佛向心里找点什么。及至眼又睁开，他的嘴刚要笑就又改变了计划，改为微声叹了口气，大概是表示他并没在心中找到什么。他的心里也许完全是空的。

"怎样，博士？"老梅的口气带出来他确是对博士有点不敬重。

博士似乎没感觉到这个。利用叹气的方便，他吹了一口："噗！"仿佛天气很热似的。"牺牲太大了！"他说，把身子放在把椅子上，脚伸出很远去。

"哈佛的博士，受这个洋罪，哎？"老梅一定是拿博士开心呢。

"真哪！"博士的语声差不多是颤着："真哪！一个人不该受这个罪！没有女朋友，没有电影看，"他停了会儿，好像再也想不起他还需要什么——

使我当时很纳闷，于是总而言之来了一句："什么也没有！"幸而他的眼是那样洼，不然一定早已落下泪来；他千真万确的是很难过。

"要是在美国？"老梅又帮了一句腔。

"真哪！那怕是在上海呢：电影是好的，女朋友是多的，"他又止住了。

除了女人和电影，大概他心里没"吗儿"了，我想。我试了他一句："毛博士，北方的大戏好啊，倒可以看看。"

他愣了半天才回答出来："听外国朋友说，中国戏野蛮！"

我们都没了话。我有点坐不住了。待了半天，我建议去洗澡；城里新开了一家澡堂，据说设备得很不错。我本是约老梅去，但不能不招呼毛博士一声，他既是在这儿，况且又那么寂寞。

博士摇了摇头："危险哪！"

我又胡涂了；一向在外边洗澡：还没淹死我一回呢。

"女人按摩！澡盆里……！"他似乎很害怕。

明白了：他心中除了美国，只有上海。

"此地与上海不同，"我给他解释了这么些。

"可是中国还有哪里比上海更文明？"他这回居然笑了，笑得很不顺眼——嘴差点碰到脑门，鼻子完全陷进去。

"可是上海又比不了美国？"老梅是有点故意开玩笑。

"真哪！"博士又郑重起来："美国家家有澡盆，美国的旅馆间间房子有澡盆！要洗，花——一放水：凉的热的，随意对；要换一盆，花——把陈水放了，从新换一盆，花——"他一气说完，每个"花"字都带着些吐沫星，好像他的嘴就是美国的自来水龙头。最后他找补了一小句："中国人脏得很！"

老梅乘博士"花花"的工夫，已把袍子，鞋，穿好。

博士先走出去，说了一声，"再见哪"。说得非常的难听，好像心里满蓄着眼泪似的。他是舍不得我们，他真寂寞；可是他又不能上"中国"澡堂去，无论是多么干净！

等到我们下了楼，走到院中，我看见博士在一个楼窗里面望着我们呢。阳光斜射在他的头上，鼻子的影儿给脸上印了一小块黑；他的上身前后的微动，那个小黑块也忽长忽短的动。我们快走到校门了，我回了回头，他还在那儿立着；独自和阳光反抗呢，仿佛是。

在路上，和在澡堂里，老梅有几次要提说毛博士，我都没接碴儿。他对博士有点不敬，我不愿被他的意见给我对那个人的印象染上什么颜色，虽然毛博士给我的印象并不甚好。我还不大明白他，我只觉得他像个半生不熟的什么东西——他既不是上海的小流氓，也不是在美国华侨的子孙：像中国人，也不像外国人。他好像是没有根儿。我的观察不见得正确，可是不希望老梅来帮忙；我愿自己看清楚了他。在一方面，我觉得他别扭；在另一方面，我觉得他很有趣——不是值得交往，是"龙生九种，种种各别"的那种有趣。

不久，我就得到了个机会。老梅托我给代课。老梅是这么个人：谁也不知道他怎样布置的，每学期中他总得请上至少两三个礼拜的假。这一回是，据他说，因为他的大侄子被疯狗咬了，非回家几天不可。

老梅把钥匙交给了我，我虽不在他那儿睡，可是在那里休息和预备功课。

过了两天，我觉出来，我并不能在那儿休息和预备功课。只要我一到那儿，毛博士——正好像他的姓有些作用——毛儿似的就飞了来。这个人寂寞。有时候他的眼角还带着点泪，仿佛是正在屋里哭，听见我到了，赶紧跑过来，连泪也没顾得擦。因此，我老给他个笑脸，虽然他不叫我安安顿顿的休息会儿。

虽然是菊花时节了，可是北方的秋晴还不至于使健康的人长吁短叹的悲秋。毛博士可还是那么忧郁。我一看见他，就得望望天色。他仿佛会自己制造一种苦雨凄风的境界，能把屋里的阳光给赶了出去。

几天的工夫，我稍微明白些他的言语了。他有这个好处：他能满不理会别人怎么向他发愣。谁爱发愣谁发愣，他说他的。他不管言语本是要彼此传达心意的；跟他谈话，我得设想着：我是个留声机，他也是个留声机；说就是了，不用管谁明白谁不明白。怪不得老梅拿博士开玩笑呢，谁能和个留声机推心置腹的交朋友呢？

不管他怎样吧，我总想治治他的寂苦；年青青的不该这样。

我自然不敢再提洗澡与听戏。出去走走总该行了。

"怎能一个人走呢？真！"博士又叹了口气。

"一个人怎就不能走呢？"我问。

"你总得享受生命吧？"他反攻了。

"啊！"我敢起誓，我没这么胡涂过。

"一个人去走！"他的眼睛，虽然那么洼，冒出些火来。

"我陪着你，那么？"

"你又不是女人，"他叹了口长气。

我这才明白过来。

过了半天，他又找补了句："中国人太脏，街上也没法走。"

此路不通，我又转了弯。"找朋友吃小馆去，打网球去；或是独自看点小说，练练字……"我把小布尔乔亚的谋杀光阴的办法提出一大堆；有他那套责任洋服在面前，我不敢提那些更有意义的事儿。

他的回答倒还一致，一句话抄百宗：没有女人，什么也不能干。

"那么，找女人去好啦！"我看准阵势，总攻击了。"那不是什么难事。"

"可是牺牲又太大了！"他又放了胡涂炮。

"嗯？"也好，我倒有机会练习眨巴眼了；他算把我引入了迷魂阵。

"你得给她买东西吧？你得请她看电影，吃饭吧？"他好像是审我呢。

我心里说："我管你呢！"

"当然得买，当然得请。这是美国规矩，必定要这样。可是中国人穷啊；我，哈佛的博士，才一个月拿二百块洋钱——我得要求加薪！——那里省得出这一笔费用？"他显然是说开了头，我很注意的听。"要是花了这么笔钱，就顺当的订婚、结婚，也倒好了，虽然订婚要花许多钱，还能不买俩金戒指么？金价这么贵！结婚要花许多钱，蜜月必须到别处玩去，美国的规矩。家中也得安置一下：钢丝床是必要的，洋澡盆是必要的，沙发是必要的，钢琴是必要的，地毯是必要的。哎，中国地毯还好，连美国人也喜爱它！这得用几多钱？这还是顺当的话，假如你花了许多钱买东西，请看电影，她不要你呢？钱不是空花了？美国常有这种事呀，可是美国人富哇。拿哈佛说，男女的交际，单讲吃冰激凌的钱，中国人也花不起！你看——"

我等了半天，他也没有往下说，大概是把话头忘了；也许是被"中国"气迷糊了。

我对这个人没办法。他只好苦闷他的吧。

在老梅回来以前，我天天听到些美国的规矩，与中国的野蛮。还就是上海好一些，不幸上海还有许多中国人，这就把上海的地位低降了一大些。对于上海，他有点害怕：野鸡、强盗，杀人放火的事，什么危险都有，都因为有中国人。他眼中的中国人，完全和美国电影中的一样。"你必须用美国的精神作事，必须用美国人的眼光看事呀！"他谈到高兴的时候——还算好，他能因为谈讲美国而偶尔的笑一笑——老这样嘱咐我。什么是美国精神呢？他不能简单的告诉我，他得慢慢的讲述事实，例如家中必须有澡盆，出门必坐汽车，到处有电影园，男人都有女朋友，冬天屋里的温度在七十以上，女人们好看，客厅必有地毯……我把这些事都串在一处，还是不大明白美国精神。

老梅回来了，我觉得有点失望：我很希望能一气明白了毛博士，可是老梅一回来，我不能天天见他了。这也不能怨老梅。本来吗，咬他的侄子的狗并不是疯的，他还能不回来吗？

把功课教到哪里交待明白了，我约老梅去吃饭。就手儿请上毛博士。我要看看到底他是不能享受"中国"式的交际呢，还是他舍不得钱。

他不去。可是善意地辞谢："我们年青的人应当省点钱，何必出去吃饭呢？我们将来必须有个小家庭，像美国那样的。钢丝床，澡盆，电炉，"说到这儿，他似乎看出一个理想的小乐园：一对儿现代的亚当夏娃在电灯下低语。"沙发，两人读着《结婚的爱》，那是真正的快乐，真哪！现在得省着点……"

我没等他说完，扯着他就走。对于不肯花钱，是他有他的计划与目的，假如他的话是可信的；好了，我看看他享受一顿可口的饭不享受。

到了饭馆，我才明白了，他真不能享受！他不点菜，他不懂中国菜。"美国也很多中国饭铺，真哪。可是，中国菜到底是不卫生的。上海好，吃西餐是方便的。约上女朋友吃吃西餐，倒那个！"

我真有心告诉他，把他的姓改为"毛尔"或"毛利司"，岂不很那个？可是没好意思。我和老梅要了菜。

菜来了，毛博士吃得确不带劲。他的洼脸上好像要滴下水来，时时的向着桌上发愣。老梅又开玩笑了：

"要是有两三个女朋友，博士？"

博士忽然地醒过来："一男一女；人多了是不行的。真哪。在自己的小家庭里，两个人炖一只鸡吃吃，真惬意！"

"也永远不请客？"老梅是能板着脸装傻的。

"美国人不像中国人这样乱交朋友，中国人太好交朋友了，太不懂爱惜时间，不行的！"毛博士指着脸子教训老梅。

我和老梅都没挂气；这位博士确是真诚，他真不喜欢中国人的一切——除了地毯。他生在中国，最大的牺牲，可是没法儿改善。他只能厌恶中国人，而想用全力组织个美国式的小家庭，给生命与中国增点光。自然，我不能相信美国精神就像是他所形容的那样，但是他所看见的那些，他都虔诚的信奉，澡盆和沙发是他的上帝。我也想到，设若他在美国就像他在中国这样，大概他也是没看见什么。可是他确看见了美国的电影园，确看见了中国人不干净，那就没法办了。

因此，我更对他注意了。我决不会治好他的苦闷，也不想分这份神了。我要看清楚他到底是怎回事。

虽然不给老梅代课了，可还不断找他去，因此也常常看到毛博士。有时候老梅不在，我便到毛博士屋里坐坐。

博士的屋里没有多少东西。一张小床，旁边放着一大一小两个铁箱。一张小桌，铺着雪白的桌布，摆着点文具，都是美国货。两把椅子，一张为坐人，一张永远坐着架打字机。另有一张摇椅，放着个为卖给洋人的团龙绣枕。他没事儿便在这张椅上摇，大概是想把光阴摇得无可奈何了，也许能快一点使他达到那个目的。窗台上放着几本洋书。墙上有一面哈佛的班旗，几张在美国照的像片。屋里最带中国味的东西便是毛博士自己，虽然他也许不愿这么承认。

到他屋里去过不是一次了，始终没看见他摆过一盆鲜花，或是贴上一张风景画或照片。有时候他在校园里偷折一朵小花，那只为插在他的洋服上。这个人的理想完全是在创造一个人为的，美国式的，暖洁的小家庭。我可以想到，设若这个理想的小家庭有朝一日实现了，他必定终日放着窗帘，就是外面的天色变成紫的，或是太阳从西边出来，他也没那么大工夫去看一眼。

大概除了他自己与他那点美国精神，宇宙一切并不存在。

在事实上也证明了这个。我们的谈话限于金钱。洋服，女人，结婚，美国电影。有时候我提到政治，社会的情形，文艺，和其他的我偶尔想起或哄动一时的事，他都不接碴儿。不过，设若这些事与美国有关系，他还肯敷衍几句，可是他另有个说法。比如谈到美国政治，他便告诉我一件事实：美国某议员结婚的时候，新夫妇怎样的坐着汽车到某礼拜堂，有多少巡警去维持秩序，因为教堂外观者如山如海！对别的事也是如此，他心目中的政治，美术，和无论什么，都是结婚与中产阶级文化的光华方面的附属物。至于中国，中国还有政治，艺术，社会问题等等？他最恨中国电影；中国电影不好，当然其他的一切也不好。对中国电影最不满意的地方便是男女不搂紧了热吻。

几年的哈佛生活，使他得到那点美国精神，这我明白。我不明白的是：难道他不是生在中国？他的家庭不是中国的？他没在中国——在上美国以前——至少活了廿来岁？为什么这样不明白不关心中国呢？

我试探多少次了，他的家中情形如何，求学与作事的经验……哼！他的嘴比石头子儿还结实！这就奇怪了，他永远赶着别人来闲扯，可是他又不肯说自己的事！

和他交往快一年了，我似乎看出点来；这位博士并不像我所想的那么简单。即使他是简单，他的简单必是另一种。他必是有一种什么宗教性的戒律，使他简单而又深密。

他既不放松了嘴，我只好从新估定他的外表了。每逢我问到他个人的事，我留神看他的脸，他不回答我的问题，可是他的脸并没完全闲着。他一定不是个坏人，他的脸出卖了他自己。他的深密没能完全胜过他的简单，可是他必须要深密。或者这就是毛博士之所以为毛博士了；要不然，还有什么活头呢。人必须有点抓得住自己的东西。有的人把这点东西永远放在嘴边上，有的人把它永远埋在心里头。办法不同，立意是一个样的。毛博士想把自己拴在自己的心上。他的美国精神与理想的小家庭是挂在嘴边上的，可是在这后面，必是在这"后面"，才有真的他。

他的脸，在我试问他的时候，好像特别的洼了。从那最洼的地方发出一点黑晦，慢慢的布满了全脸，像片雾影。他的眼，本来就低深不易看到，此时便更往深处去了，仿佛要完全藏起去。他那些彼此永远挤着的牙轻轻咬那么几下，耳根有点动，似乎是把心中的事严严的关住，唯恐走了一点风。然后，他的眼忽然发出些光，脸上那层黑影渐渐的卷起，都卷入头发里去。"真哪！"他不定说什么呢，与我所问的没有万分之一的关系。他胜利了，过了半天还用眼角撩我几下。

只设想他一生下来便是美国博士，虽然是简截的办法，但是太不成话。问是问不出来，只好等着吧。反正他不能老在那张椅上摇着玩，而一点别的不干。

光阴会把人事筛出来。果然，我等到一件事。

快到暑假了，我找老梅去。见着老梅，我当然希望也见到那位苦闷的象征。可是博士并没露面。

我向外边一歪头，"那位呢？"

"一个多星期没露面了，"老梅说。

"怎么了？"

"据别人说，他要辞职，我也知道的不多，"老梅笑了笑，"你晓得，他不和别人谈私事。"

"别人都怎说来？"我确是很热心的打听。

"他们说，他和学校订了三年的合同。"

"你是几年？"

"我们都没合同，学校只给我们一年的聘书。"

"怎么单单他有呢？"

"美国精神，不订合同他不干。"

整像毛博士！

老梅接着说："他们说，他的合同是中英文各一份，虽然学校是中国人办的。博士大概对中国文字不十分信任。他们说，合同订的是三年之内两方面谁也不能辞谁，不得要求加薪，也不准减薪。双方签字，美国精神。可是，干了一年——这不是快到暑假了吗——他要求加薪，不然，他暑后就不来了。"

"呕，"我的脑子转了个圈。"合同呢？"

"立合同的时候是美国精神，不守合同的时候便是中国精神了。"老梅的嘴往往失于刻薄。

可是他这句话暗示出不少有意思的意思来。老梅也许是顺口的这么一说，可是正说到我的心坎上。"学校呢？"我问。

"据他们说，学校拒绝了他的请求，当然的，有合同吗。"

"他呢？"

"谁知道！他自己的事不对别人讲。就是跟学校有什么交涉，他也永远是写信，他有打字机。"

"学校不给他增薪，他能不干了吗？"

"没告诉你吗，没人知道？"老梅似乎有点看不起我。"他不干，是他自己失了信用；可是我准知道，学校也不会拿着合同跟他打官司，谁有工夫闹闲气。"

"你也不知道他要求增薪的理由？呕，我是胡涂虫！"我自动地撤销这一句，可是又从另一方面提出一句来："似乎应当有人会劝劝他！"

"你去吧；没我！"老梅又笑了。"请他吃饭，不吃；喝酒，不喝；问他什么，不说；他要说的，别人听着没味儿；这么个人，谁有法儿像个朋友似的去劝告呢？"

"你可也不能说，这位先生不是很有趣的？"

"那要凭怎么看了。病理学家看疯人都很有趣。"

老梅的语气不对，我听着。想了想，我问他："老梅，博士得罪了你吧？我知道你一向对他不敬，可是——"

他笑了。"耳朵还不离，有你的！近来真有点讨厌他了。一天到晚，女人女人女人，谁那么爱听！"

"这还不是真正的原因，"我又给了他一句。我深知道老梅的为人：他不轻易佩服谁；可是谁要是真得罪了他，他也不轻易的对别人讲论。原先他对博士不敬，并无多少含意，所以倒肯随便的谈论；此刻，博士必是真得罪了他，他所以不愿说了。不过，经我这么一问，他也没了办法。

"告诉你吧，"他很勉强的一笑："有一天，博士问我，梅先生，你也是教授？我就说了，学校这么请的我，我也没法。可是，他说，你并不是美国的博士？我说，我不是；美国博士值几个子儿一枚？我问他。他没说什么，可是脸完全绿了。这还不要紧，从那天起，他好像记死了我。他甚至写信质问校长：梅先生没有博士学位，怎么和有博士学位的——而且是美国的——挣一样多的薪水呢？我不晓得他从哪里探问出我的薪金数目。"

"校长也不好，不应当让你看那封信。"

"校长才不那么胡涂；博士把那封信也给了我一封，没签名。他大概是不屑与我为伍。"老梅笑得更不自然了。青年都是自傲的。

"哼，这还许就是他要求加薪的理由呢！"我这么猜。

"不知道。咱们说点别的？"

辞别了老梅，我打算在暑假放学之前至少见博士一面，也许能打听出点什么来。凑巧，我在街上遇见了他。他走得很急。眉毛拧着，脸洼得像个羹匙。不像是走道呢，他似乎是想把一肚子怨气赶出去。

"哪儿去，博士？"我叫住了他。

"上邮局去，"他说，掏出手绢——不是胸袋掖着的那块——擦了擦汗。

"快暑假了，到哪里去休息？"

"真哪！听说青岛很好玩，像外国。也许去玩玩。不过——"

我准知道他要说什么，所以没等"不过"的下回分解说出来，便又问："暑后还回来吗？"

"不一定。"或者因为我问得太急，所以他稍微说走了嘴：不一定自然含有不回来的意思。他马上觉到这个，改了口："不一定到青岛去。"假装没听见我所问的。"一定到上海去的。痛快的看几次电影；在北方作事，牺牲太大了，没好电影看！上学校来玩啊，省得寂寞！"话还没说利索，他走开了，一迈步就露出要跑的趋势。

我不晓得他那个"省得寂寞"是指着谁说的。至于他的去留，只好等暑假后再看吧。

刚一考完，博士就走了，可是没把东西都带去。据老梅的猜测：博士必是到别处去谋事，成功呢便用中国精神硬不回来，不管合同上定的是几年。找不到事呢就回来，表现他的美国精神。事实似乎与这个猜测相合：博士支走了三个月的薪水。我们虽不愿往坏处揣度人，可是他的举动确是令人不能必定往好处想。薪水拿到手里究竟是牢靠些，他只信任他自己，因为他常使别人不信任他。

过了暑假，我又去给老梅代课。这回请假的原因，大概连老梅自己也不准知道，他并没告诉我吗。好在他准有我这么个替工，有原因没有的也没多大关系了。

毛博士回来了。

谁都觉得这么回来是怪不得劲的，除了博士自己。他很高兴。设若他的苦闷使人不表同情，他的笑脸看着有点多余。他是打算用笑表示心中的快活，可是那张脸不给他作劲。他一张嘴便像要打哈欠，直到我看清他的眼中没有泪，才醒悟过来；他原来是笑呢。这样的笑，笑不笑没多大关系。他紧自这么笑，闹得我有点发毛咕。

"上青岛去了吗？"我招呼他。他正在门口立着。

"没有。青岛没有生命，真哪！"他笑了。

"啊？"

"进来，给你件宝贝看！"

我，傻子似的，跟他进去。

屋里和从前一样，就是床上多了一个蚊帐，他一伸手从蚊帐里拿出个东西，遮在身后："猜！"

我没这个兴趣。

"你说，是南方女人，还是北方女人好？"他的手还在背后。

我永远不回答这样的问题。

他看我没意思回答，把手拿到前面来，递给我一张像片。而后肩并肩的挤着我，脸上的笑纹好像真要在我脸上走似的；没说什么；他的嘴，也不知是怎么弄的，直唧唧的响。

女人的像片。拿像片断定人的美丑是最容易上当的。我不愿说这个女人长得怎么样。就它能给我看到的，不过是年纪不大，头发烫得很复杂而曲折，小脸，圆下颏，大眼睛。不难看，总而言之。

"定了婚，博士？"我笑着问。

博士笑得眉眼都没了准地方，可是没出声。

我又看了看像片，心中不由得怪难过的。自然，我不能代她断定什么；不过，我倘若是个女子……

"牺牲太大了！"博士好容易才说出话来："可是值得的，真哪！现在的女人多么精，才二十一岁，什么都懂，仿佛在美国留过学！头一次我们看完电影，她无论怎说也得回家，精呀！第二次看电影，还不许我拉她的手，多么精！电影票都是我打的！最后的一次看电影才准我吻了她一下，真哪！花多少钱也值得，没空花了；我临来，她送我到车站，给我买来的水果！花点钱，值得，她永远是我的：打野鸡不行呀，花多少钱也不行，而且有危险的！从今天起，我要省钱了。"

我插进去一句："你花钱还费吗？"

"哎哟！"元宝底上的眼睛居然弩出来了。"怎么不费钱！一个人，吃饭，洗衣服。哪样不花钱！两个人也不过花这么多，饭自己作，衣服自己洗。夫妇必定要互助呀。"

"那么，何必格外省钱呢？"

"钢丝床要的吧？澡盆要的吧？沙发要的吧？钢琴要的吧？结婚要花钱的吧？蜜月要花钱的吧？家庭是家庭哟！"他想了想："结婚请牧师也得送钱的！"

"干吗请牧师？"

"郑重；美国的体面人都请牧师祝婚，真哪！"他又想了想："路费！她是上海的；两个人从上海到这里，二等车！中国是要不得的，三等车没法坐的！你算算一共要几多钱？你算算看！"他的嘴咕弄着，手指也轻轻的掐，显然是算这笔账呢。大概是一时算不清，他皱了皱眉。紧跟着又笑了："多少钱也得花的！假如你买个五千元的钻石，不是为戴上给人看么？一个南方美人，来到北方，我的，能不光荣些么？真哪，她是上海最美的女子了，这还不值得牺牲么？一个人总得牺牲的！"

我始终还是不明白什么是牺牲。

替老梅代了一个多月的课，我的耳朵里整天嗡嗡着上海，结婚，牺牲，光荣，钢丝床……有时候我编讲义都把这些编进云，而得从新改过；他已把我弄胡涂了。我真盼老梅早些回来，让我去清静两天吧。观察人性是有意思的事，不过人要像年糕那样粘，把我的心都粘住，我也有受不了的时候。

老梅还有五六天就回来了。正在这个时候，博士又出了新花样。他好像一篇富于技巧的文章，正在使人要生厌的时候，来几句漂亮的。

他的喜劲过去了。除了上课以外，他总在屋里拍拉拍拉的打字。拍拉过一阵，门开了，溜着墙根，像条小鱼似的，他下楼去送信。照直去，照直回来；在屋里咚咚的走。走着走着，叹一口气，声音很大，仿佛要把楼叹倒了，以便同归于尽似的。叹过气以后，他找我来了，脸上带着点顶惨淡的笑。"噗！"他一进门先吹口气。好像屋中尽是尘土。然后，"你们真美呀，没有伤心的事！"

他的话老有这么种别致的风格，使人没法答碴儿。好在他会自动的给解释："没法子活下去，真哪！哭也没用，光阴是不着急的！恨不能飞到上海去！"

"一天写几封信？"我问了问。

"一百封也是没用的！我已经告诉她，我要自杀了！这样不是生活，不是！"博士连连摇头。

"好在到年假才还不到三个月。"我安慰着他，"不是年假里结婚吗？"

他没有回答，在屋里走着。待了半天："就是明天结婚，今天也是难过的！"

我正在找些话说，他忽然像忘了些什么重要的事，一闪似的便跑出去。刚进到他的屋中，拍拉，拍拉，拍，打字机又响起来。

老梅回来了。我在年假前始终没找他去。在新年后，他给我转来一张喜帖。用英文印的。我很替毛博士高兴，目的达到了，以后总该在生命的别方面努力了。

年假后两三个星期了，我去找老梅。谈了几句便又谈到毛博士。

"博士怎样？"我问，"看见博士太太没有？"

"谁也没看见她；他是除了上课不出来，连开教务会议也不到。"

"咱俩看看去？"

老梅摇了头："人家不见，同事中有碰过钉子的了。"

这个，引动了我的好奇心。没告诉老梅，我自己要去探险。

毛博士住着五间小平房，院墙是三面矮矮的密松。远远的，我看见院中立着个女的，细条身框，穿着件黑袍，脸朝着阳光。她一动也不动，手直垂着，连蓬松的头发好像都镶在晴冷的空中。我慢慢的走，她始终不动。院门是两株较高的松树，夹着一个绿短棚子。我走到这个小门前了，与她对了脸，她像吓了一跳，看了我一眼，急忙转身进去了。在这极短的时间内，我得了个极清楚的印象：她的脸色青白，两个大眼睛像迷失了的羊的那样悲郁，头发很多很黑，和下边的长黑袍联成一段哀怨。她走得极轻快，好像把一片阳光忽然的全留在屋子外边。我没去叫门，慢慢的走回来了。我的心中冷了一下，然后觉得茫然的不自在。到如今我还记得这个黑衣女。

大概多数的男人对于女性是特别显着侠义的。我差不多成了她的义务侦探了。博士是否带她常出去玩玩，譬如看看电影？他的床是否钢丝的？澡盆？沙发？当他跟我闲扯这些的时候，我觉得他毫无男子气。可是由看见她以后，这些无聊的事都在我心中占了重要的地位；自然，这些东西的价值是由她得来的。我钻天觅缝的探听，甚至于贿赂毛家的仆人——他们用着一个女仆。我所探听到的是他们没出去过，没有钢丝床与沙发。他们吃过一回鸡，天天不到九点钟就睡觉……

我似乎明白些毛博士了。凡是他口中说的——除了他真需个女人——全是他视为作不到的；所以作不到的原因是他爱钱。他梦想要作个美国人；及至来到钱上，他把中国固有的夫为妻纲与美国的资产主义联合到一块。他自己便是他所恨恶的中国电影，什么在举动上都学好莱坞的，而根本上是中国的，他是个自私自利而好摹仿的猴子。设若他没上过美国，他一定不会这么样，他至少在人情上带出点中国气来。他上过美国，觉着他为中国当个国民是非常冤屈的事。他可以依着自己的方便，在美国精神的装饰下，作出一切。结婚，大概只有早睡觉的意义。

我没敢和老梅提说这个，怕他耻笑我；说真的，我实在替那个黑衣女抱不平。可是，我不敢对他说；青年们的想象是不易往厚道里走的。

春假了，由老梅那里我听来许多人的消息：有的上山去玩，有的到别处去逛，我听不到博士夫妇的。学校里那么多人，好像没人注意他们俩——按普通的理说，新夫妇是最使人注意的。

我决定去看看他们。

校园里的垂柳已经绿得很有个样儿了。丁香可是才吐出颜色来。教员们，有的没去旅行，差不多都在院中种花呢。到了博士的房子左近，他正在院中站着。他还是全份武装地穿着洋服，虽然是在假期里。阳光不易到的地方，还是他的脸的中部。隔着松墙我招呼了他一声：

"没到别处玩玩去，博士？"

"哪里也没有这里好，"他的眼瞭了远处一下。

"美国人不是讲究旅行么？"我一边说一边往门那里凑。

他没回答我。看着我，他直往后退，显出不欢迎我进去的神气。我老着脸，一劲地前进。他退到屋门，我也离那儿不远了。他笑得极不自然了，牙咬了两下，他说了话：

"她病了，改天再招待你呀。"

"好吧，"我也笑了笑。

"改天来——"他没说完下半截便进去了。

我出了门，校园中的春天似乎忽然逃走了。我非常的不愉快。

又过了十几天，我给博士一个信儿。请他夫妇吃饭。我算计着他们大概可以来；他不交朋友，她总不会也愿永远囚在家里吧？

到了日期，博士一个人来了。他的眼边很红，像是刚揉了半天的。脸的中部特别显着洼，头上的筋都跳着。

"怎啦，博士？"我好在没请别人，正好和他谈谈。

"妇人，妇人都是坏的！都不懂事！都该杀的！"

"和太太吵了嘴？"我问。

"结婚是一种牺牲，真哪！你待她天好，她不懂，不懂！"博士的泪落下来了。

"到底怎回事？"

博士抽答了半天，才说出三个字来："她跑了！"他把脑门放在手掌上，

牺牲

老舍

57

哭起来。

我没想安慰他。说我幸灾乐祸也可以，我确是很高兴，替她高兴。

待了半天，博士抬起头来，没顾得擦泪，看着我说：

"牺牲太大了！叫我，真！怎样再见人呢？！我是哈佛的博士，我是大学的教授！她一点不给我想想！妇人！"

"她为什么走了呢？"我假装皱上眉。

"不晓得。"博士净了下鼻子。"凡是我以为对的，该办的，我都办了。"

"比如说？"

"储金，保险，下课就来家陪她，早睡觉，多了，多了！是我见到的，我都办下；她不了解，她不欣赏！每逢上课去，我必吻一下，还要怎样呢？你说！"

我没的可说，他自己接了下去。他是真憋急了，在学校里他没一个朋友。"妇女是不明白男人的！定婚，结婚，已经花了多少钱，难道她不晓得？结婚必须男女两方面都要牺牲的。我已经牺牲了那么多，她牺牲了什么？到如今，跑了，跑了！"博士立起来，手插在裤袋里，眉毛拧着："跑了！"

"怎办呢？"我随便问了句。

"没女人我是活不下去的！"他并没看我，眼看着他的领带。"活不了！"

"找她去？"

"当然！她是我的！跑到天边，没我，她是个'黑'人！她是我的，那个小家庭是我的，她必得老跟着我！"他又坐下了，又用手托住脑门。

"假如她和你离婚呢？"

"凭什么呢？难道她不知道我爱她吗？不知道那些钱都是为她花了吗？就没一点良心吗？离婚？我没有过错！"

"那是真的。"我自己知道这是什么意思。

他抬头看了我一眼，气好像消了些，舐了舐嘴唇，叹了口气："真哪，我一见她脸上有些发白，第二天就多给她一个鸡子儿吃！我算尽到了心！"他又不言语了，呆呆的看着皮鞋尖。

"你知道她上哪儿了？"

博士摇了摇头。又坐了会儿，他要走。我留他吃饭，他又摇头："我回去，也许她还回来。我要是她，我一定回来。她大概是要回来的。我回去看看。我永远爱她，不管她待我怎样。"他的泪又要落下来，勉强的笑了笑，抓起帽子就往外走。

这时候，我有点可怜他了。从一种意义上说，他的确是个牺牲者——可是不能怨她。

过了两天，我找他去，他没拒绝我进去。

屋里安设得很简单，除了他原有的那份家具，只添上了两把藤椅，一张长桌，桌上摆着他那几本洋书。这是书房兼客厅；西边有个小门，通到另一间去，挂着个洋花布单帘子。窗上都挡着绿布帘，光线不十分足。地板上铺着一领厚花席子。屋里的气味很像个欧化了的日本家庭，可是没有那些灵巧的小装饰。

我坐在藤椅上，他还坐那把摇椅，脸对着花布帘子。

我们俩当然没有别的可谈。他先说了话：

"我想她会回来，到如今竟自没消息，好狠心！"说着，他忽然一挺身，像是要立起来，可是极失望地又缩下身去。原来这个花布帘被一股风吹得微微一动。

这个人已经有点中了病！我心中很难过了。可是，我一想，结婚刚三个多月，她就逃走，想必她是真受不住了；想必她也看出来，这个人是无希望改造的。三个月的监狱生活是满可以使人铤而走险的。况且，性欲的生活，有时候能使人一天也受不住的——由这种生活而起的厌恶比毒药还厉害。我由博士的气色和早睡的习惯已猜到一点，现在我要由他的口中证实了。我和他谈一些严重的话。便换换方向，谈些不便给多于两个人听的。他也很喜欢谈这个，虽然更使他伤心。他把这种事叫"爱"。他很"爱"她，有时候一夜"爱"四次。他还有个理论：

"受过教育的人性欲大，真哪。下等人的操作使他们疲倦，身体上疲倦。我们用脑子的，体力是有余的，正好借这个机会运动运动。况且，因为我们用脑子，所以我们懂得怎样"爱"，下等人不懂！"

我心里说，"要不然她怎么会跑了呢！"

他告诉我许多这种经验，可是临完更使他悲伤——没有女人是活不下去的！我去了几次，慢慢地算是明白了他的一部分：对于女人，他只管"爱"，而结婚与家庭设备的花费是"爱"的代价。这个代价假如轻一点，"博士"会给增补上所欠的分量。"一个美国博士，你晓得，在女人心中是占分量的。"他说，附带着告诉我："你想要个美的，大学毕业的，年青的，品行端正的女人，先去得个博士，真哪！"

他的气色一天不如一天了。对那个花布帘，他越发注意了；说着说着话，他能忽然立起来，走过去，掀一掀它。而后回来，坐下，不言语好大半天。脸比绿窗帘绿得暗一些。

可是他始终没要找她去，虽然嘴里常这么说。我以为即使他怕花了钱而找不到她，也应当走一走，或至少是请几天假。因为他自己说她要把"博士"与"教授"的尊严一齐给他毁掉了。为什么他不躲几天，而照常的上课，虽然是带着眼泪？后来我才明白：他要大家同情他，因为他的说法是这样："嫁给任何人，就属于任何人，况且嫁的是博士？从博士怀中逃走，不要脸，没有人味！"他不能亲自追她去。但是他需要她，他要"爱"。他希望她回来，因为他不能白花了那些钱。这个，尊严与"爱"，牺牲与耻辱，使他进退两难，啼笑皆非，一天不定掀多少次那个花布帘。他甚至于后悔没娶个美国女人了，中国女人是不懂事，不懂美国精神的！

人生在某种文化下，不是被它——文化——管辖死，便是因反抗它而死。在人类的任何文化下，也没有多少自由。毛博士的事是没法解决的。他肩着两种文化的责任，而想把责任变成享受。洋服也得规矩的穿着，只是把脖子箍得怪难受。脖子是他自己的，但洋服是文化呢！

木槿花一开，就快放暑假了。毛博士已经有几天没有出屋子。据老梅说，博士前几天还上课，可是在课堂上只讲他自己的事，所以学校请他休息几天。

我又去看他，他还穿着洋服在椅子上摇呢，可是脸已不像样儿了，最洼的那一部分已经像陷进去的坑，眼睛不大爱动了，可是他还在那儿坐着。我劝他到医院去，他摇头："她回来，我就好了；她不回来，我有什么法儿呢？"他很坚决，似乎他的命不是自己的。"再说，"他喘了半天气才说出来："我已经天天喝牛肉汤；不是我要喝；是为等着她；牺牲，她跑了我还得为她牺牲！"

我实在找不到话说了。这个人几乎是可佩服的了。待了半天，他的眼忽然亮了，抓住椅子扶手，直起胸来，耳朵侧着："听！她回来了！是她！"他要立起来，可是只弄得椅子前后的摇了几下，他起不来。

外边并没有人。他倒了下去，闭上了眼，还喘着说："她——也——许——明天来。她是——我——的！"

暑假中，学校给他家里打了电报，来了人，把他接回去。以后，没有人得到过他的信。有的人说，到现在他还在疯人院里呢。

（原载 1934 年 4 月 1 日《文学》第 2 卷第 4 期，
收入《樱海集》，人间书屋 1935 年 8 月初版）

生 灭

"梅！"文低声的叫，已想好的话忽然全乱了；眼从梅的脸上移开，向小纯微笑。

小纯，八个月的小胖老虎，陪着爸笑了，鼻的左右笑出好几个肉坑。

文低下头去；天真的笑，此时，比刀还厉害。

小纯失去了爸的眼，往娘的胸部一撞，仰脸看娘。娘正面向窗出神，视线远些好能支持住泪。小纯无聊的啊啊了一阵，嘴中的粉色牙床露出些来。往常在灯下，文每每将一片棉花贴在那嫩团团的下巴上，往墙上照影；梅娇唤着：小老头，小老头；小纯啊啊着，莫名其妙的笑，有时咯咯的笑出声来。今晚，娘只用手松拢着他，看着窗；绿窗帘还没有放下来。

小纯又作出三四种声音，信意的编成短句，要换出大人心中的爱。娘忍不住了，低下头猛的吻了小纯的短发几下，苦痛随着泪滴在发上。"不是胃病！"本想多说，可是苦痛随着这简短的爆发又封住了心，像船尾的水开而复合。没擦自己的眼；她轻轻把小纯的头发用手掌拭干。

文觉得自己是畜类。当初，什么样的快乐没应许过她？都是欺骗，欺骗！他自己痛苦；可是她的应该大着多少倍呢？他想着婚前的景象……那时候的她……不到二年……不能再想；再想下去，他就不能承认过去的真实，而且也得不到什么安慰。他不能完全抛弃了希望。只有希望能折减罪过，虽然在过去也常这么着，而并没多大用处。"没有小纯的时候，不也常常不爱吃东西？"他笑得没有半分力量。想起在怀上小纯以前的梅，那时她的苍白是偶尔的，像初开的杜鹃，过一会儿便红上来。现在……"别太胆小了，不能是那个。"他把纯抱过来，眼撩着梅；梅的脸，二年的工夫，仿佛是另一个人了；和纯的乳光的脸蛋比起来，她确是个母亲样子了。她照镜子的时候该怎样难过呢？"乖，跟爸爸，给唱唱。"可是他没有唱，他找不到自己的声音。只是纯的凉而柔滑的脸，给他的唇一种舒适，心中也安静了些。

梅倒在床上，脸埋在枕里。

文颠动着小纯，在屋里转，任凭小纯揪他的耳朵，抓他的头发。他的眼没离开梅：那就是梅吗？和梅同过四年的学，连最初的相遇——在注册室外——他还记得很清楚。那时候的梅像个翠鸟似的。现在床上这一个人形，难道还是她？她想什么呢？生命就是这么无可捉摸的暗淡吗？腿一软似的，他坐在床沿上。惭愧而假笑的脸贴着小纯的胖腮，"妈不哭，小纯不哭。"小纯并没有哭，只是直躲爸的脸——晚上，胡子茬又硬起来——掏出口中的手指在爸的脸上画。

梅的头微微转起点来，"和点代乳粉试试，纯，来！"她慢慢坐起来，无意的看了腹部一眼；要打嗝，没打出来。

"胃不好，奶当然不好，"文极难堪的还往宽处想。他看罐上的说明。

"就快点吧，到吃的时候了；吃了好睡！"梅起急。

这不是往常夫妻间的小冲突的那种急，文看出来：这是一种不知怎好的暴躁，是一触即发的悲急。文原谅她，这不由她；可是在原谅中他觉到一点恐怖。他忙把粉调好。

小纯把头一口咽了。梅的心平下一点去，极轻妙而严重的去取第二匙。文看着她的手，还是那么白润，可是微微浮肿着，白润得不自然。纯辨明了滋味，把第二口白汁积在口中，想主意，而后照着喷牙练习那种喷法噗了一口，白汁顺嘴角往下流，鼻上也落了几小颗白星。文的喉中噎了一下，连个"乖"也没能叫出。

"宝纯纯！"梅在慌中镇定，把对一切苦恼的注意都移到纯的身上来，她又完全是母亲了："来，吃，吃——"自己吧嗒着嘴，又轻轻给了他一匙。

纯的胖腿踢蹬起来，虽然没哭——他向来不爱哭——可是啊啊了一串，表示决不吃这个新东西。

"算了吧，"男人性急，"阿——"可是没什么办法。

梅叹了口气，不完全承认失败，又不肯逼迫娃娃，把怀解开。"吃吧，没养分！"

小纯像蜜蜂回巢似的奔了乳头去，万忙中找了爸一眼，爸要钻进地里去。纯吃得非常香甜，用手指拨弄着那个空闲的乳头。梅不错眼珠的看着娃娃的腮，好似没有一点思想；甘心的，毫不迟疑的，愿把自己都给了纯。可是"没养分"！她呆呆的看着那对小腮，无限的空虚。文看着妻的胸。那曾经把他迷狂了的胸，因小纯而失了魅力，现在又变成纯的毒物——没有养分！他听着咂乳的微声，温善的宣布着大人的罪恶。他觉到自己的尊严逐渐的消失。小纯的眼渐渐闭上了，完全信靠大人，必须含着乳睡去。吃净了一边，换过方向来，他又睁开眼，湿润的双唇弯起一些半睡中的娇笑。又扭过头去。梅机械的拍着小腿，纯睡去了。

多么难堪的静寂。要再不说点什么，文的心似乎要炸了。伏在梅的耳旁，他轻轻的说："明天上孟老头那里看看去；吃剂药看。"他还希望那是胃病，胃病在这当儿是必要的，救命的！

梅点点头，"吃汤药，奶可就更不好了。"她必须为小纯而慎重，她自己倒算不了什么。

"告诉老孟，说明白了，有小孩吃奶。"文的希望是无穷的，仿佛对一个中医的信心能救济一切。

一夜，夫妻都没睡好；小纯一会一醒，他饿。两只小手伸着时，像受了惊似的往上抬，而后闭着眼咧咧几声，听到娘的哼唧又勉强睡去；一会儿又醒。梅强打精神哼唧着，轻轻的拍着他，有时微叹一声，一种困乏隐忍悔恨爱惜等混合成的叹息。文大气不出，睁着眼看着黑暗。他什么也不敢想，可是什么都想到了，越想越迷惘。一个爱的行为，引起生死疾痛种种解不开的压迫。谁曾这么想过呢，在两年前？

春晨并没有欣喜，梅的眼底下发青，脸上灰白。文不敢细看它。他不断的打哈欠，泪在面上挂着，傻子似的。他去请假，赶回来看孩子；梅好去诊看。

小纯是豪横的，跟爸撕纸玩，揪爸的鼻子……不过，玩着玩着便啊啊起来，似微含焦急。爸会用新方法使他再笑得出了声，可是心中非常难过。他时时看那个代乳粉罐。钱是难挣的，还能不供给小纯代乳粉，假如他爱吃的话；但是他不吃。小纯瘦起来，一天到晚哭哭咧咧，以至于……他不敢再想。马上就看看纯，是否已经瘦了些呢？纯的眼似乎有点陷下，双眼皮的沟儿深了些，可怜的更俊了！

钱！不愿想它；敢不想么？事事物物上印着它的价值！他每月拿六十块。他不嫌少。可是住房、穿衣、吃饭、交际、养小孩都仗着这六十块；到底是紧得出不来气，不管嫌少不嫌。为小纯，他们差不多有一年了，没作过一件衣裳，没去看一次电影或戏。为小纯，梅辞了事。梅一月须喝五块钱的牛奶。但小纯是一切；钱少，少花就是了，除了为小纯的。谁想到会作父母呢？当结婚的时候，钱是可以随便花的。两个大学毕业生还怕抓不到钱么？结婚以后，俩人都去作事，虽然薪水都不像所期望的那么高，可是有了多花，没了少花，还不是很自由的么？早上出去，晚上回来，三间小屋的家庭不过像长期的旅舍。"随便"增高了浪漫的情味。爱出去吃饭，立起就走；爱自己作便合力的作。生活像燕那样活泼，一切都被心房的跳跃给跳过去，如跳栏竞走那样。每天晚上会面是一个恋的新试验……只有他俩那些不同而混在一处的味道是固定的，在帐子上，杯沿上，手巾上，挂着，流动着。

"我们老这样！"

"我们老这样！"

老这样，谁怕钱少呢？够吃喝就好。谁要储蓄呢？两个大学毕业生还愁没有小事情作么。"我们就老这样自由，老这样相爱！"生活像没有顾虑的花朵，接受着春阳的晴暖。

慢慢的，可是，这个简单的小屋里有了个可畏的新现象，一个活的什么东西伸展它的势力，它会把这个小巢变成生命的监狱！他们怕！

怕有什么用呢，到底有了小纯。母性的尊傲担起身上的痛苦；梅的惊喜与哭泣使文不安而又希冀。为减少她的痛苦，他不叫她再去作事，给她找了个女仆。他俩都希望着，都又害怕。谁知道怎样作父母呢？最显然的是觉到钱的压迫。两个大学毕业生，已是一个不能作事的了。文不怕；梅说：只要小孩断了奶便仍旧去作事。可是他们到底是怕。没有过的经验来到，使他们减少了自信，知道一个小孩带来多少想不到的累赘呢。不由的，对这未来的生命怀疑了。谁也不肯明说设法除掉了它，可是眼前不尽光明……

文和纯有时不约而同的向窗外看；纯已懂得找娘，文是等着看梅的脸色。她那些不同的脸色与表情，他都能背得过来。假如她的脸上是这样……或那样……文的心跳上来，落下去，恐慌与希望互有胜负的在心中作战。小纯已有点发急，抓着桌子打狠儿。"爸抱上院院？"戴上白帽，上院中去，纯又笑了。

"妈来喽！"文听见砖地上的脚步声。脚步的轻快是个吉兆；果然由影壁后转过一个笑脸来。她夹着小皮包，头扬着点，又恢复了点婚前的轻俏。

文的心仿佛化在笑里了。

顾不得脱长袍，梅将小纯接过去，脸偎着脸。长袍的襟上有一大块油渍，她也不理会；一年前，杀了她也不肯穿它满街去走。

"问了孟老头儿，不是喜；老头儿笑着说的，我才不怕他！"梅的眼非常的亮，给言语增加上些力量。

"给我药方，抓几剂？"文自行恢复了人的资格。"我说不能呢；还要怎么谨慎？难道吻一下也——没的事！"从梅的皮包里掏出药方，"脉濡大，膈中结气……"一边念，一边走，没顾得戴帽子。

吃了两剂，还是不见好。小纯两太阳下的肉翅儿显然的落下去。梅还时时的恶心。

文的希望要离开他。现象坏。梅又发愣了，终日眼泪扑洒的。小纯还不承认代乳粉。白天，用稀粥与嫩鸡子对付，他也乖乖的不闹；晚间，没有奶不睡。

夜间，文把眉皱得紧紧的思前想后。现象坏！怎这么容易呢？总是自己的过错；怎能改正或消减这个过错呢；他喉中止不住微响了。梅也没睡去，她明白这个响声。她呜咽起来。

文想安慰她，可是张不开口；夜似封闭了他的七窍，要暗中把他压死。他只能乱想。自从有了小纯，金钱的毒手已经扼住他们的咽喉。该买的东西不知道有多少，意外的花费几乎时时来伸手；他们以前没想到过省钱！但是小纯是一切。他不但是爱，而且是爱的生长，爱的有形的可捉摸的香暖的活宝贝。夫妇间的亲密有第三者来分润、增加、调和、平衡、完成。爱会从小纯流溢到他或她的心间；小纯不阻隔，而能传导。夫妇间彼此该挑剔的，都因小纯而互相原谅。他们更明白了生命，生命是责任，希望，与继续。金钱压迫的苦恼被小纯的可爱给调剂着；婴儿的微笑是多少年的光明；盘算什么呢？况且梅是努力的，过了满月便把女仆辞去，她操作一切。洗、作、买，都是她。文觉得对不起她，可是她乐意这样。她必须为小纯而受苦。等他会走了，她便能再去挣钱……

但是，假如这一个将能省点心，那一个又来了呢？大的耽误了，小的也养不好怎办呢？梅一个人照顾俩，这个睡了，那个醒，六十块钱，六十块钱怎么对待梅呢？永远就这么作下母亲去？孩子长大了能不上学么？钱造成天大的黑暗！

梅呜咽着！

第二天，梅决定到医院去检查。和文商议的时候，谁也不敢看谁。梅是有胆气的，除了怕黑潮虫，她比文还勇敢——在交涉一点事，还个物价，找医生等等上，她都比文的胆壮。她决定去找西医。文笑着，把眼睛藏起去。

"可怜的纯！"二人不约而同的低声儿说。小纯在床上睡呢。为可怜的纯，另一个生命是不许见天日的。

文还得请半天假。

梅走后，小纯还没有醒。文呆立在床前看着纯的长眼毛，一根一根清楚的爬在眼皮下。他不知怎样好。看着梅上医院，可与看着她上街买菜去不同了；这分明是白天奴使，夜间蹂躏的宣言，他觉得自己没有半点人味。

小纯醒了，揉开眼，傻子似的就笑。文抱起他来，一阵刺心的难过。他无聊的瞎说，纯像打电话似的啊啊。文的心在梅身上。以前，梅只是他的梅；现在，梅是母亲。假如没了梅，只剩下他和纯？他不敢再想下去。生死苦痛、爱、杀、妻、母……没有系统的在他心上浮着，像水上的屑沫。

快到晌午，梅才回来。她眼下有些青影。不必问了，她也不说，坐在床沿上发愣。只有纯的啊啊是声音，屋中似在死的掌握里。半天，梅忽然一笑，笑得像死囚那样无可奈何的虚假："死刑！"说完，她用手挡起脸来，有泪无声的哭着，小纯奔着妈妈要奶吃。

该伤心的地方多了；眼前，梅哭的是怕什么偏有什么。这种伤心是无法止住的，它把以前的快乐一笔勾销，而暗示出将来是不可测的，前途是雾阵。怕什么偏有什么，她不能相信这是事实，可是医生又不扯谎。已经两个多月了，谁信呢？

无名的悲苦发泄了以后，她细细的盘算：必须除掉这个祸胎。她太爱纯，不能为一个未来的把纯饿坏。纯是头一个，也得是最好的。但是，应当不应当这么办呢？母性使她迟疑起来，她得和文商议。

文没有主张。梅如愿意，便那么办。但是，怕有危险呢！他愿花些钱作为赎罪的罚金，可是钱在哪里呢？他不能对梅提到钱的困难，梅并非是去享受。假如梅为眼前的省钱而延迟不决，直到新的生命降生下来，那又怎样办？哪个孩子不是用金子养起的呢？他没主意，金钱锁住那未生的生命，痛苦围困住了梅——女人。痛苦老是妇女的。

几个医院都打听了。法国医院是天主教的，绝对不管打胎。美国医院是耶稣教的，不能办这种事。私立的小医院们愿意作这种买卖，可是看着就不保险。只有亚陆医院是专门作这个的，手术费高，宿膳费高，可是有经验，有设备，而且愿意杀戮中国的胎儿。

去还是不去呢？

去还是不去呢？

生还是灭呢？在这复杂而无意义的文化里？

梅下了决心，去！

文勇敢起来，当了他的表，戒指……去！

梅住二等七号。没带铺盖，而医院并不预备被褥；文得回家取。

取来铺盖，七号已站满了小脚大娘，等梅选用。医院的护士只管陪着大夫来，和测温度；其余的事必须雇用小脚大娘，因为中国人喜欢这样。梅只好选用了一位——王大娘。

王大娘被选，登时报告一切：八号是打胎的——十五岁的小姐，七个月的肚子，前两天用了撑子，叫唤了两夜。昨天已经打下来，今天已经唱着玩了。她的野汉子是三十多岁的掌柜的。第九号是打胎的，一位女教员。她的野汉子陪着她住院；已经打完了，正商量着结婚。为什么不省下这回事呢？谁知道。第十号是打胎的，可不是位小姐（王大娘似乎不大重视太太而打胎的），而小孩也不是她丈夫的。第十一号可不是打胎的，已经住了两个多月，夫妇都害胃病，天天吃中国药，专为在这儿可以痛快的吃大烟。

她刚要报告第十二号，进来一群人：送牛奶的问定奶不定，卖报的吆喝报，三仙斋锅贴铺报告承办伙食，卖瓜子的让瓜子，香烟……王大娘代为说明："太太，这儿比市场还方便。要不怎么永远没有闲房呢，老住得满满的，贵点，真方便呢。抽大烟没人敢抄，巡警也怕东洋人不是？"

八号的小姐又唱呢，紧接着九号开了留声机。唱着《玉堂春》。文想抱起小纯，马上回家。可是梅不动。纯洁与勇敢是他的孩子与妻，因他而放在这里——这提倡蹂躏女性的地方，这凭着金钱遮掩所谓丑德的地方，这使异国人杀害胎儿的地方！

他想叫梅同他回家，可是他是祸首，他没有管辖她的权利。他和那些"野汉子"是同类。

王大娘问：先生也住在这里吧？好去找铺板。这里是可以住一家子的，可以随意作饭吃。

文回答不出。

"少爷可真俊！"王大娘夸奖小纯："几个月了？"看他们无意回答，继续下去："一共有几位少爷了？"

梅用无聊与厌烦挤出一点笑来："头一个。"

"哟！就这一位呀！？为什么，啊，何不留着小的呢？不是一共才俩？"

文不由的拿起帽子来。可是小纯不许爸走，伸着小手向他啊啊。他把帽扣在头上，抱过纯来，坐在床沿上。

九号又换了戏片。

（原载 1934 年 8 月 1 日《文学》第 3 卷第 2 期，

收入《老舍小说集外集》，北京出版社 1982 年 3 月初版）

月牙儿

一

　　是的，我又看见月牙儿了，带着点寒气的一钩儿浅金。多少次了，我看见跟现在这个月牙儿一样的月牙儿；多少次了，它带着种种不同的感情，种种不同的景物，当我坐定了看它，它一次一次的在我记忆中的碧云上斜挂着。它唤醒了我的记忆，像一阵晚风吹破一朵欲睡的花。

二

　　那第一次，带着寒气的月牙儿确是带着寒气。它第一次在我的云中是酸苦，它那一点点微弱的浅金光儿照着我的泪。那时候我也不过是七岁吧，一个穿着短红棉袄的小姑娘。戴着妈妈给我缝的一顶小帽儿，蓝布的，上面印着小小的花，我记得。我倚着那间小屋的门垛，看着月牙儿。屋里是药味，烟味，妈妈的眼泪，爸爸的病；我独自在台阶上看着月牙，没人招呼我，没人顾得给我作晚饭。我晓得屋里的惨凄，因为大家说爸爸的病……可是我更感觉自己的悲惨，我冷，饿，没人理我。一直的我立到月牙儿落下去。什么也没有了，我不能不哭，可是我的哭声被妈妈的压下去；爸，不出声了，面上蒙了块白布。我要掀开白布，再看看爸，可是我不敢。屋里只是那么点点地方，都被爸占了去。妈妈穿上白衣，我的红袄上也罩了个没缝襟边的白袍，我记得，因为不断地撕扯襟边上的白丝儿。大家都很忙，嚷嚷的声儿很高，哭得很恸，可是事情并不多，也似乎值不得嚷：爸爸就装入那么一个四块薄板的棺材里，到处都是缝子。然后，五六个人把他抬了走。妈和我在后边哭。我记得爸，记得爸的木匣。那个木匣结束了爸的一切：每逢我想起爸来，我就想到非打开那个木匣不能见着他。但是，那个匣是深深地埋在地里，我明知在城外哪个地方埋着它，可又像落在地上的一个雨点，似乎永难找到。

三

　　妈和我还穿着白袍，我又看见了月牙儿。那是个冷天，妈妈带我出城去看爸的坟。妈拿着很薄很薄的一摞儿纸。妈那天对我特别的好，我走不动便背我一程，到城门上还给我买了一些栗子。什么都是凉的，只有这些栗子是热的；我舍不得吃，用它们热我的手。走了多远，我记不清了，总该是很远很远吧。在爸出殡的那天，我似乎没觉得这么远，或者是因为那天人多；这次只是我们娘儿俩，妈不说话，我也懒得出声，什么都是静寂的；那些黄土路静寂得没有头儿。天是短的，我记得那个坟：小小的一堆儿土，远处有一些高土岗儿，太阳在黄土岗儿上头斜着。妈妈似乎顾不得我了，把我放在一旁，抱着坟头儿去哭。我坐在坟头的旁边，弄着手里那几个栗子。妈哭了一阵，把那点纸焚化了，一些纸灰在我眼前卷成一两个旋儿，而后懒懒地落在地上；风很小，可是很够冷的。妈妈又哭起来。我也想爸，可是我不想哭他；我倒是为妈妈哭得可怜而也落了泪。过去拉住妈妈的手："妈不哭！不哭！"妈妈哭得更恸了。她把我搂在怀里。眼看太阳就落下去，四处没有一个人，只有我们娘儿俩。妈似乎也有点怕了，含着泪，扯起我就走，走出老远，她回头看了看，我也转过身去：爸的坟已经辨不清了；土岗的这边都是坟头，一小堆一小堆，一直摆到土岗底下。妈妈叹了口气。我们紧走慢走，还没有走到城门，我看见了月牙儿。四外漆黑，没有声音，只有月牙儿放出一道儿冷光。我乏了，妈妈抱起我来。怎样进的城，我就不知道了，只记得迷迷糊糊的天上有个月牙儿。

四

刚八岁，我已经学会了去当东西。我知道，若是当不来钱，我们娘儿俩就不要吃晚饭；因为妈妈但分有点主意，也不肯叫我去。我准知道她每逢交给我个小包，锅里必是连一点粥底儿也看不见了。我们的锅有时干净得像个体面的寡妇。这一天，我拿的是一面镜子。只有这件东西似乎是不必要的，虽然妈妈天天得用它。这是个春天，我们的棉衣都刚脱下来就入了当铺。我拿着这面镜子，我知道怎样小心，小心而且要走得快，当铺是老早就上门的。我怕当铺的那个大红门，那个大高长柜台。一看见那个门，我就心跳。可是我必须进去，似乎是爬进去，那个高门坎儿是那么高。我得用尽了力量，递上我的东西，还得喊："当当！"得了钱和当票，我知道怎样小心的拿着，快快回家，晓得妈妈不放心。可是这一次，当铺不要这面镜子，告诉我再添一号来。我懂得什么叫"一号"。把镜子搂在胸前，我拼命的往家跑。妈妈哭了；她找不到第二件东西。我在那间小屋住惯了，总以为东西不少；及至帮着妈妈一找可当的衣物，我的小心里才明白过来，我们的东西很少，很少。妈妈不叫我去了。可是"妈妈咱们吃什么呢？"妈妈哭着递给我她头上的银簪——只有这一件东西是银的。我知道，她拔下过来几回，都没肯交给我去当。这是妈妈出门子时，姥姥家给的一件首饰。现在，她把这末一件银器给了我，叫我把镜子放下。我尽了我的力量赶回当铺，那可怕的大门已经严严地关好了。我坐在那门墩上，握着那根银簪。不敢高声地哭，我看着天，啊，又是月牙儿照着我的眼泪！哭了好久，妈妈在黑影中来了，她拉住了我的手，呕，多么热的手，我忘了一切苦处，连饿也忘了，只要有妈妈这只热手拉着我就好。我抽抽搭搭地说："妈！咱们回家睡觉吧。明儿早上再来！"妈一声没出。又走了一会儿："妈！你看这个月牙；爸死的那天，它就是这么斜斜着。为什么她老这么斜斜着呢？"妈还是一声没出，她的手有点颤。

五

妈妈整天地给人家洗衣裳。我老想帮助妈妈，可是插不上手。我只好等着妈妈，非到她完了事，我不去睡。有时月牙儿已经上来，她还哼哧哼哧地洗。那些臭袜子，硬牛皮似的，都是铺子里的伙计们送来的。妈妈洗完这些"牛皮"就吃不下饭去。我坐在她旁边，看着月牙，蝙蝠专会在那条光儿底下穿过来穿过去，像银线上穿着个大菱角，极快的又掉到暗处去。我越可怜妈妈，便越爱这个月牙，因为看着它，使我心中痛快一点。它在夏天更可爱，它老有那么点凉气，像一条冰似的。我爱它给地上的那点小影子，一会儿就没了；迷迷糊糊的不甚清楚，及至影子没了，地上就特别的黑，星也特别的亮，花也特别的香——我们的邻居有许多花木，那棵高高的洋槐总把花儿落到我们这边来，像一层雪似的。

六

妈妈的手起了层鳞，叫她给搓搓背顶解痒痒了。可是我不敢常劳动她，她的手是洗粗了的。她瘦，被臭袜子熏的常不吃饭。我知道妈妈要想主意了，我知道。她常把衣裳推到一边，愣着。她和自己说话。她想什么主意呢？我可是猜不着。

七

妈妈嘱咐我不叫我别扭，要乖乖地叫"爸"：她又给我找到一个爸。这是另一个爸，我知道，因为坟里已经埋好一个爸了。妈妈嘱咐我的时候，眼睛看着别处。她含着泪说："不能叫你饿死！"呕，是因为不饿死我，妈才另给我找了个爸！我不明白多少事，我有点怕，又有点希望——果然不再挨饿的话。多么凑巧呢，离开我们那间小屋的时候，天上又挂着月牙。这次的月牙比哪一回都清楚，都可怕；我是要离开这住惯了的小屋。妈坐了一乘红轿，前面还有几个鼓手，吹打得一点也不好听。轿在前边走，我和一个男人在后边跟着，他拉着我的手。那可怕的月牙放着一点光，仿佛在凉风里颤动。街上没有什么人，只有些野狗追着鼓手们咬；轿子走得很快。上哪去呢？是不是把妈抬到城外去，抬到坟地去？那个男人扯着我走，我喘不过气来，要哭都哭不出来。那男人的手心出了汗，凉得像个鱼似的，我要喊"妈"，可是不敢。一会儿，月牙像个要闭上的一道大眼缝，轿子进了个小巷。

八

我在三四年里似乎没再看见月牙。新爸对我们很好，他有两间屋子，他和妈住在里间，我在外间睡铺板。我起初还想跟妈妈睡，可是几天之后，我反倒爱"我的"小屋了。屋里有白白的墙，还有条长桌，一把椅子。这似乎都是我的。我的被子也比从前的厚实暖和了。妈妈也渐渐胖了点，脸上有了红色，手上的那层鳞也慢慢掉净。我好久没去当当了。新爸叫我去上学。有时候他还跟我玩一会儿。我不知道为什么不爱叫他"爸"，虽然我知道他很可爱。他似乎也知道这个，他常常对我那么一笑；笑的时候他有很好看的眼睛。可是妈妈偷告诉我叫爸，我也不愿十分的别扭。我心中明白，妈和我现在是有吃有喝的，都因为有这个爸，我明白。是的，在这三四年里我想不起曾经看见过月牙儿；也许是看见过而不大记得了。爸死时那个月牙，妈轿子前面那个月牙，我永远忘不了。那一点点光，那一点寒气，老在我心中，比什么都亮，都清凉，像块玉似的，有时候想起来仿佛能用手摸到似的。

九

我很爱上学。我老觉得学校里有不少的花，其实并没有；只是一想起学校就想到花罢了，正像一想起爸的坟就想起城外的月牙儿——在野外的小风里歪歪着。妈妈是很爱花的，虽然买不起，可是有人送给她一朵，她就顶喜欢的戴在头上。我有机会便给她折一两朵来；戴上朵鲜花，妈的后影还很年轻似的。妈喜欢，我也喜欢。在学校里我也很喜欢。也许因为这个，我想起学校便想起花来？

十

当我要在小学毕业那年，妈又叫我去当当了。我不知道为什么新爸忽然走了。他上了哪儿，妈似乎也不晓得。妈妈还叫我上学，她想爸不久就会回来的。他许多日子没回来，连封信也没有。我想妈又该洗臭袜子了，这使我极难受。可是妈妈并没这么打算。她还打扮着，还爱戴花；奇怪！她不落泪，反倒好笑；为什么呢？我不明白！好几次，我下学来，看她在门口儿立着。又隔了不久，我在路上走，有人"嗨"我了："嗨！给你妈捎个信儿去！""嗨！你卖不卖呀？小嫩的！"我的脸红得冒出火来，把头低得无可再低。我明白，只是没办法。我不能问妈妈，不能。她对我很好，而且有时候极郑重地说我："念书！念书！"妈是不识字的，为什么这样催我念书呢？我疑心；又常由疑心而想到妈是为我才作那样的事。妈是没有更好的办法。疑心的时候，我恨不能骂妈妈一顿。再一想，我要抱住她，央告她不要再作那个事。我恨自己不能帮助妈妈。所以我也想到：我在小学毕业后又有什么用呢？我和同学们打听过了，有的告诉我，去年毕业的有好几个作姨太太的。有的告诉我，谁当了暗门子。我不大懂这些事，可是由她们的说法，我猜到这不是好事。她们似乎什么都知道，也爱偷偷地谈论她们明知不正当的事——这些事叫她们的脸红红的而显出得意。我更疑心妈妈了，是不是等我毕业好去作……这么一想，有时候我不敢回家，我怕见妈妈。妈妈有时候给我点心钱，我不肯花，饿着肚子去上体操，常常要晕过去。看着别人吃点心，多么香甜呢！可是我得省着钱，万一妈妈叫我去……我可以跑，假如我手中有钱。我最阔的时候，手中有一毛多钱！在这些时候，即使在白天，我也有时望一望天上，找我的月牙儿呢。我心中的苦处假若可以用个形状比喻起来，必是个月牙儿形的。它无倚无靠的在灰蓝的天上挂着，光儿微弱，不大会儿便被黑暗包住。

叫我最难过的是我慢慢地学会了恨妈妈。可是每当我恨她的时候，我不知不觉地便想起她背着我上坟的光景。想到了这个，我不能恨她下。我又非恨她不可。我的心像——还是像那个月牙儿，只能亮那么一会儿，而黑暗是无限的。妈妈的屋里常有男人来了，她不再躲避着我。他们的眼像狗似地看着我，舌头吐着，垂着涎。我在他们的眼中是更解馋的，我看出来。在很短的期间，我忽然明白了许多的事。我知道我得保护自己，我觉出我身上好像有什么可贵的地方，我闻得出我已有一种什么味道，使我自己害羞，多感。我身上有了些力量，可以保护自己，也可以毁了自己。我有时很硬气，有时候很软。我不知怎样好。我愿爱妈妈，这时候我有好些必要问妈妈的事，需要妈妈的安慰；可是正在这个时候，我得躲着她，我得恨她；要不然我自己便不存在了。当我睡不着的时节，我很冷静地思索，妈妈是可原谅的。她得顾我们俩的嘴。可是这个又使我要拒绝再吃她给我的饭菜。我的心就这么忽冷忽热，像冬天的风，休息一会儿，刮得更要猛；我静候着我的怒气冲来，没法儿止住。

十二

事情不容我想好办法就变得更坏了。妈妈问我，"怎样？"假若我真爱

老

舍

71

她呢，妈妈说，我应该帮助她。不然呢，她不能再管我了。这不像妈妈能说得出的话，但是她确是这么说了。她说得很清楚："我已经快老了，再过二年，想白叫人要也没人要了！"这是对的，妈妈近来擦许多的粉。脸上还露出摺子来。她要再走一步，去专伺候一个男人。她的精神来不及伺候许多男人了。为她自己想，这时候能有人要她——是个馒头铺掌柜的愿要她——她该马上就走。可是我已经是个大姑娘了，不像小时候那样容易跟在妈妈轿后走过去了。我得打主意安置自己。假若我愿意"帮助"妈妈呢。她可以不再走这一步，而由我代替她挣钱。代她挣钱，我真愿意；可是那个挣钱方法叫我哆嗦。我知道什么呢，叫我像个半老的妇人那样去挣钱？！妈妈的心是狠的，可是钱更狠。妈妈不逼着我走哪条路，她叫我自己挑选——帮助她，或是我们娘儿两各走各的。妈妈的眼没有泪，早就干了。我怎么办呢？

十三

我对校长说了。校长是个四十多岁的妇人，胖胖的，不很精明，可是心热。我是真没了主意，要不然我怎会开口述说妈妈的……我并没和校长亲近过。当我对她说的时候，每个字都像烧红了的煤球烫着我的喉，我哑了，半天才能吐出一个字。校长愿意帮助我。她不能给我钱，只能供给我两顿饭和住处——就住在学校和个老女仆作伴儿。她叫我帮助文书写写字，可是不必马上就这么办，因为我的字还需要练习。两顿饭，一个住处，解决了天大的问题。我可以不连累妈妈了。妈妈这回连轿也没坐，只坐了辆洋车，摸着黑走了。我的铺盖，她给了我。临走的时候，妈妈挣扎着不哭，可是心底下的泪到底翻上来了。她知道我不能再找她去，她的亲女儿。我呢，我连哭都忘了怎么哭了，我只咧着嘴抽达，泪蒙住了我的脸。我是她的女儿，朋友，安慰。但是我帮助不了她，除非我得作那种我决不肯作的事。在事后一想，我们娘儿两就像两个没人管的狗，为我们的嘴我们得受着一切的苦处，好像我们身上没有别的，只有一张嘴。为这张嘴，我们得把其余一切的东西都卖了。我不恨妈妈了，我明白了，不是妈妈的毛病，也不是不该长那张嘴，是粮食的毛病，凭什么没有我们的吃食呢？这个别离，把过去一切的苦楚都压过去了。那最明白我的眼泪怎流的月牙这回会没出来，这回只有黑暗，连点萤火的光也没有。妈妈就在暗中像个活鬼似的走了，连个影子也没有。即使她马上死了，恐怕也不会和爸埋在一处了，我连她将来的坟在哪里都不会知道。我只有这么个妈妈，朋友。我的世界里剩下我自己。

十四

妈妈永不能相见了，爱死在我心里，像被霜打了的春花。我用心地练字，为是能帮助校长抄抄写写些不要紧的东西。我必须有用，我是吃着别人的饭。我不像那些女同学，她们一天到晚注意别人，别人吃了什么，穿了什么，说了什么；我老注意我自己，我的影子是我的朋友。"我"老在我的心上，因为没人爱我。我爱我自己，可怜我自己，鼓励我自己，责备我自己；我知道我自己，仿佛我是另一个人似的。我身上有一点变化都使我害怕，使我欢喜，使我莫名其妙。我在我自己手中拿着，像捧着一朵娇嫩的花。我只能顾目前，没有将来，也不敢深想。嚼着人家的饭，我知道那是晌午或晚上了，要不然我简直想不起时间来；没有希望，就没有时间。我好像钉在个没有日月的地方。想起妈妈，我晓得我曾经活了十几年，对将来，我不像同学们那样盼望放假，过节，过年；假期，节，年，跟我有什么关系呢？可是我的身体是往大了长呢，我觉得出。觉出我又长大了一些，我更渺茫，我不放心我自己。我越往大了长，我越觉得自己好看，这是一点安慰；美使我抬高了自己的身份。可是我根本没身分，安慰是先甜后苦的，苦到末了又使我自傲。穷，可是好看呢！这又使我怕：妈妈也是不难看的。

月牙儿

十五

　　我又老没看月牙了，不敢去看，虽然想看。我已毕了业，还在学校里住着。晚上，学校里只有两个老仆人，一男一女。他们不知怎样对待我好，我既不是学生，也不是先生，又不是仆人，可有点像仆人。晚上，我一个人在院中走，常被月牙给赶进屋来，我没有胆子去看它。可是在屋里，我会想象它是什么样，特别是在有点小风的时候，微风仿佛会给那点微光吹到我的心上来，使我想起过去，更加重了眼前的悲哀。我的心就好像在月光下的蝙蝠，虽然是在光的下面，可是自己是黑的；黑的东西，即使会飞，也还是黑的，我没有希望。我可是不哭，我只常皱着眉。

老舍
73

十六

　　我有了点进款：给学生织些东西，她们给我点工钱。校长允许我这么办。可是进不了许多，因为她们也会织。不过她们自己急于要用，而赶不来，或是给家中人打双手套或袜子，才来照顾我。虽然是这样，我的心似乎活了一点，我甚至想到：假若妈妈不走那一步，我是可以养活她的。一数我那点钱，我就知道这是梦想，可是这么想使我舒服一点。我很想看看妈妈。假若她看见我，她必能跟我来，我们能有方法活着，我想——不十分相信，可是。我想妈妈，她常到我的梦中来。有一天，我跟着学生们去到城外旅行，回来的时候已经是下午四点多了。为是快点回来，我们抄了个小道。我看见了妈妈！在个小胡同里有一家卖馒头的，门口放着个元宝筐，筐上插着个顶大的白木头馒头。顺着墙坐着妈妈，身儿一仰一弯地拉风箱呢。从老远我就看见了那个大木馒头与妈妈，我认识她的后影。我要过去抱住她。可是我不敢，我怕学生们笑话我，她们不许我有这样的妈妈。越走越近了，我的头低下去，从泪中看了她一眼，她没看见我。我们一群人擦着她的身子走过去，她好像是什么也没看见，专心地拉她的风箱。走出老远，我回头看了看，她还在那儿拉呢。我看不清她的脸，只看到她的头发在额上披散着点。我记住这个小胡同的名儿。

十七

像有个小虫在心中咬我似的，我想去看妈妈，非看见她我心中不能安静。正在这个时候，学校换了校长。胖校长告诉我得打主意，她在这儿一天便有我一天的饭食与住处，可是她不能保险新校长也这么办。我数了数我的钱，一共是两块七毛零几个铜子。这几个钱不会叫我在最近的几天中挨饿，可是我上哪儿呢？我不敢坐在那儿呆呆地发愁，我得想主意。找妈妈去是第一个念头。可是她能收留我吗？假若她不能收留我，而我找了她去，即使不能引起她与那个卖馒头的吵闹，她也必定很难过。我得为她想，她是我的妈妈，又不是我的妈妈，我们母女之间隔着一层用穷作成的障碍。想来想去，我不肯找她去了。我应当自己担着自己的苦处。可是怎么担着自己的苦处呢？我想不起。我觉得世界很小，没有安置我与我的小铺盖卷的地方。我还不如一条狗，狗有个地方便可以躺下睡；街上不准我躺着。是的，我是人，人可以不如狗。假若我扯着脸不走，焉知新校长不往外撵我呢？我不能等着人家往外推。这是个春天。我只看见花儿开了，叶儿绿了，而觉不到一点暖气。红的花只是红的花，绿的叶只是绿的叶，我看见些不同的颜色，只是一点颜色；这些颜色没有任何意义，春在我的心中是个凉的死的东西。我不肯哭，可是泪自己往下流。

十八

我出去找事了。不找妈妈，不依赖任何人，我要自己挣饭吃。走了整整两天，抱着希望出去，带着尘土与眼泪回来。没有事情给我作。我这才真明白了妈妈，真原谅了妈妈。妈妈还洗过臭袜子，我连这个都作不上。妈妈所走的路是唯一的。学校里教给我的本事与道德都是笑话，都是吃饱了没事时的玩艺。同学们不准我有那样的妈妈，她们笑话暗门子；是的，她们得这样看，她们有饭吃。我差不多要决定了：只要有人给我饭吃，什么我也肯干；妈妈是可佩服的。我才不去死，虽然想到过；不，我要活着。我年轻，我好看，我要活着。羞耻不是我造出来的。

十九

这么一想，我好像已经找到了事似的。我敢在院中走了，一个春天的月牙在天上挂着。我看出它的美来。天是暗蓝的，没有一点云。那个月牙清亮而温柔，把一些软光儿轻轻送到柳枝上。院中有点小风，带着南边的花香，把柳条的影子吹到墙角有光的地方来，又吹到无光的地方去；光不强，影儿不重，风微微地吹，都是温柔，什么都有点睡意，可又要轻软地活动着。月牙下边，柳梢上面，有一对星儿好像微笑的仙女的眼，逗着那歪歪的月牙和那轻摆的柳枝。墙那边有棵什么树，开满了白花，月的微光把这团雪照成一半儿白亮，一半儿略带点灰影，显出难以想到的纯净。这个月牙是希望的开始，我心里说。

二十

我又找了胖校长去，她没在家。一个青年把我让进去。他很体面，也很和气。我平素很怕男人，但是这个青年不叫我怕他。他叫我说什么，我便不好意思不说；他那么一笑，我心里就软了。我把找校长的意思对他说了，他很热心，答应帮助我。当天晚上，他给我送了两块钱来，我不肯收，他说这是他婶母——胖校长——给我的。他并且说他的婶母已经给我找好了地方住，第二天就可以搬过去。我要怀疑，可是不敢。他的笑脸好像笑到我的心里去。我觉得我要疑心便对不起人，他是那么温和可爱。

二十一

他的笑唇在我的脸上，从他的头发上我看着那也在微笑的月牙。春风像醉了，吹破了春云，露出月牙与一两对儿春星。河岸上的柳枝轻摆，春蛙唱着恋歌，嫩蒲的香味散在春晚的暖气里，我听着水流，像给嫩蒲一些生力，我想象着蒲梗轻快地往高里长。小蒲公英在潮暖的地上似乎正往叶尖花瓣上灌着白浆。什么都在溶化着春的力量，把春收在那微妙的地方，然后放出一些香味来，像花蕊顶破了花瓣。我忘了自己，像四外的花草似的，承受着春的透入；我没了自己，像化在了那点春风与月的微光中。月儿忽然被云掩住，我想起来自己，我觉得他的热力在压迫我。我失去那个月牙儿，也失去了自己，我和妈妈一样了！

二十二

我后悔，我自慰，我要哭，我喜欢，我不知道怎样好。我要跑开，永不再见他；我又想他，我寂寞。两间小屋，只有我一个人，他每天晚上来。他永远俊美，老那么温和。他供给我吃喝，还给我作了几件新衣。穿上新衣，我自己看出我的美。可是我也恨这些衣服，又舍不得脱去。我不敢思想，也懒得思想，我迷迷糊糊的，腮上老有那么两块红。我懒得打扮，又不能不打扮，太闲在了，总得找点事作。打扮的时候，我怜爱自己；打扮完了，我恨自己。我的泪很容易下来，可是我设法不哭，眼终日老那么湿润润的，可爱。我有时候疯了似的吻他，然后把他推开，甚至于破口骂他；他老笑。

二十三

我早知道，我没希望；一点云便能把月牙遮住，我的将来是黑暗。果然，没有多久，春便变成了夏，我的春梦作到了头儿。有一天，也就是刚晌午吧，来了一个少妇，她很美，可是美得不玲珑，像个磁人儿似的。她进到屋中就哭了。不用问，我已明白了。看她那个样儿，她不想跟我吵闹，我更没预备着跟她冲突。她是个老实人。她哭，可是拉住我的手："他骗了咱们俩！"她说。我以为她也只是个"爱人"。不，她是他的妻。她不跟我闹，只口口声声的说："你放了他吧！"我不知怎么才好，我可怜这个少妇。我答应了她。她笑了。看她这个样儿，我以为她是缺个心眼，她似乎什么也不懂，只知道要她的丈夫。

二十四

我在街上走了半天，很容易答应那个少妇呀，可是我怎么办呢？他给我的那些东西，我不愿意要；既然要离开他，便一刀两断。可是，放下那点东西，我还有什么呢？我上哪儿呢？我怎么能当天就有饭吃呢？好吧，我得要那些东西，无法。我偷偷的搬了走。我不后悔，只觉得空虚，像一片云那样的无倚无靠。搬到一间小屋里，我睡了一天。

二十五

我知道怎样俭省，自幼就晓得钱是好的。凑合着手里还有那点钱，我想马上去找个事。这样，我虽然不希望什么，或者也不会有危险了。事情可是并不因我长了一两岁而容易找到。我很坚决，这并无济于事，只觉得应当如此罢了。妇女挣钱怎这么不容易呢！妈妈是对的，妇人只有一条路走，就是妈妈所走的路。我不肯马上就往那么走，可是知道它在不很远的地方等着我呢。我越挣扎，心中越害怕。我的希望是初月的光，一会儿就要消失。一两个星期过去了，希望越来越小。最后，我去和一排年轻的姑娘们在小饭馆受选阅。很小的一个饭馆，很大的一个老板；我们这群都不难看，都是高小毕业的女子们，等皇赏似的，等着那个破塔似的老板挑选。他选了我。我不感谢他，可是当时确有点痛快。那群女孩子们似乎很羡慕我，有的竟自含着泪走去，有的骂声"妈的！"女人够多么不值钱呢！

二十六

我成了小饭馆的第二号女招待。摆菜，端菜，算账，报菜名，我都不在行。我有点害怕。可是"第一号"告诉我不用着急，她也都不会。她说，小顺管一切的事；我们当招待的只要给客人倒茶，递手巾把，和拿账条；别的不用管。奇怪！"第一号"的袖口卷起来很高，袖口的白里子上连一个污点也没有。腕上放着一块白丝手绢，绣着"妹妹我爱你"。她一天到晚往脸上拍粉，嘴唇抹得血瓢似的。给客人点烟的时候，她的膝往人家腿上倚；还给客人斟酒，有时候她自己也喝了一口。对于客人，有的她伺候得非常的周到；有的她连理也不理，她会把眼皮一搭拉，假装没看见。她不招待的，我只好去，我怕男人。我那点经验叫我明白了些，什么爱不爱的，反正男人可怕，特别是在饭馆吃饭的男人们，他们假装义气，打架似的让座让账；他们拚命的猜拳，喝酒；他们野兽似的吞吃，他们不必要而故意的挑剔毛病，骂人。我低头递茶递手巾，我的脸发烧。客人们故意的和我说东说西，招我笑；我没心程说笑。晚上九点多钟完了事，我非常的疲乏了。到了我的小屋，连衣裳没脱，我一直地睡到天亮。醒来，我心中高兴了一些，我现在是自食其力，用我的劳力自己挣饭吃。我很早的就去上工。

二十七

"第一号"九点多才来，我已经去了两点多钟。她看不起我，可也并非完全恶意地教训我："不用那么早来，谁八点来吃饭？告诉你，丧气鬼，把脸别搭拉得那么长；你是女跑堂的，没让你在这儿送殡玩。低着头，没人多给酒钱；你干什么来了？不为挣子儿吗？你的领子太矮，咱这行全得弄高领子，绸子手绢，人家认这个！"我知道她是好意，我也知道设若我不肯笑，她也得吃亏，少分酒钱；小账是大家平分的。我也并非看不起她，从一方面看，我实在佩服她，她是为挣钱。妇女挣钱就得这么着，没第二条路。但是，我不肯学她。我仿佛看得很清楚：有朝一日，我得比她还开通，才能挣上饭吃。可是那得到了山穷水尽的时候；"万不得已"老在那儿等我们女子，我只能叫它多等几天。这叫我咬牙切齿，叫我心中冒火，可是妇女的命运不在自己手里。又干了三天，那个大掌柜的下了警告：再试我两天，我要是愿意往长了干呢，得照"第一号"那么办。"第一号"一半嘲弄，一半劝告的说："已经有人打听你，干吗藏着乖的卖傻的呢？咱们谁不知道谁是怎着？女招待嫁银行经理的，有的是；你当是咱们低搭呢？闯开脸儿干呀，咱们也他妈的坐几天汽车！"这个，逼上我的气来，我问她："你什么时候坐汽车？"她把红嘴唇撇得要掉下去："不用你耍嘴皮子，干什么说什么；天生下来的香屁股，还不会干这个呢！"我干不了，拿了一块另五分钱，我回了家。

二十八

最后的黑影又向我迈了一步。为躲它，就更走近了它。我不后悔丢了那个事，可我也真怕那个黑影。把自己卖给一个人，我会。自从那回事儿，我很明白了些男女之间的关系。女人把自己放松一些，男人闻着味儿就来了。他所要的是肉，他所给的也是肉。他咬了你，压着你，发散了兽力，你便暂时有吃有穿；然后他也许打你骂你，或者停止了你的供给。女人就这么卖了自己，有时候还很得意，我曾经觉到得意。在得意的时候，说的净是一些天上的话；过了会儿，你觉得身上的疼痛与丧气。不过，卖给一个男人，还可以说些天上的话；卖给大家，连这些也没法说了，妈妈就没说过这样的话。怕的程度不同，我没法接受"第一号"的劝告；"一个"男人到底使我少怕一点。可是，我并不想卖我自己。我并不需要男人，我还不到二十岁。我当初以为跟男人在一块儿必定有趣，谁知道到了一块他就要求那个我所害怕的事。是的，那时候我像把自己交给了春风，任凭人家摆布；过后一想，他是利用我的无知，畅快他自己。他的甜言蜜语使我走入梦里；醒过来，不过是一个梦，一些空虚；我得到的是两顿饭，几件衣服。我不想再这样挣饭吃，饭是实在的，实在地去挣好了。可是，若真挣不上饭吃，女人得承认自己是女人，得卖肉！一个多月，我找不到事作。

二十九

我遇见几个同学，有的升入了中学，有的在家里作姑娘。我不愿理她们，可是一说起话儿来，我觉得我比她们精明。原先，在学校的时候，我比她们傻；现在，"她们"显着呆傻了。她们似乎还都作梦呢。她们都打扮得很好，像铺子里的货物。她们的眼溜着年轻的男人，心里好像作着爱情的诗。我笑她们。是的，我必定得原谅她们，她们有饭吃，吃饱了当然只好想爱情，男女彼此织成了网，互相捕捉；有钱的，网大一些，捉住几个，然后从容地选择一个。我没有钱，我连个结网的屋角都找不到。我得直接地捉人，或是被捉，我比她们明白一些，实际一些。

三十

有一天，我碰见那个小媳妇，像磁人似的那个。她拉住了我，倒好像我是她的亲人似的。她有点颠三倒四的样儿。"你是好人！你是好人！我后悔了，"她很诚恳地说，"我后悔了！我叫你放了他，哼，还不如在你手里呢！他又弄了别人，更好了，一去不回头了！"由探问中，我知道她和他也是由恋爱而结的婚，她似乎还很爱他。他又跑了。我可怜这个小妇人，她也是还作着梦，还相信恋爱神圣。我问她现在的情形，她说她得找到他，她得从一而终。要是找不到他呢？我问。她咬上了嘴唇，她有公婆，娘家还有父母，她没有自由，她甚至于羡慕我，我没有人管着。还有人羡慕我，我真要笑了！我有自由，笑话！她有饭吃，我有自由；她没自由，我没饭吃，我俩都是女子。

三十一

自从遇上那个小磁人，我不想把自己专卖给一个男人了，我决定玩玩了；换句话说，我要"浪漫"地挣饭吃了。我不再为谁负着什么道德责任，我饿。浪漫足以治饿，正如同吃饱了才浪漫，这是个圆圈，从哪儿走都可以。那些女同学与小磁人都跟我差不多，她们比我多着一点梦想，我比她们更直爽，肚子饿是最大的真理。是的，我开始卖了。把我所有的一点东西都折卖了，作了一身新行头，我的确不难看。我上了市。

三十二

我想我要玩玩，浪漫。啊，我错了。我还是不大明白世故。男人并不像我想的那么容易勾引。我要勾引文明一些的人，要至多只赔上一两个吻。哈哈，人家不上那个当，人家要初次见面便得到便宜。还有呢，人家只请我看电影，或逛逛大街，吃杯冰激凌；我还是饿着肚子回家。所谓文明人，懂得问我在哪儿毕业，家里作什么事。那个态度使我看明白，他若是要你，你得给他相当的好处；你若是没有好处可贡献呢，人家只用一角钱的冰激凌换你一个吻。要卖，得痛痛快快的，拿钱来，我陪你睡。我明白了这个。小磁人们不明白这个。我和妈妈明白，我很想妈了。

三十三

据说有些女人是可以浪漫地挣饭吃，我缺乏资本；也就不必再这样想了。我有了买卖。可是我的房东不许我再住下去，他是讲体面的人。我连瞧他也没瞧，就搬了家，又搬回我妈妈和新爸爸曾经住过的那两间房。这里的人不讲体面，可也更真诚可爱。搬了家以后，我的买卖很不错。连文明人也来了。文明人知道了我是卖，他们是买，就肯来了；这样，他们不吃亏，也不丢身分。初干的时候，我很害怕，因为我还不到廿岁。及至作过了几天，我也就不怕了，身体上哪部分多运动都可以发达的。况且我不留情呢，我身上的各处都不闲着，手，嘴……都帮忙。多嗻他们像了一摊泥，他们才觉得上了算，他们满意，还替我作义务的宣传，干过了几个月，我明白的事情更多了，差不多每一见面我就能断定他是怎样的人。有的很有钱，这样的人一开口总是问我的身价，表示他买得起我。他也很嫉妒，总想包了我；逛暗娼他也想独占，因为他有钱。对这样的人，我不大招待。他闹脾气，我不怕，我告诉他，我可以找上他的门去，报告给他的太太。在小学里念了几年书，到底是没白念，他唬不住我。教育是有用的，我相信了。有的人呢，来的时候，手里就攥着一块钱，唯恐上了当。对这种人，我跟他细讲条件，他就乖乖地回家去拿钱，很有意思。最可恨的是那些油子，不但不肯花钱，反倒要占点便宜走，什么半盒烟卷呀，什么一小瓶雪花膏呀，他们随手拿去。这种人还是得罪不得，他们在地面上很熟，得罪了他们，他们会叫巡警跟我捣乱。我不得罪他们，我喂着他们；及至我认识了警官，才一个个的收拾他们。世界就是狼吞虎咽的世界，谁坏谁就占便宜。顶可怜的是那像中学学生样儿的，袋里装着一块钱，和几十铜子，叮当地直响，鼻子上出着汗。我可怜他们，可是也照常卖给他们。我有什么办法呢！还有老头子呢，都是些规矩人，或者家中已然儿孙成群。对他们，我不知道怎样好；但是我知道他们有钱，想在死前买些快乐，我只好供给他们所需要的。这些经验叫我认识了"钱"与"人"。钱比人更厉害一些，人若是兽，钱就是兽的胆子。

三十四

我发现了我身上有了病。这叫我非常的苦痛，我觉得已经不必活下去了。我休息了，我到街上去走；无目的，乱走。我想去看看妈，她必能给我一些安慰，我想象着自己已是快死的人了。我绕到那个小巷，希望见着妈妈；我想起她在门外拉风箱的样子。馒头铺已经关了门。打听，没人知道搬到哪里去。这使我更坚决了，我非找到妈妈不可。在街上丧胆游魂地走了几天，没有一点用。我疑心她是死了，或是和馒头铺的掌柜的搬到别处去，也许在千里以外。这么一想，我哭起来。我穿好了衣裳，擦上了脂粉，在床上躺着，等死。我相信我会不久就死去的。可是我没死。门外又敲门了，找我的。好吧，我伺候他，我把病尽力地传给他。我不觉得这对不起人，这根本不是我的过错。我又痛快了些，我吸烟，我喝酒，我好像已是三四十岁的人了。我的眼圈发青，手心发热，我不再管；有钱才能活着，先吃饱再说别的吧。我吃得并不错，谁肯吃坏的呢！我必须给自己一点好吃食，一些好衣裳，这样才稍微对得起自己一点。

三十五

一天早晨，大概有十点来钟吧，我正披着件长袍在屋中坐着，我听见院中有点脚步声。我十点来钟起来，有时候到十二点才想穿好衣裳，我近来非常的懒，能披着件衣服呆坐一两个钟头。我想不起什么，也不愿想什么，就那么独自呆坐。那点脚步声向我的门外来了，很轻很慢。不久，我看见一对眼睛，从门上那块小玻璃向里面看呢。看了一会儿，躲开了；我懒得动，还在那儿坐着。待了一会儿，那对眼睛又来了。我再也坐不住，我轻轻的开了门。"妈！"

三十六

我们母女怎么进了屋，我说不上来。哭了多久，也不大记得。妈妈已老得不像样儿了。她的掌柜的回了老家，没告诉她，偷偷地走了，没给她留下一个钱。她把那点东西变卖了，辞了房，搬到一个大杂院里去。她已找了我半个多月。最后，她想到上这儿来，并没希望找到我，只是碰碰看，可是竟自找到了我。她不敢认我了，要不是我叫她，她也许就又走了。哭完了，我发狂似的笑起来：她找到了女儿，女儿已是个暗娼！她养着我的时候，她得那样；现在轮到我养着她了，我得那样！女子的职业是世袭的，是专门的！

三十七

我希望妈妈给我点安慰。我知道安慰不过是点空话，可是我还希望来自妈妈的口中。世上的妈妈都最会骗人，我们把妈妈的诓骗叫作安慰。我的妈妈连这个都忘了。她是饿怕了，我不怪她。她开始检点我的东西，问我的进项与花费，似乎一点也不以这种生意为奇怪。我告诉她，我有了病，希望她劝我休息几天。没有；她只说出去给我买药。"我们老干这个吗？"我问她。她没言语。可是从另一方面看，她确是想保护我，心疼我，她给我作饭，问我身上怎样，还常常偷看我，像妈妈看睡着了的小孩那样。只是有一层她不肯说，就是叫我不用再干这行了。我心中很明白——虽然有一点不满意她——除了干这个，还想不到第二个事情作。我们母女得吃得穿——这个决定了一切。什么母女不母女，什么体面不体面，钱是无情的。

三十八

妈妈想照应我，可是她得听着看着人家蹂躏我。我想好好对待她，可是我觉得她有时候讨厌。她什么都要管管，特别是对于钱。她的眼已失去年轻时的光泽，不过看见了钱还能发点光。对于客人，她就自居为仆人，可是当客人给少了钱的时候，她张嘴就骂。这有时候使我很为难。不错，既干这个还不是为钱吗？可是干这个的也似乎不必骂人。我有时候也会慢待人，可是我有我的办法，使客人急不得恼不得。妈妈的方法太笨了，很容易得罪人。看在钱的面上，我们不应当得罪人。我的方法或者出于我还年轻，还幼稚；妈妈便不顾一切的单单站在钱上了，她应当如此，她比我大着好些岁。恐怕再过几年我也就这样了，人老心也跟着老，渐渐老得和钱一样的硬。是的，妈妈不客气。她有时候劈手就抢客人的皮夹，有时候留下人家的帽子或值钱一点的手套与手杖。我很怕闹出事来，可是妈妈说的好："能多弄一个是一个，咱们是拿十年当作一年活着的，等七老八十还有人要咱们吗？"有时候，客人喝醉了，她便把他架出去，找个僻静地方叫他坐下，连他的鞋都拿回来。说也奇怪，这种人倒没有来找账的，想是已人事不知，说不定也许病一大场。或者事过之后，想过滋味，也就不便再来闹了，我们不怕丢人，他们怕。

三十九

妈妈是说对了：我们是拿十年当一年活着。干了二三年，我觉出自己是变了。我的皮肤粗糙了，我的嘴唇老是焦的，我的眼睛里老灰不溜的带着血丝。我起来的很晚，还觉得精神不够。我觉出这个来，客人们更不是瞎子，熟客渐渐少起来。对于生客，我更努力的伺候，可是也更厌恶他们，有时候我管不住自己的脾气。我暴躁，我胡说，我已经不是我自己了。我的嘴不由的老胡说，似乎是惯了。这样，那些文明人已不多照顾我，因为我丢了那点"小鸟依人"——他们唯一的诗句——的身段与气味。我得和野鸡学了。我打扮得简直不像个人，这才招得动那不文明的人。我的嘴擦得像个红血瓢，我用力咬他们，他们觉得痛快。有时候我似乎已看见我的死，接进一块钱，我仿佛死了一点。钱是延长生命的，我的挣法适得其反。我看着自己死，等着自己死。这么一想，便把别的思想全止住了。不必想了，一天一天地活下去就是了，我的妈妈是我的影子，我至好不过将来变成她那样，卖了一辈子肉，剩下的只是一些白头发与抽皱的黑皮。这就是生命。

四十

我勉强地笑，勉强地疯狂，我的痛苦不是落几个泪所能减除的。我这样的生命是没什么可惜的，可是它到底是个生命，我不愿撒手。况且我所作的并不是我自己的过错。死假如可怕，那只因为活着是可爱的。我决不是怕死的痛苦，我的痛苦久已胜过了死。我爱活着，而不应当这样活着。我想象着一种理想的生活，像作着梦似的；这个梦一会儿就过去了，实际的生活使我更觉得难过。这个世界不是个梦，是真的地狱。妈妈看出我的难过来，她劝我嫁人。嫁人，我有了饭吃，她可以弄一笔养老金。我是她的希望。我嫁谁呢？

四十一

因为接触的男子很多了，我根本已忘了什么是爱。我爱的是我自己，及至我已爱不了自己，我爱别人干什么呢？但是打算出嫁，我得假装说我爱，说我愿意跟他一辈子。我对好几个人都这样说了，还起了誓；没人接受。在钱的管领下，人都很精明。嫖不如偷，对，偷省钱。我要是不要钱，管保人人说爱我。

四十二

正在这个期间，巡警把我抓了去。我们城里的新官儿非常地讲道德，要扫清了暗门子。正式的妓女倒还照旧作生意，因为她们纳捐；纳捐的便是名正言顺的，道德的。抓了去，他们把我放在了感化院，有人教给我作工。洗、做、烹调、编织，我都会；要是这些本事能挣饭吃，我早就不干那个苦事了。我跟他们这样讲，他们不信，他们说我没出息，没道德。他们教给我工作，还告诉我必须爱我的工作。假如我爱工作，将来必定能自食其力，或是嫁个人。他们很乐观。我可没这个信心。他们最好的成绩，是已经有十几多个女的，经过他们感化而嫁了人。到这儿来领女人的，只须花两块钱的手续费和找一个妥实的铺保就够了。这是个便宜。从男人方面看；据我想，这是个笑话。我干脆就不受这个感化。当一个大官儿来检阅我们的时候，我唾了他一脸唾沫。他们还不肯放了我，我是带危险性的东西。可是他们也不肯再感化我。我换了地方，到了狱中。

四十三

狱里是个好地方，它使人坚信人类的没有起色；在我作梦的时候都见不到这样丑恶的玩艺。自从我一进来，我就不再想出云，在我的经验中，世界比这儿并强不了许多。我不愿死，假若从这儿出去而能有个较好的地方；事实上既不这样，死在哪儿不一样呢。在这里，在这里，我又看见了我的好朋友，月牙儿！多久没见着它了！妈妈干什么呢？我想起来一切。

（原载 1935 年 4 月 1 日至 15 日《国闻周报》等 12 卷第 12 期至第 14 期，收入《樱海集》，人间书屋 1935 年 8 月初版）

月牙儿

老舍

老字号

钱掌柜走后，辛德治——三合祥的大徒弟，现在很拿点事——好几天没正经吃饭。钱掌柜是绸缎行公认的老手，正如三合祥是公认的老字号。辛德治是钱掌柜手下教练出来的人。可是他并不专因私人的感情而这样难过，也不是自己有什么野心。他说不上来为什么这样怕，好像钱掌柜带走了一些永难恢复的东西。

周掌柜到任，辛德治明白了，他的恐怖不是虚的；"难过"几乎要改成咒骂了。周掌柜是个"野鸡"，三合祥——多少年的老字号！——要满街拉客了！辛德治的嘴撇得像个煮破了的饺子。老手，老字号，老规矩——都随着钱掌柜的走了，或者永远不再回来。钱掌柜，那样正直，那样规矩，把买卖作赔了。东家不管别的，只求年底下多分红。

多少年了，三合祥是永远那么官样大气：金匾黑字，绿装修，黑柜蓝布围子，大机凳①包着蓝呢子套，茶几上永远放着鲜花。多少年了，三合祥除了在灯节才挂上四只官灯，垂着大红穗子；此外，没有半点不像买卖地儿的胡闹八光。多少年了，三合祥没打过价钱，抹彻零儿，或是贴张广告，或者减价半月；三合祥卖的是字号。多少年了，柜上没有吸烟卷的，没有大声说话的；有点响声只是老掌柜的咕噜水烟与咳嗽。

这些，还有许许多多可宝贵的老气度，老规矩，由周掌柜一进门，辛德治看出来，全要完！周掌柜的眼睛就不规矩，他不低着眼皮，而是满世界扫，好像找贼呢。人家钱掌柜，老坐在大机凳上合着眼，可是哪个伙计出错了口气，他也晓得。

果然，周掌柜——来了还没有两天——要把三合祥改成蹦蹦戏②的棚子：门前扎起血丝胡拉的一座彩牌，"大减价"每个字有五尺见方，两盏煤气灯，把人们照得脸上发绿，好像一群大烟鬼。这还不够，门口一档子洋鼓洋号，从天亮吹到三更；四个徒弟，都戴上红帽子，在门口，在马路上，见人就给传单。这还不够，他派定两个徒弟专管给客人送烟递茶，哪怕是买半尺白布，也往后柜让，也递香烟：大兵，清道夫，女招待，都烧着烟卷，把屋里烧得像个佛堂。这还不够，买一尺还饶上一尺，还赠送洋娃娃，伙计们还要和客

---

① 大机凳，大的方凳。
② 蹦蹦戏，北京以前对评剧的称呼。

人随便说笑；客人要买的，假如柜上没有，不告诉人家没有，而拿出别种东西硬叫人家看；买过十元钱的东西，还打发徒弟送了去，柜上买了两辆一走三歪的自行车！

辛德治要找个地方哭一大场去！在柜上十五六年了，没想到过——更不用说见过了——三合祥会落到这步田地！怎么见人呢？合街上有谁不敬重三合祥的？伙计们晚上出来，提着三合祥的大灯笼，连巡警们都另眼看待。那年兵变，三合祥虽然也被抢一空，可是没像左右的铺户那样连门板和"言无二价"的牌子都被摘了走——三合祥的金匾有种尊严！他到城里已经二十来年了，其中的十五六年是在三合祥，三合祥是他第二家庭，他的说话，咳嗽与蓝布大衫的样式，全是三合祥给他的。他因三合祥、也为三合祥而骄傲。他给铺子去索债，都被人请进去喝碗茶；三合祥虽是个买卖，可是和照顾主儿们似乎是些朋友。钱掌柜是常给照顾主儿行红白人情的。三合祥是"君子之风"的买卖：门凳上常坐着附近最体面的人；遇到街上有热闹的时候，照顾主儿的女眷们到这里向老掌柜借个座儿。这个光荣的历史，是长在辛德治的心里的。可是现在？

辛德治也并不是不晓得，年头是变了。拿三合祥的左右铺户说，多少家已经把老规矩舍弃，而那些新开的更是提不得的，因为根本就没有过规矩。他知道这个。可是因此他更爱三合祥，更替它骄傲。假如三合祥也下了桥，世界就没了！哼，现在三合祥和别人家一样了，假如不是更坏！

他最恨的是对门那家正香村：掌柜的踏拉着鞋，叼着烟卷，镶着金门牙。老板娘背着抱着，好像兜儿里还带着，几个男女小孩，成天出来进去，进去出来，打着南方话唧唧喳喳，不知喊些什么。老板和老板娘吵架也在柜上，打孩子，给孩子吃奶，也在柜上。摸不清他们是作买卖呢，还是干什么玩呢，只有老板娘的胸口老在柜前陈列着是件无可疑的事儿。那群伙计，不知是从哪儿找来的，全穿着破鞋，可是衣服多半是绸缎的。有的贴着太阳膏，有的头发梳得像漆杓，有的戴着金丝眼镜。再说那份儿厌气：一年到头老是大减价，老悬着煤气灯，老磨着留声机。买过两元钱的东西，老板便亲自让客人吃块酥糖；不吃，他能往人家嘴里送！什么东西也没有一定的价钱，洋钱也没有一定的行市。辛德治永远不正眼看"正香村"那三个字，也永不到那边买点东西。他想不到世上会有这样的买卖，而且和三合祥正对门！

更奇怪的，正香村发财，而三合祥一天比一天衰微。他不明白这是什么道理。难道买卖必定得不按着规矩作才行吗？果然如此，何必学徒呢？是个人就可以作生意了！不能是这样，不能；三合祥到底是不会那样的！谁知道竟自来了个周掌柜，三合祥的与正香村的煤气灯把街道照青了一大截，它们是一对儿！三合祥与正香村成了一对？！这莫非是作梦么？不是梦，辛德治也得按着周掌柜的办法走。他得和客人瞎扯，他得让人吸烟，他得把人诓到后柜，他得拿着假货当真货卖，他得等客人争竞才多放二寸，他得用手术量布——手指一捻就抽回来一块！他不能受这个！

可是多数的伙计似乎愿意这么作。有个女客进来，他们恨不能把她围上，恨不能把全铺子的东西都搬来给她瞧，等她买完——哪怕是买了二尺搌布——他们恨不能把她送回家去。周掌柜喜爱这个，他愿意伙计们折跟头，打把式，更好是能在空中飞。

周掌柜和正香村的老板成了好朋友。有时候还凑上天成的人们打打"麻雀"。天成也是本街上的绸缎店，开张也有四五年了，可是钱掌柜就始终没招呼过他们。天成故意和三合祥打对仗，并且吹出风来，非把三合祥顶趴下不可，钱掌柜一声也不出，只偶尔说一句：咱们作的是字号。天成一年倒有三百六十五天是纪念日，大减价。现在天成的人们也过来打牌了。辛德治不能答理他们。他有点空闲，便坐在柜里发愣，面对着货架子——原先架上的布匹都用白布包着，现在用整幅的通天扯地地作装饰，看着都眼晕，那么花红柳绿的！三合祥已经完了，他心里说。

但是，过了一节，他不能不佩服周掌柜了。节下报账，虽然没赚什么，可是没赔。周掌柜笑着给大家解释："你们得记住，这是我的头一节呀！我还有好些没施展出来的本事呢。还有一层，扎牌楼，赁煤气灯……哪个不花钱呢？所以呀！"他到说上劲来的时节总这么"所以呀"一下，"日后无须扎牌楼了，咱会用更新的，更省钱的办法，那可就有了赚头，所以呀！"辛德治看出来，钱掌柜是回不来了；世界的确是变了。周掌柜和天成、正香村的人们说得来，他们都是发财的。

过了节，检查日货嚷嚷动了。周掌柜疯了似的上东洋货。检查的学生已经出来了，他把东洋货全摆在大面上，而且下了命令："进来买主，先拿日本布；别处不敢卖，咱们正好作一批生意。看见乡下人，明说这是东洋布，他们认这个；对城里的人，说德国货。"

检查的学生到了。周掌柜脸上要笑出几个蝴蝶儿来，让吸烟，让喝茶。"三合祥，冲这三个字，不是卖东洋货的地方，所以呀！诸位看吧！门口那些有德国布，也有土布，内柜都是国货绸缎，小号在南方有联号，自办自运。"

学生们疑心那些花布。周掌柜笑了："张福来，把后边剩下的那匹东洋布拿来。"

布拿来了。他扯住检查队的队长："先生，不屈心，只剩下这么一匹东洋布，跟先生穿的这件大衫一样的材料，所以呀！"他回过头来，"福来，把这匹料子扔到街上去！"

队长看着自己的大衫，头也没抬，便走出去了。

这批随时可以变成德国货，国货，英国货的日本布赚了一大笔钱。有识货的人，当着周掌柜的面，把布扔在地上，周掌柜会笑着命令徒弟："拿真正西洋货去，难道就看不出先生是懂眼的人吗？"然后对买主："什么人要什么货，白给你这个，你也不要，所以呀！"于是又作了一号买卖。客人临走，好像怪舍不得周掌柜。辛德治看透了，作买卖打算要赚钱的话，得会变戏法和说相声。

周掌柜是个人物。可是辛德治不想再在这儿干，他越佩服周掌柜，心里越难过。他的饭由脊梁骨下去。打算睡得安稳一些，他得离开这样的三合祥。

可是，没等到他在别处找好位置，周掌柜上天成领东去了。天成需要这样的人，而周掌柜也愿意去，因为三合祥的老规矩太深了，仿佛是长了根，他不能充分施展他的才能。

辛德治送出周掌柜去，好像是送走了一块心病。

对于东家们，辛德治以十五六年老伙计的资格，是可以说几句话的，虽然不一定发生什么效力。他知道哪些位东家是更老派一些，他知道怎样打动他们。他去给钱掌柜运动，也托出钱掌柜的老朋友们来帮忙。他不说钱掌柜的一切都好，而是说钱与周二位各有所长，应当折中一下，不能死守旧法，也别改变的太过火。老字号是值得保存的，新办法也得学着用。字号与利益两顾着——他知道这必能打动了东家们。

他心里，可是，另有个主意。钱掌柜回来，一切就都回来，三合祥必定是"老"三合祥，要不然便什么也不是。他想好了：减去煤气灯，洋鼓洋号，广告，传单，烟卷；至必不得已的时候，还可以减人，大概可以省去一大笔开销。况且，不出声而贱卖，尺大而货物地道。难道人们就都是傻子吗？

钱掌柜果然回来了。街上只剩了正香村的煤气灯，三合祥恢复了昔日的肃静，虽然因为欢迎钱掌柜而悬挂上那四个宫灯，垂着大红穗子。

三合祥挂上宫灯那天，天成号门中放了两只骆驼，骆驼身上披满了各色的缎条，驼峰上安着一明一灭的五彩电灯。骆驼的左右辟了抓彩部，一人一毛钱，凑足了十个人就开彩，一毛钱有得一匹摩登绸的希望。天成门外成了庙会，挤不动的人。真有笑嘻嘻夹走一匹摩登绸的吗！

三合祥的门凳上又罩上蓝呢套，钱掌柜眼皮也不抬，在那里坐着。伙计们安静地坐在柜里，有的轻轻拨弄算盘珠儿，有的徐缓地打着哈欠，辛德治口里不说什么，心中可是着急。半天儿能不进来一个买主。偶尔有人在外边打一眼，似乎是要进来，可是看看金匾，往天成那边走去。有时候已经进来，看了货，因不打价钱，又空手走了。只有几位老主顾，时常来买点东西；可也有时候只和钱掌柜说会儿话，慨叹着年月这样穷，喝两碗茶就走，什么也不买。辛德治喜欢听他们说话，这使他想起昔年的光景，可是他也晓得，昔年的光景，大概不会回来了；这条街只有天成"是"个买卖！

过了一节，三合祥非减人不可了。辛德治含着泪和钱掌柜说："我一人干五个人的活，咱们不怕！"老掌柜也说："咱们不怕！"辛德治那晚睡得非常香甜，准备次日干五个人的活。

可是过了一年，三合祥倒给天成了。

（原载 1935 年 4 月 10 日《新文学》第 1 卷第 1 期，
收入《蛤藻集》，开明书店 1936 年 11 月初版）

老字号

老

舍

87

善　人

　　汪太太最不喜欢人叫她汪太太；她自称穆凤贞女士，也愿意别人这样叫她。她的丈夫很有钱，她老实不客气的花着；花完他的钱，而被人称穆女士，她就觉得自己是个独立的女子，并不专指着丈夫吃饭。

　　穆女士一天到晚不用提多么忙了，又搭着长的富泰，简直忙得喘不过气来。不用提别的，就光拿上下汽车说，穆女士——也就是穆女士！——一天得上下多少次。哪个集会没有她，哪件公益事情没有她？换个人，那么两条胖腿就够累个半死的。穆女士不怕，她的生命是献给社会的；那两条腿再胖上一圈，也得设法带到汽车里去。她永远心疼着自己，可是更爱别人，她是为救世而来的。

　　穆女士还没起床，丫环自由就进来回话。她嘱咐过自由们不止一次了：她没起来，不准进来回话。丫环就是丫环，叫她"自由"也没用，天生来的不知好歹。她真想抄起床旁的小桌灯向自由扔了去，可是觉得自由还不如桌灯值钱，所以没扔。

　　"自由，我嘱咐你多少回了！"穆女士看了看钟，已经快九点了，她消了点气，不为别的，是喜欢自己能一气睡到九点，身体定然是不错；她得为社会而心疼自己，她需要长时间的休息。

　　"不是，太太，女士！"自由想解释一下。

　　"说，有什么事！别磨磨蹭蹭的！"

　　"方先生要见女士。"

　　"哪个方先生？方先生可多了，你还会说话呀！"

　　"老师方先生。"

　　"他又怎样了？"

　　"他说他的太太死了！"自由似乎很替方先生难过。

　　"不用说，又是要钱！"穆女士从枕头底下摸出小皮夹来："去，给他这二十，叫他快走；告诉明白，我在吃早饭以前不见人。"

　　自由拿着钱要走，又被主人叫住：

　　"叫博爱放好了洗澡水；回来你开这屋子的窗户。什么都得我现告诉，真劳人得慌！大少爷呢？"

　　"上学了，女士。"

　　"连个 kiss 都没给我，就走，好的，"穆女士连连的点头，腮上的胖肉直动。

"大少爷说了，下学吃午饭再给你一个 kiss。"自由都懂得什么叫 kiss，pie 和 bath。

"快去，别废话；这个劳人劲儿！"

自由轻快的走出去，穆女士想起来：方先生家里落了丧事，二少爷怎么办呢？无缘无故的死哪门子人，又叫少爷得荒废好几天的学！穆女士是极注意子女们的教育的。

博爱敲门，"水好了，女士。"

穆女士穿着睡衣到浴室去。雪白的澡盆，放了多半盆不冷不热的清水。凸花的玻璃，白磁砖的墙，圈着一些热气与香水味。一面大镜子，几块大白毛巾；胰子盒，浴盐瓶，都擦得放着光。她觉得痛快了点。把白胖腿放在水里，她愣了一会儿；水给皮肤的那点刺激使她在舒适之中有点茫然。她想起点久已忘了的事。坐在盆中，她看着自己的白胖腿；腿在水中显着更胖，她心中也更渺茫。用一点水，她轻轻的洗脖子；洗了两把，又想起那久已忘了的事——自己的青春：二十年前，自己的身体是多么苗条，好看！她仿佛不认识了自己。想到丈夫，儿女，都显着不大清楚，他们似乎是些生人。她撩起许多水来，用力的洗，眼看着皮肤红起来。她痛快了些，不茫然了。她不只是太太，母亲；她是大家的母亲，一切女同胞的导师。她在外国读过书，知道世界大势，她的天职是在救世。

可是救世不容易！二年前，她想起来，她提倡沐浴，到处宣传："没有澡盆，不算家庭！"有什么结果？人类的愚蠢，把舌头说掉了，他们也不了解！摸着她的胖腿，她想应当灰心，任凭世界变成个狗窝，没澡盆，没卫生！可是她灰心不得，要牺牲就得牺牲到底。她喊自由：

"窗户开五分钟就得！"

"已经都关好了，女士！"自由回答。

穆女士回到卧室。五分钟的工夫屋内已然完全换了新鲜空气。她每天早上得作深呼吸。院内的空气太凉，屋里开了五分钟的窗子就满够她呼吸用的了。先弯下腰，她得意她的手还够得着脚尖，腿虽然弯着许多，可是到底手尖是碰了脚尖。俯仰了三次，她然后直立着喂了她的肺五六次。她马上觉出全身的血换了颜色，鲜红，和朝阳一样的热、艳。

"自由，开饭！"

穆女士最恨一般人吃的太多，所以她的早饭很简单：一大盘火腿蛋，两块黄油面包，草果果酱，一杯加乳咖啡。她曾提倡过俭食：不要吃五六个窝头，或四大碗黑面条，而多吃牛乳与黄油。没人响应；好事是得不到响应的。她只好自己实行这个主张，自己单雇了个会作西餐的厨子。

吃着火腿蛋，她想起方先生来。方先生教二少爷读书，一月拿二十块钱，不算少。她就怕寒苦的人有多挣钱的机会；钱在她手里是钱，到了穷人手里是祸。她不是不能多给方先生几块，而是不肯，一来为怕自己落个冤大头的名儿，二来怕给方先生惹祸。连这么着，刚教了几个月的书，还把太太死了呢。不过，方先生到底是可怜的。她得设法安慰方先生：

"自由，叫厨子把'我'的鸡蛋给方先生送十个去；嘱咐方先生不要煮老了，嫩着吃！"

穆女士咂摸着咖啡的回味，想象着方先生吃过嫩鸡蛋必能健康起来，足以抵抗得住丧妻的悲苦。继而一想呢，方先生既丧了妻，没人给他作饭吃；以后顶好是由她供给他两顿饭。她总是给别人想得这样周到；不由她，惯了。供给他两顿饭呢，可就得少给他几块钱。他少得几块钱，可是吃得舒服呢。方先生应当感谢她这份体谅与怜爱。她永远体谅人怜爱人，可是谁体谅她怜爱她呢？想到这儿，她觉得生命无非是个空虚的东西；她不能再和谁恋爱，不能再把青春唤回来；她只能去为别人服务，可是谁感激她，同情她呢？

她不敢再想这可怕的事，这足以使她发狂。她到书房去看这一天的工作；工作，只有工作使她充实，使她疲乏，使她睡得香甜，使她觉到快活与自己的价值。

她的秘书冯女士已经在书房里等了一点多钟了。冯女士才二十三岁，长得不算难看，一月挣十二块钱。穆女士给她的名义是秘书，按说有这么个名义，不给钱也满下得去。穆女士的交际是多么广，做她的秘书当然能有机会遇上个阔人；假如嫁个阔人，一辈子有吃有喝，岂不比现在挣五六十块钱强？穆女士为别人打算老是这么周到，而且眼光很远。

见了冯女士，穆女士叹了口气："哎！今儿个有什么事？说吧！"她倒在个大椅子上。

冯女士把记事簿早已预备好了："今儿个早上是，穆女士，盲哑学校展览会，十时二十分开会；十一点十分，妇女协会，您主席；十二点，张家婚礼；下午，"

"先等等，"穆女士又叹了口气，"张家的贺礼送过去没有？"

"已经送过去了，一对鲜花篮，二十八块钱，很体面。"

"啊，二十八块的礼物不太薄——"

"上次汪先生作寿，张家送的是一端寿幛，并不——，

"现在不同了，张先生的地位比原先高了；算了吧，以后再找补吧。下午一共有几件事？"

"五个会呢！"

"哼！甭告诉我，我记不住。等我由张家回来再说吧。"穆女士点了根烟吸着，还想着张家的贺礼似乎太薄了些。"冯女士，你记下来，下星期五或星期六请张家新夫妇吃饭，到星期三你再提醒我一声。"

冯女士很快的记下来。

"别忘了问我张家摆的什么酒席，别忘了。"

"是，穆女士。"

穆女士不想上盲哑学校去，可是又怕展览会照像，像片上没有自己，怪不合适。她决定晚去一会儿，顶好是正赶上照像才好。这么决定了，她很想和冯女士再说几句，倒不是因为冯女士有什么可爱的地方，而是她自己觉得空虚，愿意说点什么……解解闷儿。她想起方先生来：

"冯，方先生的妻子过去了，我给他送了二十块钱去，和十个鸡子，怪可怜的方先生！"穆女士的眼圈真的有点发湿了。

冯女士早知道方先生是自己来见汪太太，她不见，而给了二十块钱。可是她晓得主人的脾气："方先生真可怜！可也是遇见女士这样的人，赶着给他送了钱去！"

穆女士脸上有点笑意，"我永远这样待人；连这么着还讨不出好儿来，人世是无情的！"

"谁不知道女士的慈善与热心呢！"

"哎！也许！"穆女士脸上的笑意扩展得更宽心了些。

"二少爷的书又得荒废几天！"冯女士很关心似的。

"可不是，老不叫我心静一会儿！"

"要不我先好歹的教着他？我可是不很行呀！"

"你怎么不行！我还真忘了这个办法呢！你先教着他得了，我白不了你！"

"您别又给我报酬，反正就是几天的事，方先生事完了还叫方先生教。"

穆女士想了会儿，"冯，简直这么办好不好？你就教下去，我每月一共给你二十五块钱，岂不整重？"

"就是有点对不起方先生！"

"那没什么，反正他丧了妻，家中的嚼谷小了；遇机会我再给他弄个十头八块的事；那没什么！我可该走了，哎！一天一天的，真累死人！"

（原载 1935 年 4 月 15 日《新小说》第 1 卷第 3 期，
收入《樱海集》，人间书屋 1935 年 8 月初版）

断魂枪

"生命是闹着玩，事事显出如此；从前我这么想过，现在我懂得了。"

沙子龙的镖局已改成客栈。

东方的大梦没法子不醒了。炮声压下去马来与印度野林中的虎啸。半醒的人们，揉着眼，祷告着祖先与神灵。不大会儿，失去了国土、自由与主权。门外立着不同面色的人，枪口还热着。他们的长矛毒弩，花蛇斑彩的厚盾，都有什么用呢；连祖先与祖先所信的神明全不灵了啊！龙旗的中国也不再神秘，有了火车呀，穿坟过墓破坏着风水。枣红色多穗的镖旗，绿鲨皮鞘的钢刀，响着串铃的口马①，江湖上的智慧与黑话，义气与声名，连沙子龙，他的武艺、事业，都梦似的变成昨夜的。今天是火车、快枪，通商与恐怖。听说，有人还要杀下皇帝的头呢！

这是走镖已没有饭吃，而国术还没被革命党与教育家提倡起来的时候。

谁不晓得沙子龙是短瘦、利落、硬棒，两眼明得像霜夜的大星？可是，现在他身上放了肉。镖局改了客栈，他自己在后小院占着三间北房，大枪立在墙角，院子里有几只楼鸽。只是在夜间，他把小院的门关好，熟习熟习他的"五虎断魂枪"。这条枪与这套枪，二十年的工夫，在西北一带，给他创出来："神枪沙子龙"五个字，没遇见过敌手。现在，这条枪与这套枪不会再替他增光显胜了；只是摸摸这凉、滑、硬而发颤的杆子，使他心中少难过一些而已。只有在夜间独自拿起枪来，才能相信自己还是"神枪沙"。在白天，他不大谈武艺与往事；他的世界已被狂风吹了走。

在他手下闯练起来的少年们还时常来找他。他们大多数是没落子的，都有点武艺，可是没地方去用。有的在庙会上去卖艺：踢两趟腿，练套家伙，翻几个跟头，附带着卖点大力丸，混个三吊两吊的。有的实在闲不起了，去弄筐果子，或挑些毛豆角，赶早儿在街上论斤吆喝出去。那时候，米贱肉贱，肯卖膀子力气本来可以混个壮儿圆；他们可是不成：肚量既大，而且得吃口当事儿的②；干饽饽辣饼子③咽不下去。况且他们还时常去走会：五虎棍，开路，太狮少狮……虽然算不了什么——比起走镖来——可是到底有个

---

① 口马：指张家口外的马匹。

② 当事儿的：指的是有营养，吃了不至于不久又饿的。

③ 辣饼子，剩下的隔夜干粮。

机会活动活动，露露脸。是的，走会捧场是买脸的事，他们打扮的得像个样儿，至少得有条青洋绉裤子，新漂白细市布的小褂，和一双鱼鳞洒鞋——顶好是青缎子抓地虎靴子。他们是神枪沙子龙的徒弟——虽然沙子龙并不承认——得到处露脸，走会得赔上俩钱，说不定还得打场架。没钱，上沙老师那里去求。沙老师不含糊，多少不拘，不让他们空着手儿走。可是，为打架或献技去讨教一个招数，或是请给说个"对子"——什么空手夺刀，或虎头钩进枪——沙老师有时说句笑话，马虎过去："教什么？拿开水浇吧！"有时直接把他们赶出去。他们不大明白沙老师是怎么了，心中也有点不乐意。

可是，他们到处为沙老师吹腾，一来是愿意使人知道他们的武艺有真传授，受过高人的指教；二来是为激动沙老师：万一有人不服气而找上老师来，老师难道还不露一两手真的么？所以：沙老师一拳就砸倒了个牛！沙老师一脚把人踢到房上去，并没使多大的劲！他们谁也没见过这种事，但是说着说着，他们相信这是真的了，有年月，有地方，千真万确，敢起誓！

王三胜——沙子龙的大伙计——在土地庙拉开了场子，摆好了家伙。抹了一鼻子茶叶末色的鼻烟，他抢了几下竹节钢鞭，把场子打大一些。放下鞭，没向四周作揖，叉着腰念了两句："脚踢天下好汉，拳打五路英雄！"向四围扫了一眼："乡亲们。王三胜不是卖艺的；玩艺儿会几套，西北路上走过镖，会过绿林中的朋友。现在闲着没事，拉个汤子陪诸位玩玩。有爱练的尽管下来，王三胜以武会友，有赏脸的，我陪着。神枪沙子龙是我的师傅；玩艺地道！诸位，有愿下来的没有？"他看着，准知道没人敢下来，他的话硬，可是那条钢鞭更硬，十八斤重。

王三胜，大个子，一脸横肉，努着对大黑眼珠，看着四围。大家不出声。他脱了小褂，紧了紧深月白色的"腰里硬"，把肚子杀进去。给手心一口唾沫，抄起大刀来：

"诸位，王三胜先练趟瞧瞧。不白练，练完了，带着的扔几个；没钱，给喊个好，助助威。这儿没生意口。好，上眼①！"

大刀靠了身，眼珠努出多高，脸上绷紧，胸脯子鼓出，像两块老桦木根子。一跺脚，刀横起，大红缨子在肩前摆动。削砍劈拨，蹲越闪转，手起风生，忽忽直响。忽然刀在右手心上旋转，身弯下去，四围鸦雀无声，只有缨铃轻叫。刀顺过来，猛的一个"跺泥"，身子直挺，比众人高着一头，黑塔似的。收了势："诸位！"一手持刀，一手叉腰，看着四围。稀稀的扔下几个铜钱，他点点头。"诸位！"他等着，等着，地上依旧是那几个亮而削薄的铜钱，外层的人偷偷散去。他咽了口气："没人懂！"他低声的说，可是大家全听见了。

"有功夫！"西北角上一个黄胡子老头儿答了话。

"啊？"王三胜好似没听明白。

---

① 上眼，请观众注意看。

"我说：你——有——功——夫！"老头子的语气很不得人心。

　　放下大刀，王三胜随着大家的头往西北看。谁也没看重这个老人：小干巴个儿，披着件粗蓝布大衫，脸上窝窝瘪瘪，眼陷进去很深，嘴上几根细黄胡，肩上扛着条小黄草辫子，有筷子那么细，而绝对不像筷子那么直顺。王三胜可是看出这老家伙有功夫，脑门亮，眼睛亮——眼眶虽深，眼珠可黑得像两口小井，深深的闪着黑光。王三胜不怕：他看得出别人有功夫没有，可更相信自己的本事，他是沙子龙手下的大将。

　　"下来玩玩，大叔！"王三胜说得很得体。

　　点点头，老头儿往里走。这一走，四外全笑了。他的胳臂不大动；左脚往前迈，右脚随着拉上来，一步步的往前拉扯，身子整着①，像是患过瘫痪病。蹭到场中，把大衫扔在地上，一点没理会四围怎样笑他。

　　"神枪沙子龙的徒弟，你说？好，让你使枪吧；我呢？"老头子非常的干脆，很像久想动手。

　　人们全回来了，邻场耍狗熊的无论怎么敲锣也不中用了。

　　"三截棍进枪吧？"王三胜要看老头子一手，三截棍不是随便就拿得起来的家伙。

　　老头子又点点头，拾起家伙来。

　　王三胜努着眼，抖着枪，脸上十分难看。

　　老头子的黑眼珠更深更小了，像两个香火头，随着面前的枪尖儿转，王三胜忽然觉得不舒服，那俩黑眼珠似乎要把枪尖吸进去！四外已围得风雨不透，大家都觉出老头子确是有威。为躲那对眼睛，王三胜耍了个枪花。老头子的黄胡子一动："请！"王三胜一扣枪，向前躬步，枪尖奔了老头子的喉头去，枪缨打了一个红旋。老人的身子忽然活展了，将身微偏，让过枪尖，前把一挂，后把撩王三胜的手。拍，拍，两响，王三胜的枪撒了手。场外叫了好。王三胜连脸带胸口全紫了，抄起枪来；一个花子，连枪带人滚了过来，枪尖奔了老人的中部。老头子的眼亮得发着黑光；腿轻轻一屈，下把掩裆，上把打着刚要抽回的枪杆；拍，枪又落在地上。

　　场外又是一片彩声。王三胜流了汗，不再去拾枪，努着眼，木在那里。老头子扔下家伙，拾起大衫，还是拉拉着腿，可是走得很快了。大衫搭在臂上，他过来拍了王三胜一下："还得练哪，伙计！"

　　"别走！"王三胜擦着汗："你不离，姓王的服了！可有一样，你敢会会沙老师？"

　　"就是为会他才来的！"老头子的干巴脸上皱起点来，似乎是笑呢。"走；收了吧；晚饭我请！"

　　王三胜把兵器拢在一处，寄放在变戏法二麻子那里，陪着老头子往庙外

　　———————————————
　　① 身子整着：指两臂不动，身体僵硬地走路的样子。

走。后面跟着不少人，他把他们骂散。

"你老贵姓？"他问。

"姓孙哪，"老头子的话与人一样，都那么干巴。"爱练；久想会会沙子龙。"

沙子龙不把你打扁了！王三胜心里说。他脚底下加了劲，可是没把孙老头落下。他看出来，老头子的腿是老走着查拳门中的连跳步；交起手来，必定很快。但是，无论他怎么快，沙子龙是没对手的。准知道孙老头要吃亏，他心中痛快了些，放慢了些脚步。

"孙大叔贵处？"

"河间的，小地方。"孙老者也和气了些："月棍年刀一辈子枪，不容易见功夫！说真的，你那两手就不坏！"

王三胜头上的汗又回来了，没言语。

到了客栈，他心中直跳，唯恐沙老师不在家，他急于报仇。他知道老师不爱管这种事，师弟们已碰过不少回钉子，可是他相信这回必定行，他是大伙计，不比那些毛孩子；再说，人家在庙会上点名叫阵，沙老师还能丢这个脸么？

"三胜，"沙子龙正在床上看着本《封神榜》，"有事吗？"

三胜的脸又紫了，嘴唇动着，说不出话来。

沙子龙坐起来，"怎么了，三胜？"

"栽了跟头！"

只打了个不甚长的哈欠，沙老师没别的表示。

王三胜心中不平，但是不敢发作；他得激动老师："姓孙的一个老头儿，门外等着老师呢；把我的枪，枪，打掉了两次！"他知道"枪"字在老师心中有多大分量。没等吩咐，他慌忙跑出去。

客人进来，沙子龙在外间屋等着呢。彼此拱手坐下，他叫三胜去泡茶。三胜希望两个老人立刻交了手，可是不能不沏茶去。孙老者没话讲，用深藏着的眼睛打量沙子龙。沙很客气：

"要是三胜得罪了你，不用理他，年纪还轻。"

孙老者有些失望，可也看出沙子龙的精明。他不知怎样好了，不能拿一个人的精明断定他的武艺。"我来领教领教枪法！"他不由地说出来。

沙子龙没接碴儿。王三胜提着茶壶走进来——急于看二人动手，他没管水开了没有，就沏在壶中。

"三胜，"沙子龙拿起个茶碗来，"去找小顺们去，天汇见，陪孙老者吃饭。"

"什么！"王三胜的眼珠几乎掉出来。看了看沙老师的脸，他敢怒而不敢言地说了声"是啦！"走出去，撅着大嘴。

"教徒弟不易！"孙老者说。

"我没收过徒弟。走吧，这个水不开！茶馆去喝，喝饿了就吃。"沙子龙从桌子上拿起缎子褡裢，一头装着鼻烟壶，一头装着点钱，挂在腰带上。

"不，我还不饿！"孙老者很坚决，两个"不"字把小辫从肩上抢到后边去。

"说会子话儿。"

"我来为领教领教枪法。"

"功夫早搁下了，"沙子龙指着身上，"已经放了肉！"

"这么办也行，"孙老者深深的看了沙老师一眼："不比武，教给我那趟五虎断魂枪。"

"五虎断魂枪？"沙子龙笑了："早忘干净了！早忘干净了！告诉你，在我这儿住几天，咱们各处逛逛，临走，多少送点盘缠。"

"我不逛，也用不着钱，我来学艺！"孙老者立起来，"我练趟给你看看，看够得上学艺不够！"一屈腰已到了院中，把楼鸽都吓飞起去。拉开架子，他打了趟查拳：腿快，手飘洒，一个飞脚起去，小辫儿飘在空中，像从天上落下来一个风筝；快之中，每个架子都摆得稳、准，利落；来回六趟，把院子满都打到，走得圆，接得紧，身子在一处，而精神贯串到四面八方。抱拳收势，身儿缩紧，好似满院乱飞的燕子忽然归了巢。

"好！好！"沙子龙在台阶上点着头喊。

"教给我那趟枪！"孙老者抱了抱拳。

沙子龙下了台阶，也抱着拳："孙老者，说真的吧；那条枪和那套枪都跟我入棺材，一齐入棺材！"

"不传？"

"不传！"

孙老者的胡子嘴动了半天，没说出什么来。到屋里抄起蓝布大衫，拉拉着腿："打搅了，再会！"

"吃过饭走！"沙子龙说。

孙老者没言语。

沙子龙把客人送到小门，然后回到屋中，对着墙角立着的大枪点了点头。

他独自上了天汇，怕是王三胜们在那里等着。他们都没有去。

王三胜和小顺们都不敢再到土地庙去卖艺，大家谁也不再为沙子龙吹腾；反之，他们说沙子龙栽了跟头，不敢和个老头儿动手；那个老头子一脚能踢死个牛。不要说王三胜输给他，沙子龙也不是"个儿"。不过呢，王三胜到底和老头子见了个高低，而沙子龙连句硬话也没敢说。"神枪沙子龙"慢慢似乎被人们忘了。

夜静人稀，沙子龙关好了小门，一气把六十四枪刺下来；而后，挂着枪，望着天上的群星，想起当年在野店荒林的威风。叹一口气，用手指慢慢摸着凉滑的枪身，又微微一笑，"不传！不传！"

（原载1935年9月22日天津《大公报·文艺》第13期，收入《蛤藻集》，开明书店1936年11月初版）

新时代的旧悲剧

一

"老爷子！"陈廉伯跪在织锦的垫子上，声音有点颤，想抬起头来看看父亲，可是不能办到；低着头，手扶在垫角上，半闭着眼，说下去："儿子又孝敬您一个小买卖！"说完这句话，他心中平静一些，可是再也想不出别的话来，一种渺茫的平静，像秋夜听着点远远的风声那样无可如何的把兴奋、平静、感慨与情绪的激动，全融化在一处，不知怎样才好。他的两臂似乎有点发麻，不能再呆呆的跪在那里；他只好磕下头去。磕了三个，也许是四个头，他心中舒服了好多，好像又找回来全身的力量，他敢抬头看看父亲了。

在他的眼里，父亲是位神仙，与他有直接关系的一位神仙；在他拜孔圣人、关夫子，和其他的神明的时节，他感到一种严肃与敬畏，或是一种敷衍了事的情态。唯有给父亲磕头的时节他才觉到敬畏与热情联合到一处，绝对不能敷衍了事。他似乎觉出父亲的血是在他身上，使他单纯得像初生下来的小娃娃，同时他又感到自己的能力，能报答父亲的恩惠，能使父亲给他的血肉更光荣一些，为陈家的将来开出条更光洁香热的血路；他是承上起下的关节，他对得起祖先，而必定得到后辈的钦感！

他看了父亲一眼，心中更充实了些，右手一挂，轻快的立起来，全身都似乎特别的增加了些力量。陈老先生——陈宏道，——仍然端坐在红木椅上，微笑着看了儿子一眼，没有说什么；父子的眼睛遇到一处已经把心中的一切都倾洒出来，本来不须再说什么。陈老先生仍然端坐在那里，一部分是为回味着儿子的孝心，一部分是为等着别人进来贺喜——每逢廉伯孝敬给老先生一所房，一块地，或是——像这次——一个买卖，总是先由廉伯在堂屋里给父亲叩头，而后全家的人依次的进来道喜。

陈老先生的脸是红而开展，长眉长须还都很黑，头发可是有些白的了。大眼睛，因为上了年纪，眼皮下松松的搭拉着半圆的肉口袋；口袋上有些灰红的横纹，颇有神威。鼻子不高，可是宽，鼻孔向外撑着，身量高。手脚都很大；手扶着膝在那儿端坐，背还很直，好似座小山儿：庄严、硬朗、高傲。

廉伯立在父亲旁边，嘴微张着些，呆呆的看着父亲那个可畏可爱的旁影。他自己只有老先生的身量，而没有那点气度。他是细长，有点水蛇腰，每逢走快了的时候自己都有些发毛咕。他的模样也像老先生，可是脸色不那么红；虽然将近四十岁，脸上还没有多少须子茬；对父亲的长须，他只有羡慕而已。立在父亲旁边，他又渺茫的感到常常袭击他的那点恐惧。他老怕父亲有个山高水远，而自己压不住他的财产与事业。从气度上与面貌上看，他似乎觉得陈家到了他这一辈，好像兑了水的酒，已经没有那么厚的味道了。在别的方面，他也许比父亲还强，可是他缺乏那点神威与自信。父亲是他的主心骨，像个活神仙似的，能暗中保佑他。有父亲活着，他似乎才敢冒险，敢见钱就抓，敢和人们结仇作对，敢下毒手。每当他遇到困难，迟疑不决的时候，他便回家一会儿。父亲的红脸长须给他胆量与决断；他并不必和父亲商议什么，看看父亲的红脸就够了。现今，他又把刚置买了的产业献给父亲，父亲的福气能压得住一切；即使产业的来路有些不明不白的地方，也被他的孝心与父亲的福分给镇下去。

头一个进来贺喜的是廉伯的大孩子，大成，十一岁的男孩，大脑袋，大嗓门，有点傻，因为小时候吃多了凉药。老先生看见孙子进来，本想立起来去拉他的小手，继而一想大家还没都到全，还不便马上离开红木椅子。

"大成，"老先生声音响亮的叫，"你干什么来了？"

大成摸了下鼻子，往四围看了一眼："妈叫我进来，给爷道，道……"傻小子低下头去看地上的锦垫子。马上弯下身去摸垫子四围的绒绳，似乎把别的都忘了。

陈老先生微微的一笑，看了廉伯一眼，"痴儿多福！"连连的点头。廉伯也陪着一笑。

廉仲——老先生的二儿子——轻轻的走进来。他才有二十多岁，个子很大，脸红而胖，很像陈老先生，可是举止显着迟笨，没有老先生的气派与身分。

没等二儿子张口，老先生把脸上的微笑收起去。叫了声："廉仲！"

廉仲的胖脸上由红而紫，不知怎样才好，眼睛躲着廉伯。

"廉仲！"老先生又叫了声。"君子忧道不忧贫，你倒不用看看你哥哥尽孝，心中不安，不用！积善之家自有余福，你哥哥的顺利，与其说是他有本事，还不如说是咱们陈家过去几代积成的善果。产业来得不易，可是保守更难，此中消息，"老先生慢慢摇着头，"大不易言！箪食瓢饮，那乃是圣道，我不能以此期望你们；腾达显贵，显亲扬名，此乃人道，虽福命自天，不便强求，可是彼丈夫也，我丈夫也，有为者亦若是。我不求你和你哥哥一样的发展，你的才力本来不及他，况且又被你母亲把你惯坏；我只求你循规蹈矩的去作人，帮助父兄去守业，假如你不能自己独创的话。你哥哥今天又孝敬我一点产业，这算不了什么，我并不因此——这点产业——而喜欢；可是我确是喜欢，喜欢的是他的那点孝心。"老先生忽然看了孙子一眼："大成，叫你妹妹去！"

廉仲的胖脸上见了汗，不知怎样好，乘着父亲和大成说话，慢慢的转到老先生背后，去看墙上挂着的一张山水画。大成还没表示是否听明白祖父的话，妈妈已经携着妹妹进来了。女人在陈老先生心中是没有一点价值的，廉伯太太大概早已立在门外，等着传唤。

廉伯太太有三十四五岁，长得还富泰。倒退十年，她一定是个漂亮的小媳妇。现在还不难看，皮肤很细，可是她的白胖把青春埋葬了，只是富泰，而没有美的诱力了。在安稳之中，她有点不安的神气，眼睛偷偷的，不住的，往四下望。胖脸上老带着点笑容；似乎是给谁道歉，又似乎是自慰，正像个将死了婆婆，好脾气，而没有多少本事的中年主妇。她一进屋门，陈老先生就立了起来，好似传见的典礼已经到了末尾。

"爷爷大喜！"廉伯太太不很自然的笑着，眼睛不敢看公公，可又不晓得去看什么好。

"有什么可喜！有什么可喜！"陈老先生并没发怒，脸上可也不带一点笑容，好似个说话的机器在那儿说话，一点也不带感情，公公对儿媳是必须这样说话的，他仿佛是在表示。"好好的相夫教子，那是妇人的责任；就是别因富而骄惰，你母家是不十分富裕的，哎，哎……"老先生似乎不愿把话说到家，免得使儿媳太难堪了。

廉伯太太胖脸上将要红，可是就又挂上了点无聊的笑意，拉了拉小女儿，意思是叫她找祖父去。祖父的眼角撩到了孙女，可是没想招呼她。女儿都是赔钱的货，老先生不愿偏疼孙子，但是不由的不肯多亲爱孙女。

老先生在屋里走了几步，每一步都用极坚实的脚力放在地上，作足了昂举阔步。自己的全身投在穿衣镜里，他微停了一会儿，端详了自己一下。然后转过身来，向大儿子一笑。

"冯唐易老，李广难封！才难，才难；但是知人惜才者尤难！我已六十多了……"老先生对着镜子摇了半天头。"怀才不遇，一无所成……"他捻着须梢儿，对着镜子细端详自己的脸。

老先生没法子不爱自己的脸。他是个文人，而有武相。他有一切文人该有的仁义礼智，与守道卫教的志愿，可是还有点文人所不敢期冀的，他自比岳武穆。他是，他自己这么形容，红脸长髯高吟"大江东去"的文人。他看不起普通的白面书生。只有他，文武兼全，才担得起翼教爱民的责任。他自信学问与体魄都超乎人，他什么都知道，而且知道的最深最好。可惜，他只是个候补知县而永远没有补过实缺。因此，他一方面以为自己的怀才不遇是人间的莫大损失；在另一方面，他真喜欢大儿子——文章经济，自己的文章无疑的是可以传世的，可是经济方面只好让给儿子了。

廉伯现在作侦探长，很能抓弄些个钱。陈老先生不喜欢"侦探长"，可是侦探长有升为公安局长的希望，公安局长差不多就是原先的九门提督正堂，那么侦探长也就可以算作……至少是三品的武官吧。自从革命以后，官衔往往是不见经传的，也就只好承认官便是官，虽然有的有失典雅，可也没法子纠正。况且官总是"学优而仕"，名衔纵管不同，道理是万世不变的。老先生心中的学问老与作官相联，正如道德永远和利益分不开。儿子既是官，而且能弄钱，又是个孝子，老先生便没法子不满意。只有想到自己的官运不通，他才稍有点忌妒儿子，可是这点牢骚正好是作诗的好材料，那么作一两首律诗或绝句也便正好是哀而不伤。

老先生又在屋中走了两趟，哀意渐次发散净尽。"廉伯，今天晚上谁来吃饭。"

"不过几位熟朋友。"廉伯笑着回答。

"我不喜欢人家来道喜！"老先生的眉皱上一些。"我们的兴旺是父慈子孝的善果；是善果，他们如何能明白……"

"熟朋友，公安局长，还有王处长……"廉伯不愿——的提名道姓，他知道老人的脾气有时候是古怪一点。

老先生没再说什么。过了一会儿："别都叫陈寿预备，外边叫几个菜，再由陈寿预备几个，显着既不太难看，又有家常便饭的味道。"老先生的眼睛放了光，显出高兴的样子来，这种待客的计划，在他看，也是"经济"的一部分。

"那么老爷子就想几个菜吧；您也同我们喝一盅？"

"好吧，我告诉陈寿；我当然出来陪一陪；廉仲，你也早些回来！"

二

陈宅西屋的房脊上挂着一钩斜月，阵阵小风把院中的声音与桂花的香味送走好远。大门口摆着三辆汽车，陈宅的三条狼狗都面对汽车的大鼻子趴着，连车带狗全一声不出，都静听着院里的欢笑。院里很热闹：外院南房里三个汽车夫，公安局长的武装警卫，和陈廉伯自用的侦探，正推牌九。里院，晚饭还没吃完。廉伯不是正式的请客，而是随便约了公安局局长，卫生处处长，市政府秘书主任，和他们的太太们来玩一玩；自然，他们都知道廉伯又置买了产业，可是只暗示出道喜的意思，并没送礼，也就不好意思要求正式请客。菜是陈寿作的，由陈老先生外点了几个，最得意的是个桂花翅子——虽然是个老菜，可是多么迎时当令呢。陈寿的手艺不错，客人们都吃得很满意；虽然陈老先生不住的骂他混蛋。老先生的嘴能够非常的雅，也能非常的野，那要看对谁讲话。

老先生喝了不少的酒，眼皮下的肉袋完全紫了；每干一盅，他用大手慢慢的捋两把胡子，检阅军队似的看客人们一眼。

"老先生海量！"大家不住的夸赞。

"哪里的话！"老先生心里十分得意，而设法不露出来，他似乎知道虚假便是涵养的别名。可是他不完全是个瘦弱的文人，他是文武双全，所以又不能不表示一些豪放的气概："几杯还可以对付，哈哈！请，请！"他又灌下一盅。

大家似乎都有点怕他。他们也许有更阔或更出名的父亲，可是没法不佩服陈老先生的气派与神威。他们看出来，假若他们的地位低卑一些，陈老先生一定不会出来陪他们吃酒。他们懂得，也自己常应用，这种虚假的应酬方法，可是他们仍然不能不佩服老先生把这个运用得有声有色，把儒者、诗人、名士、大将，所该有的套数全和演戏似的表现得生动而大气。

饭撤下去，陈福来放牌桌。陈老先生不打牌，也反对别人打牌。可是廉伯得应酬，他不便干涉。看着牌桌摆好，他闭了一会儿眼，好似把眼珠放到肉袋里去休息。而后，打了个长的哈欠。廉伯赶紧笑着问：

"老爷子要是——"

陈老先生睁开眼，落下一对大眼泪，看着大家，腮下微微有点笑意。

"老先生不打两圈？两圈？"客人们问。

"老矣，无能为矣！"老先生笑着摇头，仿佛有无限的感慨。又坐了一会儿，用大手连抹几把胡子，唧唧的咂了两下嘴，慢慢的立起来："不陪了。陈福，倒茶！"向大家微一躬身，马上挺直，扯开方步，一座牌坊似的走出去。

男女分了组：男的在东间，女的在西间。廉伯和弟弟一手，先让弟弟打。

牌打到八圈上，陈福和刘妈分着往东西屋送点心。廉伯让大家吃，大家都眼看着牌，向前面点头。廉伯再让，大家用手去摸点心，眼睛完全用在牌上。卫生处处长忘了卫生，市政府秘书主任差点把个筹码放在嘴里。廉仲不吃，眼睛盯着面前那个没用而不敢打出去的白板，恨不能用眼力把白板刻成个么筒或四万。

廉仲无论如何不肯放手那张白板。公安局长手里有这么一对儿宝贝。廉伯让点心的时节，就手儿看了大家的牌，有心给弟弟个暗号，放松那个值钱的东西，因为公安局长已经输了不少。叫弟弟少赢几块，而讨局长个喜欢，不见得不上算。可是，万一局长得了一张牌而幸起去呢？赌就是赌，没有谦让。他没通知弟弟。设若光是一张牌的事，他也许不这么狠。打给局长，讨局长的喜欢，局长，局长，他不肯服这个软儿。在这里，他自信得了点父亲的教训：应酬是手段，一往直前是陈家的精神；他自己将来不止于作公安局长，可是现在他可以，也应当作公安局长。他不能退让，没看起那手中有一对白板的局长，弟弟手里那张牌是不能送礼的。

又摸了两手，局长把白板摸了上来，和了牌。廉仲把牌推散，对哥哥一笑。廉伯的眼把弟弟的笑整个的瞪了回去。

局长自从掏了白板，转了风头，马上有了闲话："处长，给你张卫生牌吃吃！"顶了处长一张九万。可是，八圈完了，大家都立起来。

"接着来！"廉伯请大家坐下："早得很呢！"

卫生处处长想去睡觉，以重卫生，可是也想报复，局长那几张卫生牌顶得他出不来气。什么早睡晚睡，难道卫生处长就不是人，就不许用些感情？他自己说服了自己。

秘书长一劲儿谦虚，纯粹为谦虚而谦虚，不愿挑头儿继续作战，也不便主张散局，而只说自己打得不好。

只等局长的命令。"好吧，再来；廉伯还没打呢！"

大家都迟迟的坐下，心里颇急切。廉仲不敢坐实在了，眼睛瞄着哥哥，心中直跳。一边瞄着哥哥，一边鼓逗骰子，他希望廉伯还让给他——哪怕是再让一圈呢。廉伯决定下场，廉仲像被强迫爬起来的骆驼，极慢极慢的把自己收拾起来。连一句"五家来，作梦，"都没人说一声！他的脸烧起来，别人也没注意。他恨这群人，特别恨他的哥哥。可是他舍不得走开。打不着牌，看看也多少过点瘾。他坐在廉伯旁边。看了两把，他的茄子色慢慢的降下去，只留下两小帖红而圆的膏药在颧骨上，很傻而有点美。

从第九圈上起，大家的语声和牌声比以前加高了一倍。礼貌、文化、身分、教育，都似乎不再与他们相干，或者向来就没和他们发生过关系。越到夜静人稀，他们越粗暴，把细心全放在牌张的调动上。他们用最粗暴的语气索要一个最小的筹码。他们的脸上失去那层温和的笑意，眼中射出些贼光，瞄着别人的手而掩饰自己的心情变化。他们的唇被香烟烧焦，鼻上结着冷汗珠，身上放射着湿潮的臭气。

西间里，太太们的声音并不比东间里的小，而且非常尖锐。可是她们打得慢一点，东间的第九圈开始，她们的八圈还没有完。毛病是在廉伯太太。显然的，局长太太们不大喜欢和她打，她自己也似乎不十分热心的来。可是没有她便成不上局，大家无法，她也无法。她打得慢，算得慢，每打一张她还得那么抱歉的、无聊的、无可奈何的笑一笑，大家只看她的张子，不看她的笑；她发的张子老是很臭：吃上的不感激她，吃不上的责难她。她不敢发脾气，也不大会发脾气，她只觉得很难受，而且心中嘀嘀咕咕，惟恐丈夫过来检查她——她打的不好便是给他丢人。那三家儿都是牌油子。廉伯太太对于她们的牌法如何倒不大关心，她羡慕她们因会打牌而能博得丈夫们的欢心。局长太太是二太太，可是打起牌来就有了身分，而公然的轻看廉伯太太。

八圈完了，廉伯太太缓了一口气，可是不敢明说她不愿继续受罪。刘妈进来伺候茶水，她忽然想起来，胖胖的一笑："刘妈，二爷呢？"

局长太太们知道廉仲厉害，可是不反对他代替嫂子；要玩就玩个痛快，在赌钱的时节她们有点富于男性。廉仲一坐下，仿佛带来一股春风，大家都高兴了许多。大家都长了精神，可也都更难看了。没人再管脸上花到什么程度；最美的局长二太太的脸上也黄一块白一块的，有点像连阴天时的壁纸。屋中潮渌渌的有些臭味。

廉伯太太心中舒服了许多，但还不能马上躲开。她知道她的责任是什么，一种极难堪，极不自然，而且不被人钦佩与感激的责任。她坐在卫生处长太太旁边，手放在膝上，向桌子角儿微笑。她觉到她什么也不是，只是廉伯太太，这四个字把她捆在那里。

廉仲可是非常的得意。"赌"是他的天才所在，提到打牌，推牌九，下棋，抽签子，他都不但精通，而且手里有花活。别的，他无论怎样学也学不会；赌，一看就明白。这个，使他在家里永远得不着好气，可是在外边很有人看得起他，看他是把手儿。他恨陈老先生和廉伯，特别是在陈老先生说"都是你母亲惯坏了你"的时候。他爱母亲，设若母亲现在还活着，他绝不会受他们这么大的欺侮，他老这样想。母亲是死了，他只能跟嫂子亲近，老嫂比母，他对嫂子十分的敬爱。因此，陈老先生更不待见他，陈家的男子都是轻看妇女的，只有廉仲是个例外，没出息。

他每打一张俏皮的牌，必看嫂子一眼，好似小儿耍俏而要求大人夸奖那样。有时候他还请嫂子过来看看他的牌，虽然他明知道嫂子是不很懂得牌经的。这样作，他心中舒服，嫂子的笑容明白的表示出她尊重二爷的技巧与本领，他在嫂子眼中是"二爷"，不是陈家的"吃累"。

三

快天亮了。凉风儿在还看不出一定颜色的云下轻快的吹着，吹散了院中的桂香，带来远处的犬声。风儿虽然清凉，空中可有些潮湿，草叶上挂满还没有放光的珠子。墙根下处处虫声，急促而悲哀。陈家的牌局已完，大家都用喷过香水的热毛巾擦脸上的油腻，跟着又点上香烟，烫那已经麻木了的舌尖，好似为赶一赶内部的酸闷。大家还舍不得离开牌桌。可是嘴中已不再谈玩牌的经过，而信口的谈着闲事，谈得而且很客气，仿佛把礼貌与文化又恢复了许多；廉伯太太的身分在天亮时节突然提高，大家都想起她的小孩，而殷勤的探问。陈福和刘妈都红着眼睛往屋里端鸡汤挂面，大家客气了一番，然后闭着眼往口中吞吸，嘴在运动，头可是发沉，大家停止了说话。第二把热毛巾递上来，大家才把脸上的筋肉活动开，咬着牙往回堵送哈欠。

"局长累了吧？"廉伯用极大的力量甩开心中的送忽。

"哪！哪累！"局长用热手巾捂着脖梗。

"陈太太，真该歇歇了，我们太不客气了！"卫生处长的手心有点发热，渺茫的计划着应回家吃点什么药。

廉伯太太没说出什么来，笑了笑。

局长立起来，大家开始活动，都预备着说"谢谢"。局长说了；紧跟着一串珠似的"谢谢"。陈福赶紧往外跑，门外的汽车喇叭响成一阵，三条狼狗打着欢儿咬，全街的野狗家狗一致响应。大家仍然很客气，过一道门让一次，话很多而且声音洪亮。主人一定叫陈福去找毛衣，一定说天气很凉；客人们一定说不凉；可是都微微有点发抖。毛衣始终没拿来，汽车的门哑哑关好，又是一阵喇叭，大家手中的红香烟头儿上下摆动，"谢谢！""慢待；"嘟嘟的响成一片。陈福扯开嗓子喊狗。大门雷似的关好，上了闩。院中扯着几个长而无力的哈欠，一阵桂花香，天上剩了不几个星星。

草叶上的水珠刚刚发白，陈老先生起来了。早睡早起，勤俭兴家，他是遵行古道的。四外很安静，只有他自己的声音传达到远处，他摔门、咳嗽、骂狗、念诗……四外越安静，他越爱听自己的声音，他是警世的晨钟。

陈老先生的诗念得差不多，大成——因为晚饭吃得不甚合适——起来了，起来就嚷肚子饿。老先生最关心孩子，高声喊陈寿，想法儿先治大成的饿。陈寿已经一夜没睡，但是听见老主人喊他，他不敢再多迟延一秒钟。熬了一夜，可是得了"头儿钱"呢；他晓得这句是在老主人的嘴边上等着他，他不必找不自在。他晕头打脑的给小主人预备吃食，而且假装不困，走得很快，也很迷忽。

听着孙子不再叫唤了，老先生才安心继续读诗。天下最好听的莫过于孩子哭笑与读书声，陈家老有这两样，老先生不由的心中高兴。

陈寿喂完小主人，还不敢去睡，在老主人的屋外脚不出声的来回走；他怕一躺下便不容易再睁开眼。听着老主人的诗声落下一个调门来，他把香片茶、点心端进去。出来，就手儿喂了狗，然后轻轻跑到自己屋中，闭上了眼。

陈老先生吃过点心，到院中看花草。他并不爱花，可是每遇到它们，他不能不看，而且在自己家中是早晚必找上它们去看一会儿，因为诗中常常描写花草霜露，他可以不爱花，而不能表示自己不懂得诗。秋天的朝阳把多露的叶子照得带着金珠，他觉得应当作诗，泄一泄心中的牢骚。可是他心中，在事实上，是很舒服、快活，而且一心惦记着那个新买过来的铺子。诗无从作起。牢骚可不能去掉，不管有诗没有。没有牢骚根本算不了个儒生、诗人、名士。是的，他觉得他的六十多岁是虚度，满腹文章，未曾施展过一点。"不才明主弃！"想不起来全句。老杜、香山、东坡……都作过官；饶作过官，还那么牢骚抑郁，况且陈老先生，惭愧、空虚。他想起那个买卖。儿子孝敬给他的产业，实在的，须用心经营的，经之营之……他决定到铺子去看看。他看不起作买卖，可是不能不替儿子照管一下，再说呢，"道"在什么地方也存在着。子贡也是贤人！书须活念，不能当书痴。他开始换衣服。刚换好了鞋，廉伯自用的侦探兼陈家的门房冯有才进来请示：

"老先生，"冯有才——四十多岁，嘴像鲇鱼似的——低声的说："那个，他们送来，那什么，两个封儿。"

"为什么来告诉我？"老先生的眼睛瞪得很大。

"不是那个，大先生还睡觉哪吗，"鲇鱼嘴试着步儿笑："我不好，不敢去惊动他，所以——"

陈老先生不好意思去思索，又得出个妥当的主意："他们天亮才散，我晓得！"缓了口气。"你先收下好啦，回头交给大爷：我不管，我不管！"走过去，把那本诗拿在手中，没看冯有才。

冯有才像从鱼网的孔中漏了出去，脚不擦地的走了。老先生又把那本诗放下，看了一眼："凉风起天末，君子意如何？！""君子——意——如——何"老先生心中茫然，惭愧，没补上过知县，连个封儿都不敢接；冯有才，混蛋，必定笑我呢！送封儿是自古有之，可是应当什么时候送呢？是不是应当直接的说来送封儿，如邮差那样喊"送信"？说不清，惭愧！文章经济，自己到底缺乏经验，空虚——"意如何！"对着镜子看了看："养拙干戈际，全生麋鹿群！"细看看镜中的老眼有没有泪珠，没有；古人的性情，有不可及者！

老先生换好衣服，正想到铺子去看看，冯有才又进来了："老先生，那什么，我刚才忘记回了：钱会长派人来送口信，请您今天过去谈谈。"

"什么时候？"

"越早越好。"

老先生的大眼睛闭了闭，冯有才退出去。老先生翻眼回味着刚才那一闭眼的神威，开始觉到生命并不空虚，一闭眼也有作用，假如自己是个"重臣"，这一闭眼应当有多么大的价值？可惜只用在冯有才那混蛋的身上；白废！到底生命还是不充实，儒者三月无君……

他决定先去访钱会长。没坐车，为是活动活动腿脚。微风吹斜了长须，触着一些阳光，须梢闪起金花。他端起架子，渐渐的忘记是自己的身体在街上走，而是一个极大极素美的镜框子，被一股什么精神与道气催动着，在街上为众人示范——镜框子当中是个活圣贤。走着走着，他觉得有点不是味儿：知道那两封儿里是支票呢，还是现款呢？交给冯有才那个混蛋收着……不能，也许不能……可是，钱若是不少，谁保得住他不携款潜逃！世道人心！他想回去，可是不好意思，身分、礼教，都不准他回去。然而这绝不是多虑应当回去！自己越有修养，别人当然越不可靠，不是过虑。回去不呢？没办法！

四

花厅里坐着两位，钱会长和武将军。钱会长从前作过教育次长和盐运使，现在却愿意人家称呼他会长，国学会的会长。武将军是个退职的武人，自从退隐以后，一点也不像个武人，肥头大耳的倒像个富商，近来很喜欢读书。

陈老先生和他们并非旧交，还是自从儿子升了侦探长以后才与他们来往。他对钱子美钱会长有相当的敬意，一来因为会长的身分，二来因为会长对于经学确是有研究，三来因为会长沉默寡言而又善于理财——文章经济。对武将军，陈老先生很大度的当个朋友待，完全因为武将军什么也不知道而好向老先生请教。

三人打过招呼，钱会长一劲儿咕噜着水烟，两只小眼专看着水烟袋，一声不出。武将军倒想说话，而不知说什么好，在文人面前他老有点不自然。陈老先生也不便开口，以保持自己的尊严。

坐了有十分钟，钱会长的脚前一堆一堆的烟灰已经像个义冢的小模型。他放下了烟袋，用右手无名指的长指甲轻轻刮了刮头。小眼睛从心里透出点笑意，像埋在深处的种子顶出个小小的春芽。用左手小指的指甲剔动右手的无名指，小眼睛看着两片指甲的接触，笑了笑：

"陈老先生，武将军要读《春秋》；怎样？我以为先读《尚书》，更根本一些；自然《春秋》也好，也好！"

"一以贯之，《十三经》本是个圆圈，"陈老先生手扶在膝上。看着自己的心，听着自己的声音："从哪里始，于何处止，全无不可！子美翁？"

武将军看着两位老先生，觉得他们的话非常有意思，可是又不甚明白。他搭不上嘴，只好用心的听着，心中告诉自己："这有意思，很深！"

"是的，是的！"会长又拿起水烟袋，揉着点烟丝，暂时不往烟筒上放。想了半天："宏道翁，近来以甲骨文证《尚书》者，有无是处。前天——"

"那——"

会长点头相让。陈老先生觉得差点沉稳，也不好不接下去："那，离经叛道而已。经所以传道，传道！见道有深浅，注释乃有不同，而无伤于经；以经为器，支解割裂，甲骨云乎哉！哈哈哈哈！"

"卓见！"咕噜咕噜。"前天，一个少年来见我，提到此事，我也是这么说，不谋而合。"

武将军等着听个结果，到底他应当读《春秋》还是《书经》，两位老先生全不言语了，好像刚斗过一阵的俩老鸡，休息一会儿，再斗。

陈老先生非常的得意，居然战胜了钱会长。自己的地位、经验，远不及钱子美，可是说到学问，自己并不弱，一点不弱。可见学问与经验也许不必互相关联？或者所谓学问全在嘴上，学问越大心中越空？他不敢决定，得意的劲儿渐次消散，他希望钱会长，哪怕是武将军呢，说些别的。

武将军忽然想起来："会长，娘们是南方的好，还是北方的好？"

陈老先生的耳朵似乎被什么猛的刺了一下。

武将军傻笑，脖子缩到一块，许多层肉摺。

钱会长的嘴在水烟袋上，小眼睛挤咕着，唏唏的笑。"武将军，我们谈道，你谈妇人，善于报复！"

武将军反而扬起脸来："不瞎吵，我真想知道哇。你们比我年纪大，经验多，娘们，谁不爱娘们？"

"这倒成了问题！"会长笑出了声。

陈老先生没言语，看着钱子美。他真不爱听这路话，可是不敢得罪他们；地位的优越，没办法。

"陈老先生？"武将军将错就错，闹哄起来。

"武将军天真，天真！食色性也，不过——"陈老先生假装一笑。

"等着，武将军，等多喘咱们喝几盅的时候，我告诉你；你得先背熟了《春秋》！"会长大笑起来，可依然没有多少声音，像狗喘那样。

陈老先生陪着笑起来。讲什么他也不弱于会长，他心里说，学问、手段……不过，他也的确觉到他是跟会长学了一招儿。文人所以能驾驭武人者在此，手段。

可是他自己知道，他笑得很不自然。他也想到：假若他不在这里，或者钱会长和武将军就会谈起妇女来。他得把话扯到别处去，不要大家愣着，越愣着越会使会长感到不安。

"那个，子美翁，有事商量吗？我还有点别的……"

"可就是。"钱会长想起来："别人都起不了这么早，所以我只约了你们二位来。水灾的事，马上需要巨款，咱先凑一些发出去，刻不容缓。以后再和大家商议。"

"很好！"武将军把话都听明白，而且非常愿意拿钱办善事。"会长分派吧，该拿多少！"

"昨天晚上遇见吟老，他拿一千。大家量力而为吧。"钱会长慢慢的说。

"那么，算我两千吧。"武将军把腿伸出好远，闭上眼养神，仿佛没了他的事。

陈老先生为了难。当仁不让，不能当场丢人。可是书生，没作过官的书生，哪能和盐运使与将军比呢。不错，他现在有些财产，可是他没觉到富裕，他总以为自己还是个穷读书的；因为感觉到自己穷，才能作出诗来。再说呢，那点财产都是儿子挣来的，不容易；老子随便挥霍——即使是为行善——岂不是慷他人之慨？父慈子孝，这是两方面的。为儿子才拉拢这些人！可是没拉拢出来什么，而先倒出一笔钱去，儿子的，怎对得起儿子？自然，也许出一笔钱，引起会长的敬意。对儿子不无好处；但是希望与拿现钱是两回事。引起他们的敬意，就不能少拿，而且还得快说，会长在那儿等着呢！乐天下之乐，忧天下之忧，常这么说；可谁叫自己连个知县也没补上过呢！陈老先生的难堪甚于顾虑，他恨自己。他将了把胡子，手微有一点颤。

"寒士，不过呢，当仁不让，我也拿吟老那个数儿吧，唯赈无量不及破产！哈哈！"他自己听得出哈哈中有点颤音。

他痛快了些，像把苦药吞下去那样，不感觉舒服，而是减少了迟疑与苦闷。

武将军两千，陈老先生一千，不算很小的一个数儿。可是会长连头也没抬，依然咕噜着他的水烟。陈老先生一方面羡慕会长的气度，一方面想知道到底会长拿多少呢。

"为算算钱数，会长，会长拿多少？"

会长似乎没有听见。待了半天，仍然没抬头："我昨天就汇出去了，五千；你们诸公的几千，今天晌午可以汇了走；大家还方便吧？若是不方便的话，我先打个电报去报告个数目，一半天再汇款。"

"容我们一半天的工夫也好。"陈老先生用眼睛问武将军，武将军点点头。

大家又没的可说了。

武将军又忽然想起来："宏老，走，上我那儿吃饭去！会长去不去？"

"我不陪了，还得找几位朋友去，急赈！"会长立起来，"不忙，天还早。"

陈老先生愿意离开这里，可是不十分热心到武宅去吃饭。他可没思索便答应了武将军，他知道自己心中是有点乱，有个地方去也好。他惭愧，为一千块钱而心中发乱；毛病都在他没作过盐运使与军长；他不能不原谅自己。到底心中还是发乱。

坐上将军的汽车，一会儿就到了武宅。

武将军的书房很高很大，好像个风雨操场似的，可是墙上挂满了字画，到处是桌椅，桌上挤满了摆设。字画和摆设都是很贵买来的，而几乎全是假古董。懂眼的人不好意思当着他的面说是假的，可是即使说了，将军也不在乎；遇到阴天下雨没事可作的时候，他不看那些东西，而一件件的算价钱：加到一块统计若干，而后分类，字画值多钱，铜器值若干，玉器……来回一算，他可以很高兴的过一早晨，或一后半天。

陈老先生不便说那些东西"都"是假的，也不便说"都"是真的，他指出几件不地道，而嘱咐将军："以后再买东西，找我来；或是讲明了，付过了钱哪时要退就可以退，"他可惜那些钱。

"正好，我就去请你，买不买的，说会子话儿！"武将军马上想起话来。这所房子值五万；家里现在只剩了四个娘们，原先本是九个来着，裁去了五个，保养身体，修道。他有朝一日再掌兵权也不再多杀人，太缺德……

陈老先生搭不上话，可是这么想：假若自己是宰相，还能不和将军们来往么？自己太褊狭，因为没作过官；一个儒者，书生的全部经验是由作官而来。他把心放开了些，慢慢的觉到武将军也有可爱之处，就拿将军的大方说，会长刚一提赈灾，他就认两千，无论怎说，这是有益于人民的……至少他不能得罪了将军，儿子的前途——文王的大德，武王的功绩，相辅而成，相辅而成！

仆人拿进一封信来。武将军接过来，随手放在福建漆的小桌上。仆人还等着。将军看了信封一眼："怎回事？"

"要将军的片子，要紧的信！"

"找张名片去，请王先生来！"王先生是将军的秘书。

"王先生吃饭去了，大概是待一会儿……"

将军撕开了信封。抽出信纸，顺手儿递给了陈老先生："老先生给看一眼，就是不喜欢念信！那谁，抽屉里有名片。"

陈老先生从袋中摸出大眼镜，极有气势的看信：

"武将军仁兄阁下敬启者恭维

起居纳福金体康宁为盼舍侄之事前曾面托是幸今闻钱子美

次长与

将军仁兄交情甚厚次长与秦军长交情亦甚厚如蒙

鼎助与次长书通一声则薄酬六千二位平分可也次长常至军

长家中顺便一说定奏成功无任感激心照不宣祇祝

钧安　　　　如小弟马应龙顿首"

陈老先生的胡子挡不住他的笑了。文人的身分，正如文人的笑的资料，最显然的是来自文字。陈老先生永远忘不了这封信。

"怎回事？"武将军问。

老先生为了难；这样的信能高声朗诵的给将军念一过吗？他们俩并没有多大交情；他想用自己的话翻译给将军，可是六千元等语是没法翻得很典雅的；况且太文雅了，将军是否能听得明白，也是个问题。他用白话儿告诉了将军，深恐将军感到不安；将军听明白了，只说了声：

"就是别拜把子，麻烦！"态度非常的自然。

陈老先生明白了许多的事。

五

廉伯太太正在灯下给傻小子织毛袜子，嘴张着点，时时低声的数数针数。廉伯进来。她看了丈夫一眼，似笑非笑的低下头去照旧作活。廉伯心中觉得不合适，仿佛不大认识她了。结婚时的她忽然极清楚浮现在心中，而面前的她倒似乎渺茫不真了。他无聊的，慢慢的，坐在椅子上。不肯承认已经厌恶了太太，可也无从再爱她。她现在只是一堆肉，一堆讨厌的肉，对她没有可说的，没有可作的。

"孩子们睡了？"他不愿呆呆的坐着。

"刚睡，"她用编物针向西指了指，孩子们是由刘妈带着在西套间睡。说完，她继续的编手中的小袜子。似用着心，又似打着玩，嘴唇轻动，记着针数；有点傻气。

廉伯点上支香烟，觉到自己正像个烟筒，细长，空空的，只会冒着点烟。吸到半支上，他受不住了，想出去，他有地方去。可是他没动，已经忙了一天，不愿再出去。他试着找她的美点，刚找到便又不见了。不想再看。说点什么，完全拿她当个"太太"看，谈些家长里短。她一声不出，连咳嗽都是在嗓子里微微一响，恐怕使他听见似的。

"嗨！"他叫了声，低，可是非常的硬，"哑巴！"

"哟！"她将针线按在心口上，"你吓我一跳！"

廉伯的气不由的撞上来，把烟卷用力的摔在地上，蹦起一些火花。"别扭！"

"怎啦？"她慌忙把东西放下，要立起来。

他没言语；可是见她害了怕，心中痛快了些，用脚把地上的烟踩灭。

她呆呆的看着他，像被惊醒的鸡似的，不知怎样才好。

"说点什么，"他半恼半笑的说，"老编那个鸡巴东西！离冬天还远着呢，忙什么！"

她找回点笑容来："说冷可就也快；说吧。"

他本来没的可说，临时也想不出。这要是搁在新婚的时候，本来无须再说什么，有许多的事可以代替说话。现在，他必得说些什么，他与她只是一种关系；别的都死了。只剩下这点关系；假若他不愿断绝这点关系的话，他得天天回来，而且得设法找话对她说！

"二爷呢？"他随便把兄弟拾了起来。

"没回来吧；我不知道。"她觉出还有多说点的必要："没回来吃饭，横是又凑上了。"

"得给他定亲了，省得老不着家。"廉伯痛快了些，躺在床上，手枕在脑后。"你那次说的是谁来着？"

"张家的三姑娘，长得仙女似的！"

"啊，美不美没多大关系。"

她心中有点刺的慌。她娘家没有陈家阔，而自己在作姑娘的时候也很俊。

廉伯没注意她。深感觉到廉仲婚事的困难。弟弟自己没本事，全仗着哥哥，而哥哥的地位还没达到理想的高度。说亲就很难：高不成，低不就。可是即使哥哥的地位再高起许多，还不是弟弟跟着白占便宜？廉伯心中有点不自在：以陈家全体而言，弟弟应当娶个有身分的女子，以弟弟而言，痴人有个傻造化，苦了哥哥！慢慢再说吧！

把弟弟的婚事这么放下，紧跟着想起自己的事。一想起来，立刻觉得屋中有点闭气，他想出去。可是……

"说，把小凤接来好不好？你也好有个伴儿。"

感悟名家经典

110

廉伯太太还是笑着，一种代替哭的笑："随便。"

"别随便，你说愿意。"廉伯坐起来。"不都为我，你也好有个帮手；她不坏。"

她没话可说，转来转去还是把心中的难过笑了出来。

"说话呀，"他紧了一板："愿意就完了，省事！"

"那么不等二弟先结婚啦？"

他觉出她的厉害。她不哭不闹，而拿弟弟来支应，厉害！设若她吵闹，好办；父亲一定向着儿子，父亲不能劝告儿子纳妾，可是一定希望再有个孙子，大成有点傻，而太太不易再生养。不等弟弟先结婚了？多么冠冕堂皇！弟弟算什么东西！十几年的夫妇，跟我掏鲔坏！他立起来，找帽子，不能再在这屋里多停一分钟。

"上哪儿？这早晚！"

没有回答。

六

微微的月光下，那个小门像图画上的，门楼上有些树影。轻轻的拍门，他口中有点发干，恨不能一步迈进屋里去。小凤的母亲来开，他希望的是小凤自己。老妈妈问了他一句什么，他只哼了一声，一直奔了北屋去。屋中很小，很干净，还摆着盆桂花。她从东里间出来："你，哟？"

老妈妈没敢跟进来，到厨房去泡茶。他想搂住小凤。可是看了她一眼，心中凉了些，闻到桂花的香味。她没打扮着，脸黄黄的，眼圈有点发红，好似忽然老了好几岁。廉伯坐在椅上，想不起说什么好。

"我去擦把脸，就来！"她微微一笑，又进了东里间。

老妈妈拿进茶来，又闲扯了几句，廉伯没心听。老妈妈的白发在电灯下显着很松很多，蓬散开个白的光圈。他呆呆的看着这团白光，心中空虚。

不大一会儿，小凤回来了。脸上擦了点粉，换了件衣裳，年轻了些，淡绿的长袍，印着些小碎花。廉伯爱这件袍儿，可是刚才的红眼圈与黄脸仍然在心中，他觉得是受了骗。同时，他又舍不得走，她到底还有点吸力。无论如何，他不能马上又折回家去，他不能输给太太。老妈妈又躲出去。

小凤就是没擦粉，也不算难看；擦了粉，也不妖媚。高高的细条身子，长脸，没有多少血，白净。鼻眼都很清秀，牙非常的光白好看。她不健康，不妖艳，但是可爱。她身上有点什么天然带来的韵味，像春雾，像秋水，淡淡的笼罩着全身，没有什么特别的美点，而处处轻巧自然，一举一动都温柔秀气；衣服在她身上像遮月的薄云，明洁飘洒。她不爱笑，但偶尔一笑，露出一些好看的牙，是她最美的时候，可是仅仅那么一会儿，转眼即逝，使人追味，如同看着花草，忽然一个白蝶飞来，又飘然飞过了墙头。

"怎这么晚？"她递给他一支烟，扔给他一盒洋火。

"忙！"廉伯舒服了许多。看着蓝烟往上升，他定了定神，为什么单单爱这个贫血的女人？奇怪，自从有了这个女人，把寻花问柳的事完全当作应酬，心上只有她一个人，为什么从烟中透过一点浓而不厌的桂香，对，她的味儿长远！

"眼圈又红了，为什么？"

"没什么，"她笑得很小，只在眼角与鼻翅上轻轻一逗，可是表现出许多心事："有点头疼，吃完饭也没洗脸。"

"又吵了架？一定！"

"不愿意告诉你，弟弟又回来了！"她皱了一下眉。

"他在哪儿呢？"他喝了一大口茶，很关切的样子。

"走了，妈妈和我拿你吓唬他来着。"

"别遇上我，有他个苦子吃！"廉伯说得极大气。

"又把妈妈的钱……"她仿佛后悔了，轻轻叹了口气。

"我还得把他赶跑！"廉伯很坚决，自信有这个把握。

"也别太急了，他——"

"他还能怎样了陈廉伯？"

"不是，我没那么想；他也有好处。"

"他？"

"要不是他，咱俩还到不了一块，不是吗？"

陈廉伯哈哈的笑起来："没见过这样的红娘！"

"我简直没办法。"她又皱上了眉。"妈妈就有这么一个儿子，恨他，可是到底还疼他，作妈妈的大概都这样。只苦了我，向着妈妈不好，向着弟弟不好！"

"算了吧，说点别的，反正我有法儿治他！"廉伯其实很愿听她这么诉苦，这使他感到他的势力与身分，至少也比在家里跟夫人对楞着强；他想起夫人来："我说，今儿个我可不回家了。"

"你们也又吵了嘴，为我？"她要笑，没能笑出来。

"为你；可并没吵架。我有我的自由，我爱上这儿来别人管不着我！不过，我不愿意这么着；你是我的人，我得把你接到家中去；这么着别扭！"

"我看还是这么着好。"她低着头说。

"什么？"他看准了她的眼问。

她的眼光极软，可是也对准他的："还是这么着好。"

"怎么？"他的嘴唇并得很紧。

"你还不知道？"她还看着他，似乎没理会到他的要怒的神气。

"我不知道！"他笑了，笑得很冷。"我知道女人们别扭。吃着男人，喝着男人，吃饱喝足了成心气男人。她不愿意你去，你不愿意见她，我晓得。

可是你们也要晓得，我的话才算话！”他挺了挺他的水蛇腰。

她没再说什么。

因为没有光明的将来，所以她不愿想那黑暗的过去。她只求混过今天。可是躺在陈廉伯的旁边，她睡不着，过去的图画一片片的来去，她没法赶走它们。它们引逗她的泪，可是只有哭仿佛是件容易作的事。

她并不叫“小凤”，宋凤贞才是她；“小凤”是廉伯送给她的，为是听着像个“外家”。她是师范毕业生，在小学校里教书，养活她的母亲。她不肯出嫁，因为弟弟龙云不肯负起养活老母的责任。妈妈为他们姐弟吃过很大的苦处，龙云既不肯为老人想一想，凤贞仿佛一点不能推脱奉养妈妈的义务；或者是一种权利，假如把“孝”字想到了的话。为这个，她把出嫁的许多机会让过去。

她在小学里很有人缘，她有种引人爱的态度与心路，所以大家也就喜欢她。校长是位四十多岁的老姑娘，已办了十几年的学，非常的糊涂，非常的任性，而且有一头假头发。她有钱，要办学，没人敢拦着她。连她也没挑出凤贞什么毛病来，可是她的弟弟说凤贞不好，所以她也以为凤贞可恶。凤贞怕失业，她到校长那里去说：校长的弟弟常常跟随着她，而且给她写信，她不肯答理他。校长常常辞退教员，多半是因为教员有了爱人。校长自己是老姑娘，不许手下的教员讲恋爱；因为这个，社会上对于校长是十二分尊敬的；大家好像是这样想：假若所有的校长都能这样，国家即使再弱上十倍，也会睡醒一觉就梦似的强起来。凤贞晓得这个，所以觉得跟校长说明一声，校长必会管教她的兄弟。

可是校长很简单的告诉凤贞：“不准诬赖好人，也不准再勾引男子，再有这种事，哼……”

凤贞的泪全咽在肚子里。打算辞职，可是得等找到了别的事，不敢冒险。

慢慢的，这件事被大家知道了，都为凤贞不平。校长听到了一些，她心中更冒了火。有一天朝会的时候，她教训了大家一顿，话很不好听，有个暴性子的大学生喊了句：“管教管教你弟弟好不好！”校长哈哈的笑起来：“不用管教我弟弟，我得先管教教员！”她从袋中摸出个纸条来：“看！收了我弟弟五百块钱，反说我兄弟不好。宋凤贞！我待你不错，这就是你待朋友的法儿，是不是？你给我滚！”

凤贞只剩了哆嗦。学生们马上转变过来，有的向她呸呸的啐。她不晓得怎样走回了家。到了家中，她还不敢哭；她知道那五百块钱是被弟弟使了，不能告诉妈妈；她失了业，也不能告诉妈妈。她只说不大舒服，请了两天假；她希望能快快的在别处找个事。

找了几个朋友，托给找事，人家都不大高兴理她。

龙云回来了，很恳切的告诉姐姐：

"姐，我知道你能原谅我。我有我的事业，我需要钱。我的手段也许不好，我的目的没有错儿。只有你能帮助我，正像只有你能养着母亲。为帮助母亲与我，姐，你须舍掉你自己，好像你根本没有生在世间过似的。校长弟弟的五百元，你得替我还上，但是我不希望你跟他去。侦探长在我的背后，你能拿住了侦探长，侦探长就拿不住了我，明白，姐？你得到他，他就会还那五百元的账，他就会给你找到事，他就会替你养活着母亲。得到他，替我遮掩着，假如不能替我探听什么。我得走了，他就在我背后呢！再见，姐，原谅我不能听听你的意见！记住，姐姐，你好像根本没有生在世间过！"

她明白弟弟的话。明白了别人，为别人作点什么，只有舍去自己。

弟弟的话都应验了，除了一句——他就会给你找到事。他没给凤贞找事，他要她陪着睡。凤贞没再出过街门一次，好似根本没有生在世间过。对于弟弟，她只能遮掩，说他不孝、糊涂、无赖；为弟弟探听，她不会作，也不想作，她只求混过今天，不希望什么。

七

陈老先生明白了许多的事。有本领的人使别人多懂些事，没有本事的人跟着别人学，惭愧！自己跟着别人学！但是不能不学，一事不知，君子之耻，活到老学到老！谁叫自己没补上知县呢！作官方能知道一切。自己的祖父作过道台，自己的父亲可是只作到了"坊里德表"，连个功名也没得到！父亲在族谱上不算个数，自己也差不多；可是自己的儿子……不，不能全靠着儿子，自己应当老当益壮，假若功名无望，至少得帮助儿子成全了伟大事业。自己不能作官，还不会去结交官员吗？打算帮助儿子非此不可！他看出来，作官的永远有利益，盐运使，将军，退了职还有大宗的入款。官和官声气相通，老相互帮忙。盟兄弟、亲戚、朋友，打成一片；新的官是旧官的枝叶；即使平地云雷，一步登天，还是得找着旧官宦人家求婚结友；一人作官，福及三代。他明白了这个。想到了二儿子。平日，看二儿子是个废物，现在变成了宝贝。廉伯可惜已经结了婚，廉仲大有希望。比如说武将军有个小妹或女儿，给了廉仲？即使廉仲没出息到底，可是武将军又比廉仲高明着多少？他打定了主意，廉仲必须娶个值钱的女子，哪怕丑一点呢，岁数大一点呢，都没关系。廉伯只是个侦探长，那么，丑与老便是折冲时的交换条件：陈家地位低些，可是你们的姑娘不俊秀呢！惭愧，陈家得向人家交换条件，无法，谁叫陈宏道怀才不遇呢！谈笑有鸿儒，往来无白丁，何等气概！老先生心里笑了笑。

他马上托咐了武将军，武将军不客气的问老先生有多少财产。老先生不愿意说，又不能不说，而且还得夸张着点儿说。由君子忧道不忧贫的道理说，他似乎应当这样的回答——方宅十余亩，草屋八九间。即使这是瞒心昧己的话，听着到底有些诗味。可是他现在不是在谈道，而是谈实际问题，实际问题永远不能作写诗的材料。他得多说，免得叫武将军看他不起：

"诗书门第，不过呢，也还有个十几万；先祖作过道台……"想给儿子开脱罪名。

"廉伯大概也抓弄不少？官不在大，缺得合适。"武将军很亲热的说。

"那个，还好，还好！"老先生既不肯像武人那样口直心快，又不愿说倒了行市。

"好吧，老先生，交给我了；等着我的信儿吧！"武将军答应了。

老先生吐了一口气，觉得自己并非缺乏实际的才干，只可惜官运不通；喜完不免又自怜，胡子嘴儿微微的动着，没念出声儿来："耽酒须微禄，狂歌托圣朝……"

"哼！"武将军用力拍了大腿一下："真该揍，怎就忘了呢！宝斋不是有个老妹子！"他看着陈老先生，仿佛老先生一定应该知道宝斋似的。

"哪个宝斋？"老先生没希望事来得这样快，他渺茫的有点害怕了。

"不就是孟宝斋，顶好的人！那年在南口打个大胜仗，升了旅长。后来邱军长倒戈，把他也连累上，撤了差，手中多也没有，有个二十来万，顶好的人。我想想看，他——也就四十一二，老妹子过不去二十五六，'老'妹子。合适，就这么办了，我明天就去找他，顶熟的朋友。还真就是合适！"

陈老先生心中有点慌，事情太顺当了恐怕出毛病！孟宝斋究竟是何等样的人呢？婚姻大事，不是随便闹着玩的。可是，武将军的善意是不好不接受的。怎能刚求了人家又撤回手来呢！但是，跟个旅长作亲——难道儿子不是侦探长？儿孙自有儿孙福，廉仲有命呢，跟再阔一点的人联姻，也无不可；命不济呢，娶个娥皇似的贤女，也没用。父亲只能尽心焉而已，其余的……再说呢，武将军也不一定就马到成功，试试总没什么不可以的。他点了头。

辞别了武将军，他可是又高兴起来，即使是试试，总得算是个胜利；假使武将军看不起陈家的话，他能这样热心给作媒么？这回不成，来日方长，陈家算是已打入了另一个圈儿，老先生的力量。廉仲也不坏，有点傻造化；希望以后能多给他点好脸子看！

把二儿子的事放下，想起那一千块钱来。告诉武将军自己有十来万，未免，未免，不过，一时的手段；君子知权达变。虽然没有十来万，一千块钱还不成问题。可是，会长与将军的捐款并不必自己掏腰包，一个买卖就回来三四千——那封信！为什么自己应当白白拿出一千呢？况且，焉知道他们的捐款本身不是一种买卖呢！作官的真会理财，文章经济。大概廉伯也有些这种本领，一清早来送封儿，不算什么不体面的事；自己不要，不过是便宜了别人；人不应太迂阔了。这一千块钱怎能不叫儿子知道，而且不白白拿出去呢？陈老先生极用心的想，心中似乎充实了许多：作了一辈子书生，现在才明白官场中的情形，才有实际的问题等着解决。儿子尽孝是种光荣，但究竟是空虚的，虽然不必受之有愧，可是并显不出为父亲的真本事。这回这一千元，不能由儿子拿，老先生要露露手段，儿子的孝心是儿子的，父亲的本事是父亲的，至少这两回事——廉仲的婚事和一千元捐款——要由父亲负责，也教他们年轻的看一看，也证实一下自己并不是酸秀才。

街上仿佛比往日光亮着许多，飞尘在秋晴中都显着特别的干爽，高高的浮动着些细小金星。蓝天下飘着极高极薄的白云，将要同化在蓝色里，鹰翅下悬着白白的长丝。老先生觉得有点疲乏，可是非常高兴，头上出了些汗珠，依然扯着方步。来往的青年男女都换上初秋的新衣，独行的眼睛不很老实，同行的手拉着手，或并着肩低语。老先生恶狠狠的瞪着他们，什么样子，男女无别，混帐！老先生想到自己设若还能作官，必须斩除这些混帐们。爱民以德，齐民以礼；不过，乱国重刑，非杀几个不可！国家将亡，必有妖孽，这种男女便是妖孽。只有读经崇礼，方足以治国平天下。

但是，自己恐怕没有什么机会作官了，顶好作个修身齐家的君子吧。"圣贤虽远诗书在，殊胜邻翁击磬声！"修身，自己生平守身如执玉；齐家，父慈子孝。俯仰无愧，耿耿此心！忘了街上的男女；我道不行，且独善其身吧。

他想到新铺子中看看，儿子既然孝敬给老人，老人应当在开市以前去看看，给他们出些主意，"为商为士亦奚异"，天降德于予，必有以用其才者。

聚元粮店正在预备开市，门匾还用黄纸封着，右上角破了一块，露出极亮的一块黑漆和一个鲜红的"民"字。铺子外卸着两辆大车，一群赤背的人往里边扛面袋，背上的汗湿透了披着的大布巾，头发与眉毛上都挂着一层白霜。肥骡子在车旁用嘴偎着料袋，尾巴不住的抢打秋蝇。面和汗味裹在一处，招来不少红头的绿蝇，带着闪光乱飞。铺子里面也很紧张，笸箩已摆好，都贴好红纸签，小伙计正按着标签往里倒各种粮食，糠飞满了屋中，把新油的绿柜盖上一层黄白色。各处都是新油饰的，大红大绿，像个乡下的新娘子，尽力打扮而怪难受的。面粉堆了一人多高，还往里扛，软软的，印着绿字，像一些发肿的枕头。最着眼的是悬龛里的关公，脸和前面的一双大红烛一样红，龛底下贴着一溜米色的挂钱和两三串元宝。

陈老先生立在门外，等着孙掌柜出来迎接。伙计们和扛面的都不答理他，他的气要往上撞。"借光，别挡着道儿！"扛着两个面的，翻着眼瞪他。

"叫掌柜的出来！"陈老先生吼了一声。

"老东家！老东家！"一个大点儿的伙计认出来。

"老东家！老东家！"传递过去，大家忽然停止了工作，脸在汗与面粉的底下露出敬意。

老先生舒服了些，故意不睬不闻。抬头看匾角露出的红"民"字。

孙掌柜胖胖的由内柜扭出来，脸上的笑纹随着光线的强度增多，走到门口，脸上满是阳光也满是笑纹。山东绸的裤褂在日光下起闪，脚下的新千层布底白得使人忽然冷一下。

"请吧，请吧，老先生。"掌柜的笑向老东家放射，眼角撩着面车，千层底躲着马尿，脑瓢儿指挥小徒弟去沏茶打手巾。一点不忙，而一切都作到了掌柜的身分。慢慢的向内柜走，都不说话，掌柜的胖笑脸向左向右，微微一抬，微微向后；老先生的眼随着胖笑脸看到了一切。

到了内柜，新油漆味，老关东烟味，后院的马粪味，前面浮进来的糠味，拌成一种很沉重而得体的臭味。老先生入了另一世界。这个味道使他忘了以前的自己，而想到一些比书生更充实更有作为的事儿。平日的感情是来自书中，平日的愿望是来自书中，空的，都是空的。现在他看着墙上斜挂着一溜蓝布皮的账簿，桌上的紫红的算盘，墙角放着的大钱柜，锁着放光的巨锁，贴着"招财进宝"……他觉得这是实在的、可捉摸的事业；这个事业未必比作官好，可是到底比向着书本发呆，或高吟"天生德于予"强的多。这是生命、作为、事业。即使不幸，儿子搁下差事，这里，这里！到底是有米有面有钱，经济！

他想起那一千块来。

"孙掌柜，比如说，闲谈，咱们要是能应下来一笔赈粮；今年各处闹灾，大概不久连这里也得收容不少灾民；办赈粮能赔钱不能？请记住，这可是慈善事儿！"

孙掌柜摸不清老东家的意思，只能在笑上努力："赔不了，怎能赔呢？"

"闲谈；怎就不能赔呢？"

又笑了一顿，孙掌柜拿起长烟袋，划着了两根火柴，都倒插在烟上，而后把老玉的烟嘴放在唇间。"办赈粮只有赚，弄不到手的事儿！"撇着嘴咽了口很厚很辣的烟。"怎么说呢，是这么着；赈粮自然免税，白运，啊！——"

"还怎着？"老先生闭上眼，气派很大。

"谁当然也不肯专办赈；白运，这里头就有伸缩了。"他等了等，看老东家没作声，才接着说："赶到粮来了，发的时候还有分寸。"

"那可——"老先生睁开了眼。

"不必一定那么办，不必；假如咱们办，实入实出；占白运的便宜，不苦害难民，落个美名，正赶上开市，也好立个名誉。买卖是活的，看怎调动。"孙掌柜叼着烟袋，斜看着白千层底儿。

"买卖是活的，"在老先生耳中还响着，跟作文章一样，起承转合……

"老先生，有路子吗？"孙掌柜试着步儿问。

"什么路子？"

"办赈粮。"

"我想想看。"

"运动费可也不小。"

"有人，有人；我想想看。"老先生慢慢觉得孙掌柜并不完全讨厌。武将军与孙掌柜都不像想象的那么讨厌，自己大概是有点太板了；道足以正身，也足以杀灭生机，仿佛是要改一改，自己有了财，有了身分，传道岂不更容易；汤武都是皇帝，富有四海，仍不失为圣人。拿那一千，再拿一二千去运动也无所不可，假如能由此买卖兴隆起来，日进斗金……

他和孙掌柜详细的计议了一番。

临走，孙掌柜想起来：

"老先生，内柜还短块匾，老先生给选两个好字眼，写一写；明天我亲自去取。"

"写什么呢？"老先生似乎很尊重掌柜的意见。

"老先生想吧，我一肚子俗字！"

老先生哈哈的笑起来，微风把长须吹斜了些，在阳光中飘着疏落落的金丝。

八

"大嫂！"廉仲在窗外叫："大嫂！"

"进来，二弟。"廉伯太太从里间匆忙走出来。"哟，怎么啦？"

廉仲的脸上满是汗，脸蛋红得可怕，进到屋中，一下子坐在椅子上，好像要昏过去的样子。

"二弟，怎啦？不舒服吧？"她想去拿点糖水。

廉仲的头在椅背上摇了摇，好容易喘过气来。"大嫂！"叫了一声，他开始抽噎着哭起来，头捧在手里。

"二弟！二弟！说话！我是你的老嫂子！"

"我知道，"廉仲挣扎着说出话来，满眼是泪的看着嫂子："我只能对你说，除了你，没人在这里拿我当作人。大嫂你给我个主意！"他净下了鼻子。

"慢慢说，二弟！"廉伯太太的泪也在眼圈里。

"父亲给我定了婚，你知道？"

她点了点头。

"他没跟我提过一个字；我自己无意中听到了，女的，那个女的，大嫂，公开的跟她家里的汽车夫一块睡，谁都知道！我不算人，我没本事，他们只图她的父亲是旅长，媒人是将军，不管我……王八……"

"父亲当然不知道她的……"

"知道也罢，不知道也罢，我不能受。可是，我不是来告诉你这个。你看，大嫂，"廉仲的泪渐渐干了，红着眼圈，"我知道我没本事，我傻，可是我到底是个人。我想跑，穷死，饿死，我认命，不再登陈家的门。这口饭难咽！"

"咱们一样，二弟！"廉伯太太低声的说。

"我很想玩他们一下，"他见嫂子这样同情，爽性把心中的话都抖落出来："我知道他们的劣迹，他们强迫买卖家给送礼——乾礼。他们抄来'白面'用面粉顶换上去，他们包办赈粮……我都知道。我要是揭了他们的盖儿，枪毙，枪毙！"

"呕，二弟，别说了，怕人！你跑就跑得了，可别这么办哪！于你没好处，于他们没好处。我呢，你得为我想想吧！我一个妇道人家……"她的眼又向四下里望，十分害怕的样子。

"是呀，所以我没这么办。我恨他们，我可不恨你，大嫂；孩子们也与我无仇无怨。我不糊涂。"廉仲笑了，好像觉得为嫂子而没那样办是极近人情的事，心中痛快了些，因为嫂子必定感激他。"我没那么办，可是我另想了主意。我本打算由昨天出去，就不登这个门了，我去赌钱，大嫂你知道我会赌？我是这么打好了主意：赌一晚上，赢个几百，我好远走高飞。"

"可是你输了。"廉伯太太低着头问。

"我输了！"廉仲闭上了眼。

"廉仲，你预备输，还是打算赢？"宋龙云问。

"赢！"廉仲的脸通红。

"不赌；两家都想赢还行。我等钱用。"

那两家都笑了。

"没你缺一手。"廉仲用手指肚来回摸着一张牌。

"来也不打麻将，没那么大工夫。"龙云向黑的屋顶喷了一口烟。

"我什么也陪着，这二位非打牌不可，专为消磨这一晚上。坐下！"廉仲很急于开牌。

"好吧，八圈，多一圈不来？"

三家勉强的点头。"坐下！"一齐说。

"先等等，拍出钱来看看，我等钱用！"龙云不肯坐下。

三家掏出票子扔在桌上，龙云用手拨弄了一下："这点钱？玩你们的吧！"

"根本无须用钱；筹码！输了的，明天早晨把款送到；赌多少的？"廉仲立起来，拉住龙云的臂。

"我等两千块用，假如你一家输，输过两千，我只要两千，多一个不要；明天早上清账！"

"坐下！你输了也是这样？"廉仲知道自己有把握。

"那还用说，打座！"

八圈完了，廉仲只和了个末把，胖手哆嗦着数筹码，他输了一千五。

"再来四圈？"他问。

"说明了八圈一散。"龙云在裤子上擦擦手上的汗："明天早晨我同你一块去取钱，等用！"

"你们呢？"廉仲问那二家，眼中带着乞怜的神气。

"再来就再来，他一家赢，我不输不赢。"

"我也输，不多，再来就再来。"

"赢家说话！"廉仲还有勇气，他知道后半夜能转败为胜，必不得已，他可以耍花活；似乎必要耍花活！

"不能再续，只来四圈；打座！"龙云仿佛也打上瘾来。

廉仲的运气转过点来。

"等会儿！"龙云递给廉仲几个筹码。"说明白了，不带花招儿的！"

廉仲拧了下眉毛，没说什么。

打下一圈来，廉仲和了三把。都不小。

"抹好了牌，再由大家随便换几对儿，心明眼亮；谁也别掏坏，谁也别吃亏！"龙云用自己门前的好几对牌换过廉仲的几对来。

廉仲不敢说什么，瞪着大家的手。

可是第二圈，他还不错，虽然只和了一把。可是很大。他对着牌笑了笑。

"脱了你的肥袖小褂！"龙云指着廉仲的胖脸说。

"干什么？"廉仲的脸紧得很难看，用嘴唇干挤出这么三个字来。

"不带变戏法儿的，仙人摘豆，随便的换，哎？"

哗——廉仲把牌推了，"输钱小事，名誉要紧，太爷不玩啦！"

"你？你要打的；捡起来！"龙云冷笑着。

"不打犯法呀！"

"好啦，不打也行，这两圈不能算数，你净欠我一千五？"

"我一个儿子不欠你的？"廉仲立起来。

"什么？你以为还出得去吗？"龙云也立起来。

"绑票是怎着？我看见过！"廉仲想吓嚇吓嚇人。牌是不能再打了，抹不了自己的牌，换不了张，自己没有必赢的把握。凭气儿，他敌不住龙云。

"用不着废话，我输了还不是一样拿出钱？"

"我没钱！"廉仲说了实话。

"嗨，你们二位请吧，我和廉仲谈谈。"龙云向那两家说："你不输不赢，你输不多；都算没事，明天见。"

那两家穿好长衣服，"再见。"

"坐下，"龙云和平了一些，"告诉我，怎回事。"

"没什么，想赢俩钱，作个路费，远走高飞。"廉仲无聊的，失望的，一笑。

"没想到输，即使输了，可以拿你哥哥唬事，侦探长。"

"他不是我哥哥！"廉仲可是想不起别的话来。他心中忽然很乱：回家要钱，绝对不敢。最后一次利用哥哥的势力，不行，龙云不是好惹的。再说呢，龙云是廉伯的对头，帮助谁也不好；廉伯拿住龙云至少是十年监禁，龙云得了手，廉伯也许吃不住。自己怎办呢？

"你干吗这么急着用钱？等两天行不行？"

"我有我的事，等钱用就是等钱用；想法拿钱好了，你！"龙云一点不让步。

"我告诉你了，没钱！"廉仲找不着别的话说。

"家里去拿。"

"你知道他们不能给我。"

"跟你嫂子要！"

"她哪有钱？"

"你怎知道她没钱？"

廉仲不言语了。

"我告诉你怎办，"龙云微微一笑，"到家对你嫂子明说，就说你输了钱，输给了我。我干吗用钱呢，你对嫂子这么讲：龙云打算弄俩钱，把妈妈姐姐都偷偷的带了走。你这么一说，必定有钱。明白不？"

"你真带她们走吗？

"那你不用管。"

"好啦，我走吧？"廉仲立起来。

"等等！"龙云把廉仲拦住。"那儿不是张大椅子？你睡上一会儿，明天九点我放你走。我不用跟着你，你知道我是怎个人。你乖乖的把款送来，好；你一去不回头，也好；我不愿打死人，连你哥哥的命我都不想要。不过，赶到气儿上呢，我也许放一两枪玩！"龙云拍了拍后边的裤袋。

"大嫂，你知道我不能跟他们要钱？记得那年我为踢球挨那顿打？捆在树上！我想，他们想打我，现在大概还可以。"

"不必跟他们要，"廉伯太太很同情的说，"这么着吧，我给你凑几件首饰，你好歹的对付吧。"

"大嫂！我输了一千五呢！"

"二弟！"她咽了口气："不是我说你，你的胆子可也太大了！一千五！"

"他们逼的我！我平常就没有赌过多大的耍儿。父亲和哥哥逼的我！"

"输给谁了呢？"

"龙云！他……"廉仲的泪又转起来。只有嫂子疼他，怎肯瞪着眼骗她呢？

可是，不清这笔账是不行的，龙云不好惹。叫父兄知道了也了不得。只有骗嫂子这条路，一条极不光明而必须走的路！

"龙云，龙云，"他把辱耻、人情，全咽了下去，"等钱用，我也等钱用，所以越赌越大。"

"宋家都不是好人，就不应当跟他赌！"她说得不十分带气，可是露出不满意廉仲的意思。

"他说，拿到这笔钱就把母亲和姐姐偷偷的带了走！"每一个字都烫着他的喉。

"走不走吧，咱们哪儿弄这么多钱去呢？"大嫂缓和了些。"我虽然是过着这份日子，可是油盐酱醋都有定数，手里有也不过是三头五块的。"

"找点值钱的东西呢！"廉仲像坐在针上，只求快快的完结这一场。

"哪样我也不敢动呀！"大嫂愣了会儿。"我也豁出去了！别的不敢动，私货还不敢动吗？就是他跟我闹，他也不敢嚷嚷。再说呢，闹我也不怕！看他把我怎样了！他前两天交给我两包'白面'，横是值不少钱，我可不知道能清你这笔账不能？"

"哪儿呢？大嫂，快！"

九

已是初冬时节。廉伯带着两盆细瓣的白菊，去看"小凤"。菊已开足，长长的细瓣托着细铁丝，还颤颤欲堕。他嘱咐开车的不要太慌，那些白长瓣动了他的怜爱，用脚夹住盆边，唯恐摇动得太厉害了。车走的很稳，花依然颤摇，他呆呆的看着那些玉丝，心中忽然有点难过。太阳已压山了。

到了"小凤"门前，他就自搬起一盆花，叫车夫好好的搬着那一盆。门没关着，一直的进去；把花放在阶前，他告诉车夫九点钟来接。

"怎这么早？"小凤已立在阶上，"妈，快来看这两盆花，太好了！"

廉伯立在花前，手插着腰儿端详端详小凤，又看看花："帘卷西风，人比黄菊瘦！大概有这么一套吧！"他笑了。

"还真亏你记得这么一套！"小凤看着花。

"哎，今天怎么直挑我的毛病？"他笑着问。"一进门就嫌我来得早，这又亏得我……"

"我是想你忙，来不了这么早，才问。"

"啊，反正你有的说；进来吧。"

桌上放着本展开的书，页上放着个很秀美的书签儿。他顺手拿起书来："喝，你还研究侦探学？"

小凤笑了；他仿佛初次看见她笑似的，似乎没看见她这么美过。"无聊，看着玩。你横是把这个都能背过来？"

"我？就没念过！"还看着她的脸，好似追逐着那点已逝去的笑。

"没念过？"

"书是书，事是事：事是地位与威权。自要你镇得住就行。好，要是作事都得拉着图书馆，才是笑话！你看我，作什么也行，一本书不用念。"

"念念可也不吃亏？"

"谁管；先弄点饭吃吃。哟，忘了，我把车夫打发了。这么着吧，咱们出去吃？"

"不用，我们有刚包好了的饺子，足够三个人吃的。我叫妈妈去给你打点酒，什么酒？"

"嗯———一瓶佛手露。可又得叫妈妈跑一趟？"

"出口儿就是。佛手露、青酱肉、醉蟹、白梨果子酒，好不好？"

"小饮赏菊？好！"廉伯非常的高兴。

吃过饭，廉伯微微有些酒意，话来得很方便。

"凤，"他拉住她的手，"我告诉你，我有代理公安局局长的希望，就在这两天！"

"是吗，那可好。"

"别对人说！"

"我永远不出门，对谁去说？跟妈说，妈也不懂。"

"龙云没来？"

"多少日子了。"

"谁也不知道，我预备好了！"廉伯向镜子里看了看自己。"这两天，"他回过头来，放低了声音："城里要出点乱子，局长还不知道呢！我知道，可是不管。等事情闹起来，局长没了办法，我出头，我知底，一伸手事就完。可是我得看准了，他决定辞职，不到他辞职我不露面。我抓着老根；也得先看准了，是不是由我代理；不是我，我还是不下手！"

"那么城里乱起来呢？"她皱了皱眉。

"乱世造英雄，凤！"廉伯非常郑重了。"小孩刺破手指，妈妈就心疼半天，妈妈是妇人。大丈夫拿事当作一件事看，当作一局棋看；历史是伟人的历史！你放心，无论怎乱，也乱不到你这儿来。遇必要的时候，我派个暗探来。"他的严重劲儿又灭去了许多。"放心了吧？"

她点点头，没说出什么来。

"没危险，"廉伯点上支烟，烟和话一齐吐出来。"没人注意我；我还不够个角儿，"他冷笑了一下，"内行人才能晓得我是他们这群东西的灵魂；没我，他们这个长那个员的连一天也作不了。所以，事情万一不好收拾呢，外间不会责备我；若是都顺顺当当照我所计划的走呢，局里的人没有敢向我摇头的。嗯？"他听了听，外面有辆汽车停住了。"我叫他九点来，钟慢了吧？"他指着桌上的小八音盒。

"不慢，是刚八点。"

院里有人叫："陈老爷！"

"谁？"廉伯问。

"局长请！"

"老朱吗？进来！"廉伯开开门，灯光射在白菊上。

"局长说请快过去呢，几位处长已都到了。"

凤贞在后面拉了他一下："去得吗？"

他退回来："没事，也许他们扫听着点风声，可是万不会知底；我去，要是有工夫的话，我还回来；过十一点不用等。"他匆匆的走出去。

汽车刚走，又有人拍门，拍得很急。凤贞心里一惊。"妈！叫门！"她开了屋门等着看是谁。

龙云三步改作一步的走进来。

"妈，姐，穿衣裳，走！"

"上哪儿？"凤贞问。

妈妈只顾看儿子，没听清他说什么。

"姐，九点的火车还赶得上，你同妈妈走吧。这儿有三百块钱，姐你拿着；到了上海我再给你寄钱去，直到你找到事作为止；在南方你不会没事作了。"

"他呢？"凤贞问。

"谁？"

"陈！"

"管他干什么，一半天他不会再上这儿来。"

"没危险？"

"妇女到底是妇女，你好像很关心他？"龙云笑了。

"他待我不错！"凤贞低着头说。

"他待他自己更不错！快呀，火车可不等人！"

"就空着手走吗？"妈妈似乎听明白了点。

"我给看着这些东西，什么也丢不了，妈！"他显然是说着玩呢。

"哎，你可好好的看着！"

凤贞落了泪。

"姐，你会为他落泪，真羞！"龙云像逗着她玩似的说。

"一个女人对一个男的，"她慢慢的说，"一个同居的男的，若是不想杀他，就多少有点爱他！"

"谁管你这一套，你不是根本就没生在世间过吗？走啊，快！"

<h2 style="text-align:center">十</h2>

陈老先生很得意。二儿子的亲事算是定规了，武将军的秘书王先生给合的婚，上等婚。老先生并不深信这种合婚择日的把戏，可是既然是上等婚，便更觉出自己对儿辈是何等的尽心。

第二件可喜的事是赈粮由聚元粮店承办，利益是他与钱会长平分。他自已并不像钱会长那样爱财，他是为儿孙创下点事业。

第三件事虽然没有多少实际上的利益，可是精神上使他高兴痛快。钱会长约他在国学会讲四次经，他的题目是"正心修身"，已经讲了两次。听讲的人不能算少，多数都是坐汽车的。老先生知道自己的相貌、声音，已足惊人；况且又句句出经入史，即使没有人来听，说给自己听也是痛快的。讲过两次以后，他再在街上闲步的时节，总觉得汽车里的人对他都特别注意似的。已讲过的稿子不但在本地的报纸登出来，并且接到两份由湖北寄来的报纸，转载着这两篇文字。这使老先生特别的高兴：自己的话与力气并没白费，必定有许多许多人由此而潜心读经，说不定再加以努力也许成为普遍的一种风气，而恢复了固有的道德，光大了古代的文化；那么，老先生可以无愧此生矣！立德立功立言，老先生虽未能效忠庙廊，可是德与言已足不朽；他想象着听众眼中看他必如"每为后生谈旧事，始知老子是陈人"，那样的可敬可爱的老儒生、诗客。他开始觉到了生命，肉体的、精神的，形容不出的一点像"西风白发三千丈"的什么东西！

"廉仲怎么老不在家？"老先生在院中看菊，问了廉伯太太——拉着小妞儿正在檐前立着——这么一句。

"他大概晚上去学英文，回来就不早了。"她眼望着远处，扯了个谎。

"学英文干吗？中文还写不通！小孩子！"看了孙女一眼，"不要把指头放在嘴里！"顺势也瞪了儿媳一下。

"大嫂！"廉仲忽然跑进来，以为父亲没在家，一直奔了嫂子去。及至看见父亲，他立住不敢动了："爸爸！"

老先生上下打量了廉仲一番，慢慢的，细细的，厉害的，把廉仲的心看得乱跳。看够多时。老先生往前挪了一步，廉仲低下头去。

"你上哪儿啦？天天连来看看我也不来，好像我不是你的父亲！父亲有什么对不起你的地方，说！事情是我给你找的，凭你也一月拿六十元钱？婚姻是我给说定的，你并不配娶那么好的媳妇！白天不来省问，也还可以，你得去办公；晚上怎么也不来？我还没死！进门就叫大嫂，眼里就根本没有父亲！你还不如大成呢，他知道先叫爷爷！你并不是小孩子了；眼看就成婚生子；看看你自己，哪点儿像呢！"老先生发气之间，找不到文话与诗句，只用了白话，心中更气了。

"妈，妈！"小女孩轻轻的叫，连扯妈妈的袖子："咱们上屋里去！"

廉伯太太轻轻揉了小妞子一下，没敢动。

"父亲，"廉仲还低着头，"哥哥下了监啦！您看看去！"

"什么？"

"我哥哥昨儿晚上在宋家叫局里捉了去，下了监！"

"没有的事！"

"他昨天可是一夜没回来！"廉伯太太着了急。

"冯有才呢？一问他就明白了。"老先生还不相信廉仲的话。

"冯有才也拿下去了！"

"你说公安局拿的？"老先生开始有点着急了："自家拿自家的人？为什么呢？"

"我说不清，"廉仲大着胆看了老先生一眼："很复杂！"

"都叫你说清了，敢情好了，糊涂！"

"爷爷就去看看吧！"廉伯太太的脸色白了。

"我知道他在哪儿呢？"老先生的声音很大。他只能向家里的人发怒，因为心中一时没有主意。

"您见见局长去吧；您要不去，我去！"廉伯太太是真着急。

"妇道人家上哪儿去？"老先生的火儿逼了上来："我去！我去！有事弟子服其劳，废物！"他指着廉仲骂。

"叫辆汽车吧？"廉仲为了嫂子，忍受着骂。

"你叫去呀！"老先生去拿帽子与名片。

车来了，廉仲送父亲上去；廉伯太太也跟到门口。叔嫂见车开走，慢慢的往里走。

"怎回事呢？二弟！"

"我真不知道！"廉仲敢自由的说话了。"是这么回事，大嫂，自从那天我拿走那两包东西，始终我没离开这儿，我舍不得这些朋友，也舍不得这块地方。我自幼生在这儿！把那两包东西给了龙云，他给了我一百块钱。我就白天还去作事，晚上住在个小旅馆里。每一想起婚事，我就要走；可是过一会儿，又忘了。好在呢，我知道父亲睡得早，晚上不会查看我。廉伯呢一向就不注意我，当然也不会问。我倒好几次要来看你，大嫂，我知道你一定不放心。可是我真懒得再登这个门，一看见这个街门，我就连条狗也不如了，仿佛是。我就这么对付过这些日子，说不上痛快，也说不上不痛快，马马糊糊。昨天晚上我一个人无聊瞎走，走到宋家门口，也就是九点多钟吧。哥哥的汽车在门口放着呢。门是路北的，车靠南墙放着。院里可连个灯亮也没有。车夫在车里睡着了，我推醒了他，问大爷什么时候来的。他说早来了，他这是刚把车开回来接侦探长，等了大概有二十分钟了，不见动静。所以他打了个盹儿。"

把小女孩交给了刘妈，他们叔嫂坐在了台阶上，阳光挺暖和。廉仲接着说：

"我推了推门，推不开。拍了拍，没人答应。奇怪！又等了会儿，还是没有动静。我跟开车的商议，怎么办。他说，里边一定是睡了觉，或是都出去听戏去了。我不敢信，可也不敢再打门。车夫决定在那儿等着。"

"你那天不是说，龙云要偷偷把她们送走吗？"廉伯太太想起来。

"是呀，我也疑了心；莫非龙云把她们送走，然后把哥哥诓进去……"

廉仲不愿说下去，他觉得既不应当这么关心哥哥，也不应当来惊吓嫂子。可是这的确是他当时的感情，哥哥到底是哥哥，不管怎样恨他，"我决定进去，哪怕是跳墙呢！我正在打主意，远远的来了几个人，走在胡同的电灯底下，我看最先的一个像老朱，公安局的队长。他们一定是来找哥哥，我想；我可就藏在汽车后面，不愿叫他们或哥哥看见我。他们走到车前，就和开车的说开了话。他们问他等谁呢，他笑着说，还能等别人吗？呕，他还不知道，老朱说。你大概是把陈送到这儿，找地方吃饭去了，刚才又回来？我没听见车夫说什么，大概他是点了点头。好了，老朱又说了，就用你的车吧。小凤也得上局里去！说着，他们就推门了。推不开。他们似乎急了，老朱上了墙，墙里边有棵不大的树。一会儿他从里面把门开开，大家都进去。我乘势就跑出老远去，躲在黑影里等着。好大半天，他们才出来，并没有她。汽车开了。我绕着道儿去找龙云。什么地方也找不着他，我一直找到夜里两点，我知道事情是坏了：'小凤也得上局里去！'也得去！这不是说哥哥已经去了吗？他要是保护不了小凤，必定是他已顾不了自己！可是我不敢家来，我到底没得到确信。今天早晨，我给侦探队打电，找冯有才，他没在那儿。刚才我一到家，他也没在门房，我晓得他也完了。打完电，我更疑心了，可是究竟没个水落石出。我不敢向公安局去打听，我又不能不打听，乱碰吧，我找了聚元的孙掌柜去，他，昨天晚上也被人抓了去，便衣巡警把着门，铺子可是还开着，大概是为免得叫大家大惊小怪，同时又禁止伙计们出来。我假装问问米价，大伙计还精明，偷偷告诉了我一句：汽车装了走，昨晚上！"

"二弟，"廉伯太太脸上已没一点血色，出了冷汗。"二弟！你哥哥，"她哭起来。

"大嫂。别哭！咱们等爸爸回来就知道了。大概没多大关系！"

"他活不了，我知道，那两包白面！"她哭着说。

"不至于！大嫂！咱们快快想主意！"

傻小子大成拿着块点心跑来了：

"胖叔！你又欺侮妈哪？回来告诉爷爷，叫爷爷揍你！"

十一

要在平常日子，以陈老先生的服装气度，满可以把汽车开进公安局的里边去；这天门前加了岗，都持枪，上着刺刀；车一到就被拦住了。老先生要见局长，掏出片子来，巡警当时说局长今天不见客。老先生才知道事情是非常严重了，不敢发作，立刻坐上车去找钱会长。他知道了事情是很严重，可是想不出儿子犯了什么罪；儿子没有什么不好的地方。大概是在局里得罪了人，那么，有人出来调停一下也就完了。设若仍然不行呢，花上点钱，送上些礼，疏通疏通总该一天云雾散了。这么一想，他心中宽了些。

见着钱会长，他略把他所知道的说了一遍：

"子美翁你知道，廉伯是个孝子；未有孝悌而好犯上者也。他不会作出什么不体面的事来。我自己，你先生也晓得，在今日像我们这样的家庭有几个？恐怕只是廉伯于无意中开罪于人，那么我想请子美翁给调解一下，大概也就没什么了。"

"大概没多大关系，官场中彼此倾轧是常有的事，"钱会长一边咕噜着水烟，"我打听打听看。"

"会长若是能陪我到趟公安局才好，因为我到底还不知其详，最好能见见局长，再见见廉伯，然后再详为计划。"

"我想想看，"会长一劲儿点头，"事情倒不要这么急，想想看，总该有办法的。"

陈老先生心中凉了些。"子美翁看能不能代我设法去见见公安局长，我独自去，武将军能不能——"

"是的，武将军对地面的官员比我还接近，是的，找找他看！"

希望着武将军能代为出力，陈老先生忽略了钱会长的冷淡。

见着武将军，他完全用白话讲明来意，怕将军听不明白。武将军很痛快的答应与他一同去见局长。

在公安局门口，武将军递进自己的片子，马上被请进去，陈老先生在后同跟着。

局长很亲热的和将军握手，及至看见了陈老先生，他皱了一下眉，点了点头。

"刚才老先生来过，局长大概很忙，没见着，所以我同他来了。"武将军一气说完。

"啊，是的，"局长对将军说，没看老先生一眼，"对不起，适才有点紧要的公事。"

"廉伯昨晚没回去，"陈老先生往下用力的压着气，"听说被扣起来，我很不放心。"

"呕，是的，"局长还对着武将军说，"不过一种手续，没多大关系。"

"请问局长，他犯了什么法呢？"老先生的腰挺起来，语气也很冷硬。

"不便于说，老先生，"局长冷笑了一下，脸对着老先生："公事，公事，朋友也有难尽力的地方！"

"局长高见，"陈老先生晓得事情是很难办了。可是他想不出廉伯能作出什么不规矩的事。一定这是局长的阴谋，他再也压不住气。"局长晓得廉伯是个孝子，老夫是个书生，绝不会办出不法的事来。局长也有父母，也有儿女，我不敢强迫长官泄露机要，我只以爱子的一片真心来格外求情，请局长告诉我到底是怎回事！士可杀不可辱，这条老命可以不要，不能忍受……"

"哎哎，老先生说远了！"局长笑得缓和了些。"老先生既不能整天跟着他，他作的事你哪能都知道？"

"我见见廉伯呢？"老先生问。

"真对不起！"局长的头低下去，马上抬起来。

"局长，"武将军插了嘴，"告诉老先生一点，一点，他是真急。"

"当然着急，连我都替他着急，"局长微笑了下，"不过爱莫能助！"

"廉伯是不是有极大的危险？"老先生的脑门上见了汗。

"大概，或者，不至于；案子正在检理，一时自然不能完结。我呢，凡是我能尽力帮忙的地方无不尽力，无不尽力！"局长立起来。

"等一等，局长，"陈老先生也立起来，脸上煞白，两腮咬紧，胡子根儿立起来。"我最后请求你告诉我个大概，人都有个幸不幸，莫要赶尽杀绝。设若你错待了个孝子，你知道你将遗臭万年。我虽老朽，将与君周旋到底！"

"那么老先生一定要知道，好，请等一等！"局长用力按了两下铃。

进来一个警士，必恭必敬的立在桌前。

"把告侦探长的呈子取来，全份！"局长的脸也白了，可是还勉强的向武将军笑。

陈老先生坐下，手在膝上哆嗦。

不大会儿，警士把一堆呈子送在桌上。局长随便推送在武将军与老先生面前，将军没动手。陈老先生翻了翻最上边的几本，很快的翻过，已然得到几种案由：强迫商家送礼；霸占良家妇女；假公济私，借赈私运粮米；窃卖赃货……老先生不能往下看了，手扶在桌上，只剩了哆嗦。哆嗦了半天，他用尽力量抬起头来，脸上忽然瘦了一圈，极慢极低的说：

"局长，局长！谁没有错处呢！他不见得比人家坏，这些状子也未必都可靠。局长，他的命在你手里，你积德就完了！你闭一闭眼，我们全家永感大德！"

"能尽力处我无不尽力！武将军，改天再过去请安！"

武将军把老先生换了出来。将军把他送到家中，他一句话也没说。那些罪案，他知道，多半都是真的。而且有的是他自己给儿子造成的。可是，他还不肯完全承认这是他们父子的过错，局长应负多一半责任；局长是可以把那些状子压下不问的。他的怨怒多于羞愧，心中和火烧着似的，可是说不出话来：他恨自己的势力小，不能马上把局长收拾了。他恨自己的命不好，命给他带来灾殃，不是他自己的毛病，天命！

到了家中，他越想越怕了。事不宜迟，他得去为儿子奔走。幸而他已交结了不少有势力的朋友。第一个被想到的是孟宝斋，新亲自然会帮忙。可是孟宝斋的大烟吃上没完，虽然答应给设法，而始终不动弹。老先生又去找别人，大家都劝他不要着急，也就是表示他们不愿出力。绕到晚上，老先生明白了世态炎凉还不都是街上的青年男女闹的！与他为道义之交的人们，听他讲经的人们，也丝毫没有古道。但是他没心细想这个，他身上疲乏，心中发乱。立在镜前，他已不认识自己了。他的眼陷下好深，眼下的肉袋成了些鮎皮，像一对很大的瘕臭虫。他愤恨，渺茫，心里发辣。什么都可以牺牲，只要保住儿子的命。儿媳妇在屋中放声的哭呢！她带着大成去探望廉伯，没有见到。听着她哭，老先生的泪止不住了，越想越难过，他也放了声。

他只想喝水，晚饭没有吃。早早的躺下，疲乏，可是合不上眼。想起什么都想到半截便忘了，迷乱，心中像老映着破碎不全的电影片。想得讨厌了，心中仍不愿休息，还希望在心的深处搜出一半个好主意。没有主意，他只能低声的叫，叫着廉伯的乳名，一直到夜中三点，他迷忽过去，不是睡，是像飘在云里那样惊心吊胆的闭着眼。时时仿佛看见儿子回来了，又仿佛听见儿媳妇啼哭，也看见自己死去的老伴儿……可是始终没有睁开眼，恍惚像风里的灯苗，似灭不灭，顾不得再为别人照个亮儿。

十二

太阳出来好久，老先生还半睡半醒的忍着，他不愿再见这无望的阳光。

忽然，儿媳妇与廉仲都大哭起来，老先生猛孤仃的爬起来。没顾得穿长衣，急忙的跑过来，儿媳妇已哭背过气去，他明白了。他咬上了牙，心中突然一热，咬着牙把撞上来的一口黏的咽回去。扶住门框，他吼了一声：

"廉仲，你嫂子！"他蹲在了地上，颤成一团。

廉仲和刘妈，把廉伯太太撅巴起来，她闭着眼只能抽气。

"爸，送信来了，去收尸！"廉仲的胖脸浮肿着，黄蜡似的流着两条泪。

"好！好"老先生手把着门框想立起来，手一软，蹲得更低了些。"你去吧，用我的寿材好了；我还得大办丧事呢！哈，哈，"他坐在地上狂号起来。

陈老先生真的遍发讣闻，丧事办得很款式。来吊祭的可是没有几个人，连孟宅都没有人过来。武将军送来一个鲜花圈，钱会长送来一对挽联；廉伯的朋友没来一个。老先生随着棺材，一直送到墓地。临入土的时候，老先生拍了拍棺材："廉伯，廉伯，我还健在，会替你教子成名！"说完他亲手燃着自己写的挽联：

孝子忠臣，风波于汝莫须有；
孤灯白发，经史传孙知奈何？

事隔了许久，事情的真相渐渐的透露出来，大家的意见也开始显出公平。廉伯的罪过是无可置辩的，可是要了他的命的罪名，是窃卖"白面"——搜检了来，而用面粉替换上去。然而这究竟是个"罪名"，骨子里面还是因为他想"顶"公安局长。又正赶上政府刚下了严禁白面的命令，于是局长得了手。设若没有这道命令，或是这道命令已经下了好多时候，不但廉伯的命可以保住，而且局长为使自己的地位稳固，还得至少教廉伯兼一个差事。不能枪毙他，就得给他差事，局长只有这么两条路。他不敢撤廉伯的差，廉伯可以帮助局长，也可以随时倒戈，他手下有人，能扰乱地面。大家所以都这么说：廉伯与局长是半斤八两，不过廉伯的运气差一点，情屈命不屈。

有不少人同情于陈家：无论怎说，他是个孝子，可惜！这个增高了陈老先生的名望。那对挽联已经脍炙人口。就连公安局长也不敢再赶尽杀绝。聚元的孙掌柜不久就放了出来，陈家的财产也没受多少损失："经史传孙知奈何？"多么气势！局长不敢结世仇，而托人送来五百元的教育费，陈老先生没有收下。

陈家的财产既没受多少损失，亲友们慢慢的又转回来。陈老先生在国学会未曾讲完的那两讲——正心修身——在廉伯死的六七个月后，又经会中敦聘续讲。老先生瘦了许多，腰也弯了一些，可是声音还很足壮。听讲的人是很多，多数是想看看被枪毙的孝子的老父亲是什么样儿。老先生上台后，戴上大花镜，手微颤着摸出讲稿，长须已有几根白的，可是神气还十分的好看。讲着讲着，他一手扶着桌子，一手放在头上，愣了半天，好像忘记了点什么。忽然他摘下眼镜，匆忙的下了台。大家莫名其妙，全立起来。

会中的职员把他拦住。他低声的，极不安的说：

"我回家去看看，不放心！我的大儿子，孝子，死了。廉仲——虽然不肖——可别再跑了！他想跑，我知道！不满意我给他定下的媳妇；自由结婚，该杀！我回家看看，待一会儿再来讲：我不但能讲，还以身作则！不用拦我，我也不放心大儿媳妇。她，死了丈夫，心志昏乱；常要自杀，胡闹！她老说她害了丈夫，什么拿走两包东西咧，乱七八糟！无法，无法！几时能！'买襄山县云藏市，横笛江城月满楼'呢？"说完，他弯着点腰，扯开不十分正确的方步走去。

大家都争着往外跑，先跑出去的还看见了老先生的后影，肩头上飘着些长须。

老
舍

131

（原载 1935 年 10 月 1 日《文学》第 8 卷第 4 号，
收入《蛤藻集》，开明书店 1936 年 11 月初版）

新韩穆烈德

一

有一次他稍微喝多了点酒，田烈德一半自嘲一半自负的对个朋友说："我就是莎士比亚的韩穆烈德；同名不同姓，仿佛是。"

"也常见鬼？"那个朋友笑着问。

"还不止一个呢！不过，"田烈德想了想，"不过，都不白衣红眼的出来巡夜。"

"新韩穆烈德！"那个朋友随便的一说。

这可就成了他的外号，一个听到而使他微微点头的外号。

大学三年级的学生，他非常的自负，非常的严重，事事要个完整的计划，时时在那儿考虑。越爱考虑他越觉得凡事都该有个办法，而任何办法——在细细想过之后——都不适合他的理想。因此，他很愿意听听别人的意见，可是别人的意见又是那么欠高明，听过了不但没有益处，而且使他迷乱，使他得顺着自己的思路从头儿再想过一番，才能见着可捉摸的景象，好像在暗室里洗像片那样。

所以他觉得自己非常的可爱，也很可怜。他常常对着镜子看自己，长瘦的脸，脑门很长很白。眼睛带着点倦意。嘴大唇薄，能并成一条长线。稀稀的黑长发往后拢着。他觉得自己的相貌入格，不是普通的俊美。

有了这个肯定的认识，所以洋服穿得很讲究，在意。凡是属于他的都值得在心，这样才能使内外一致，保持住自己的优越与庄严。

可是看看脸，看看衣服，并不能完全使他心中平静。面貌服装即使是没什么可指摘的了，他的思想可是时时混乱，并不永远像衣服那样能整理得齐齐楚楚。这个，使他常想到自己像个极雅美的磁盆，盛着清水，可是只养着一些浮萍与几团绒似的绿苔！自负有自知之明，这点点缺欠正足以使他越发自怜。

二

寒假前的考试刚完，他很累得慌，自己觉得像已放散了一天的香味的花，应当敛上了瓣休息会儿。他躺在了床上。

他本想出去看电影，可是躺在了床上。多数的电影片是那么无聊，他知道；但是有时候他想去看。看完，他觉得看电影的好处只是为证明自己的批评能力，几乎没有一片能使他满意的。他不明白为什么一般人那样爱看电影。及至自己也想去看去的时候，虽然自信自己的批评能力是超乎一般人的，可是究竟觉得有点不大是味儿，这使他非常的苦恼。"后悔"破坏了"享受"。

这次他决定不去。有许多的理由使他这样下了决心。其中的一个是父亲没有给他寄了钱来。他不愿承认这是个最重要的理由，可是他无法不去思索这点事儿。

二年没有回家了。前二年不愿回家的理由还可以适用于现在，可是今年父亲没有给寄来钱。这个小小的问题强迫着他去思索，仿佛一切的事都需要他的考虑，连几块钱也在内！

回家不回呢？

三

点上支香烟，顺着浮动的烟圈他看见些图画。

父亲，一个从四十到六十几乎没有什么变动的商人，老是圆头圆脸的，头剃得很光，不爱多说话，整个儿圆木头墩子似的！

田烈德不大喜欢这个老头子。绝对不是封建思想在他心中作祟，他以为；可是，可是，什么呢？什么使他不大爱父亲呢？客观的看去，父亲应当和平常一件东西似的，无所谓可爱与不可爱。那么，为什么不爱父亲呢？原因似乎有很多，可是不能都标上"客观的"签儿。

是的，想到父亲就没法不想到钱，没法不想到父亲的买卖。他想起来：兴隆南号，兴隆北号，两个果店；北市有个栈房；家中有五间冰窖。他也看见家里，顶难堪的家里，一家大小终年在那儿剥皮：花生，胡桃，榛子，甚至于山楂，都得剥皮。老的小的，姑娘媳妇，一天到晚不识闲，老剥老挑老煮。赶到预备年货的时节就更不了得，山楂酪，炒红果，山楂糕，榅桲，玫瑰枣，都得煮，拌，大量的加糖。人人的手是黏的，人人的手红得和胡萝卜一样。到处是糊糖味，酸甜之中带着点像烫糊了的牛乳味，使人恶心。

为什么老头子不找几个伙计作这些，而必定拿一家子人的苦力呢？田烈德痛快了些，因为得到父亲一个罪案——一定不是专为父亲卖果子而小看父亲。

更讨厌的是收蒜苗的时候：五月节后，蒜苗臭了街，老头子一收就上万斤，另为它们开了一座窖。天上地下全是蒜苗，全世界是辣蒿蒿的蒜味。一家大小都得动手，大捆儿改小捆儿，老的烂的都得往外剔，然后从新编辫儿。剔出来的搬到厨房，早顿接着晚顿老吃炒蒜苗，能继续的吃一个星期，和猪一样。

五月收好，十二月开窖，蒜苗还是那么绿，拿出去当鲜货卖。钱确是能赚不少，可是一家子人都成了猪。能不能再体面一些赚钱呢？

四

把烟头扔掉，他不愿再想这个。可是，像夏日天上的浮云，自自然然的会集聚到一处，成些图画，他仿佛无法阻止住心中的活动。他刚放下家庭与蒜苗，北市的栈房又浮现在眼前。在北市的西头，两扇大黑门，门的下半截老挂着些马粪。门道非常的脏，车马出入使地上的土松得能陷脚；时常由蹄印作成个小湖，蓄着一汪草黄色的马尿。院里堆满了荆婆席筐与麻袋，骡马小驴低头吃着草料。马粪与果子的香气调成一种沉重的味道，挂在鼻上不容易消失。带着气瘰脖的北山客，精明而话多的西山客，都拐着点腿出来进去，说话的声音很高，特别在驴叫的时候，驴叫人嚷，车马出入，栈里永远充满了声音；在上市的时候，栈里与市上的喧哗就打成一片。

每一张图画都含着过去的甜蜜，可是田烈德不想只惆怅的感叹，他要给这些景象加以解释。他想起来，客人住栈，驴马的草料，和用一领破席遮盖果筐，都须出钱。果客们必须付这些钱，而父亲的货是直接卸到家里的窖中；他的栈房是一笔生意，他自己的货又无须下栈，无怪他能以多为胜的贱卖一些，而把别家果店挤得走投无路。

父亲的货不从果客手中买，他直接的包山。田烈德记得和父亲去看山园。总是在果木开花的时节吧，他们上山。远远的就看见满山腰都是花，像青山上横着条绣带。花林中什么声音也没有，除了蜜蜂飞动的轻响。小风吹过来，一阵阵清香像花海的香浪。最好看的是走到小山顶上，看到后面更高的山。两山之间无疑的有几片果园，分散在绿田之间。低处绿田，高处白花，更高处黄绿的春峰，倚着深蓝的晴天。山溪中的短藻与小鱼，与溪边的白羊，更觉可爱，他还记得小山羊那种娇细可怜的啼声。

可是父亲似乎没觉到这花与色的世界有什么美好。他嘴中自言自语的老在计算，而后到处与园主们死命的争竞。他们住在山上等着花谢，处处落花，舞乱了春山。父亲在这时节，必强迫着园主承认春风太强，果子必定受伤，必定招虫。有这个借口，才讲定价钱；价钱讲好，园主还得答应种种罚款：迟交果子、虫伤、雹伤、水锈，都得罚款。四六成交账，园主答应了一切条件，父亲才交四成账。这个定钱是庄家们半年的过活，没它就没法活到果子成熟的时期。为顾眼前，他们什么条件也得答应；明知道条件的严苛使他们将永成为父亲的奴隶。交货时的六成账，有种种罚项在那儿等着，他们永不能照数得到；他们没法不预支第二年的定银……

父亲收了货，等行市；年底下"看起"是无可疑的，他自己有窖。他是干鲜果行中的一霸！

五

这便有了更大的意义：田烈德不是纯任感情而反对父亲的；也不是看不起果商，而是为正义应当，应当，反对父亲。他觉得应当到山园去宣传合作的方法，应当到栈房讲演种种"用钱"的非法，应当煽动铺中伙计们要求增高报酬而减轻劳作，应当到家里宣传剥花生与打山楂酪都须索要工钱。

可是，他二年没回家了。他不敢回家。他知道家里的人对于那种操作不但不抱怨，而且觉得足以自傲；他们已经三辈子是这样各尽所能的大家为大家效劳。他们不会了解他。假若他一声不出呢，他就得一天到晚闻着那种酸甜而腻人的味道，还得远远的躲着大家，怕溅一身山楂汤儿。他们必定会在工作的时候，彼此低声的讲论"先生"；他是在自己家中的生人！

他也不敢到铺中去。那些老伙计们管他叫"师弟"，他不能受。他有很重要的，高深的道理对他们讲；可是一声"师弟"便结束了一切。

到栈房，到山上？似乎就更难了。

啊！他把手放在脑后，微微一笑，想明白了。这些都是感情用事，即使他实地的解放了一两家山上的庄家户，解放了几个小伙计与他自己的一家人，有什么用？他所追求的是个更大的理想，不是马上直接与张三或李四发生关系的小事，而是一种从新调整全个文化的企图。他不仅是反对父亲，而且反抗着全世界。用全力捉兔，正是狮的愚蠢，他用不着马上去执行什么。就是真打算从家中作起——先不管这是多么可笑——他也得另有办法，不能就这么直入公堂的去招他们笑他。

暂时还是不回家的好。他从床上起来，坐在床沿上，轻轻提了提裤缝。裤袋里还有十几块钱，将够回家的路费。没敢去摸。不回家！关在屋中，读一寒假的书。从此永不回家，拒绝承袭父亲的财产，不看电影……专心的读书。这些本来都是不足一提的事，但是为表示坚决，不能不这么想一下。放弃这一切腐臭的，自己是由清新塘水出来的一朵白莲。是的，自己至少应成个文学家，像高尔基那样给世界一个新的声音与希望。

六

看了看窗外，从玻璃的上部看见一小片灰色的天，灰冷静寂，正像腊月天气。不由的又想起家来，心中像由天大的理想缩到个针尖上来。他摇了摇头，理想大概永远与实际生活不能一致，没有一个哲人能把他的人生哲理与日常生活完全联结到一处，像鸳鸯身上各色的羽毛配合得那么自然匀美。

别的先不说，第一他怕自己因用脑过度而生了病。想象着自己病倒在床上，连碗热水都喝不到，他怕起来。摸摸自己的脸，不胖；自己不是个粗壮的人。一个用脑子的不能与一个用笨力气的相提并论，大概在这点上人类永远不会完全平等，他想。他不能为全人类费着心思，而同时还要受最大的劳力，不能；这不公道！

立起来，走在窗前向外看。灰冷的低云要滴下水来。可是空中又没有一片雪花。天色使人犹疑苦闷；他几乎要喊出来："爽性来一场大雪，或一阵狂风！"

同学们欢呼着，往外搬行李，毛线围脖的秒儿前后左右的摆动，像撒欢时的狗尾巴："过年见了，张！""过年见了，李！"大家喊着；连工友们也分外的欢喜，追着赏钱。

"这群没脑子的东西！"他要说而没说出来，呆呆的立着。他想同学们走净，他一定会病倒的；无心中摸了摸袋中的钱——不够买换一点舒适与享乐的。他似乎立在了针尖上，不能转身；回家仿佛是唯一平安的路子。

他慢慢的披上大衣，把短美的丝围脖细心的围好，尖端压在大衣里；他不能像撒欢儿的狗。还要拿点别的东西，想了想，没去动。知道一定是回家么？也许在街上转转就回来的；他选择了一本书，掀开，放在桌上；假如转转就回来的话，一定便开始读那本书。

走到车站，离开车还有一点多钟呢。车站使他决定暂且作为要回家吧。这个暂时的决定，使他想起回家该有的预备：至少该给妹妹们买点东西。这不是人情，只是随俗的一点小小举动。可是钱将够买二等票的，设若匀出一部分买礼物，他就得将就着三等了。三等车是可爱的，偶尔坐一次总有些普罗神味。可是一个人不应该作无益的冒险，三等车的脏乱不但有实际上的危险，而且还能把他心中存着的那点对三等票阶级的善意给削除了去。从哪一方面看，这也不是完美的办法。至于买礼物一层，他会到了家，有了钱，再补送的；即使不送，也无伤于什么；俗礼不应该仗着田烈德去维持的。

都想通了，他买了二等票。在车上买了两份大报；虽然卖报的强塞给他一全份小报，他到底不肯接收。大报，即使不看，也显着庄严。

七

到了自家门口，他几乎不敢去拍门。那两扇黑大门显着特别的丑恶可怕。门框上红油的"田寓"比昔日仿佛更红着许多，他忽然想起佛龛前的大烛，爆竹皮子，压岁钱包儿！……都是红的。不由的把手按在门环上。

没想到开门来的是母亲。母亲没穿着那个满了糖汁与红点子的围裙。她的头发几乎全白了，脸上很干很黄，眉间带着忧郁。田烈德一眼看明白这些，不由的叫出声"妈"来。

"哟，回来啦？"她那不很明亮的眼看着儿子的脸，要笑，可是被泪截了回去。

随着妈妈往里走，他不知想什么好，只觉得身旁有个慈爱而使人无所措手足的母亲，一拐过影壁来，二门上露着个很俊的脸："哟，哥哥来了！"那个脸不见了，往里院跑了去。紧跟着各屋的门都响了，全家的人都跑了出来。妹妹们把他围上，台阶上是婶母与小孩们，祖母的脸在西屋的玻璃里。妹妹们都显着出息了，大家的纯洁黑亮的眼都看着哥哥，亲爱而稍带着小姑娘们的羞涩，谁也不肯说什么，嘴微笑的张着点。

祖母的嘴隔着玻璃缓缓的动。母亲赶过去，高声一字一字的报告："烈德！烈德来了！大孙子回来了！"母亲回头招呼儿子："先看看祖母来！"烈德像西医似的走进西屋去，全家都随过来。没看出祖母有什么改变，除了摇头疯更厉害了些，口中连一个牙也没有了。

和祖母说了几句话，他的舌头像是活动开了。随着大家的话，他回答，他发问，他几乎不晓得都说了些什么。大妹妹给他拿过来支蝙蝠牌的烟卷，他也没拒绝，辣辣的烧着嘴唇。祖母，母亲，妹妹们，始终不肯把眼挪开，大家看他的长脸，大嘴，洋服，都觉得可爱；他也觉得自己可爱。

他后悔没给妹妹们带来礼物。既然到了家，就得迁就着和大家敷衍，可是也应当敷衍得到家；没带礼物来使这出大团圆缺着一块。后悔是太迟了，他的回来或者已经是赏了她们脸，礼物是多余的。这么一想，他心中平静了些，可是平静得不十分完全，像晓风残月似的虽然清幽而欠着完美。

八

奇怪的是为什么大家都不工作呢？他到堂屋去看了看，只在大案底下放着一盆山楂酪，一盆。难道年货已经早赶出来，拿到了铺中去？再看妹妹们的衣裳，并不像赶完年货而预备过年的光景，二妹的蓝布裌大襟上补着一大块补丁。

"怎么今年不赶年货？"他不由的问出来。

大妹妹搭拉着眼皮，学着大人的模样说："去年年底，我们还预备了不少，都剩下了。白海棠果五盆，摆到了过年二月，全起了白沫，现今不比从前了，钱紧！"

田烈德看着二妹襟上的补丁，听着大妹的摹仿成人，觉得很难堪。特别是大妹的态度与语调，使他身上发冷。他觉得妇女们不作工便更讨厌。

最没办法的是得陪着祖母吃饭。母亲给他很下心的作了两三样他爱吃的菜，可是一样就那么一小碟；没想到母亲会这么吝啬。

"跟祖母吃吧，"母亲很抱歉似的说，"我们吃我们的。"

他不知怎样才好。祖母的没有牙的嘴，把东西扁一扁而后整吞下去，像只老鸭似的！祖母的不住的摇头，铁皮了的皮肤老像糊着一层水锈！他不晓得怎能吃完这顿饭而不都吐出来！他想跑出去嚷一大顿，喊出家庭的毁坏是到自由之路的初步！

可是到底他陪着祖母吃了饭。饭后，祖母躺下休息；母亲把他叫在一旁。由她的眼神，他看出来还得殉一次难。他反倒笑了。

"你也歇一会儿，"母亲亲热而又有点怕儿子的样儿，"回头你先看看爸去，别等他晚上回来，又发脾气；你好容易回来这么一趟……"母亲的言语似乎不大够表现心意的。

"唉，"为敷衍母亲，他答应了这么一声。

母亲放了点心。"你看，烈德，这二年他可改了脾气！我不愿告诉你这些，你刚回来；可是我一肚子委屈真……"她提起衣襟擦了擦眼角。"他近来常喝酒，喝了就闹脾气。就是不喝酒，他也嘴不识闲，老叨唠，连躺在被窝里还跟自己叨唠，仿佛中了病；你知道原先他是多么不爱说话。"

"现在，他在南号还是在北号呢？"他明知去见父亲又是一个劫难，可是很愿意先结束了目前这一场。

"还南号北号呢！"母亲又要往上提衣襟。"南号早倒出去了，要不怎么他闹脾气呢。南号倒出不久，北市的栈房也出了手。"

"也出了手，"烈德随口重了一句。

"这年月不讲究山货了，都是论箱的来洋货。栈房不大见得着人！那么个大栈呀，才卖了一千五，跟白舍一样！"

九

进了兴隆北号，大师哥秀权没认出他来，很客气的问，"先生看点什么？"双手不住的搓着。田烈德摘了帽子，秀权师哥又看了一眼，"师弟呀？你可真够高的了；我猛住了，不敢认，真不敢认！坐下！老人家出去了；来，先喝碗茶。"

田烈德坐在果筐旁的一把老榆木擦漆的椅子上，非常的不舒服。

"这一向好吧？"秀权师哥想不起别的话来，"外边的年成还好吧？"他已五十多岁，还没留须，红脸大眼睛，看着也就是四十刚出头的样子。

"他们呢？"烈德问。

"谁？啊，伙计们哪？别提了——"秀权师哥把"了"字拉得很长，"现在就剩下我和秀山，还带着个小徒弟。秀山上南城匀点南货去了，眼看就过年，好歹总得上点货，看看，"他指着货物，"哪有东西卖呀！"

烈德看了看，磁缸的红木盖上只摆着些不出眼的梨和苹果；干果筐箩里一些栗子和花生；靠窗有一小盆蜜饯海棠，盆儿小得可怜。空着的地方满是些罐头筒子，藕粉匣子，与永远卖不出去的糖精酒糖搀水的葡萄酒，都装潢得花花绿绿的，可是看着就知道专为占个地方。他不愿再看这些——要关市的铺子都拿这些糊花纸的瓶儿罐儿装门面。

"他们都上哪儿去了？"

"谁知道！各自奔前程吧！"秀权师哥摇着头，身子靠着笸箩。"不用提了，师弟，我自幼干这一行，今年五十二了，没看见过这种事！前年年底，门市还算作得不离，可是一搂账啊，亏着本儿呢。毛病是在行市上。咱们包山，钱货两清；等到年底往回叫本的时候，行市一劲往下掉。东洋橘子，高丽苹果，把咱们顶得出不来气。花生花生也掉盘，咱们也是早收下的。山楂核桃什么的倒有价儿，可是糖贵呀；你看，"他掀起蓝布帘向对过的一个小铺指着："看，蜜饯的东西咱们现今卖不过他；他什么都用糖精；咱们呢，山楂看赚，可赔在糖上，这年月，人们过年买点果子和蜜饯当摆设，买点儿是个意思，不管好坏，价儿便宜就行。咱们的货地道，地道有什么用呢！人家贱，咱们也得贱，把货铲出去呢，混个热闹；卖不出去呢，更不用说，连根儿烂！"他叹了口气。又给烈德满满的倒了一碗茶，好像拿茶出气似的。

"经济的侵略与民间购买力的衰落！"烈德看得很明白，低声对自己说。

秀权忙着想自己的话，没听明白师弟说的是什么，也没想问；他接着诉苦："老人家想裁人。我们可就说了，再看一节吧。这年月，哪柜上也不活动，裁下去都上哪儿去呢！到了五月节，赔的更多了，本来春天就永远没什么买卖。老人家把两号的伙计叫到一处，他说得惨极了：你们都没过错，都帮过我的忙。可是我实在无了法。大家抓阄吧，谁抓着谁走。大家的泪都在眼圈里！顶义气的是秀明，师弟你还记得秀明？他说了话：两柜上的大师哥，秀权秀山不必抓。所以你看我俩现在还在这儿。我俩明知道这不公道，可是腆着脸没去抓。四五十岁的人了，不同年轻力壮，叫我们上哪儿找事去呢？一共裁了三次，现在就剩下我和秀山。老人家也不敢上山了，行市赔不起！兴隆改成零买零卖了。山上的人连三并四的下来央求，老人家连见他们也不敢！南号出了手，栈房也卖了。我们还指望着蒜苗，哼，也完了！热洞子的王瓜，原先卖一块钱两条，现在满街吆喝一块钱八条；茄子东瓜香椿原先都是进贡的东西，现在全下了市，全不贵。有这些鲜货，谁吃辣蒿蒿的蒜苗呢？我们就这么一天天的耗着，三个老头子一天到晚对着这些筐子发愣。你记得原先大年三十那个光景？买主儿挤破了门；铜子毛钱撒满了地，没工夫往柜里扔。看看现在，今到几儿啦，腊月廿六了，你坐了这大半天，可进来一个买主？好容易盼进一位来，不是嫌贵就是嫌货不好，空着手出去，还瞪我们两眼，没作过这样的买卖！"秀权师哥拿起沫布拼命的擦那些磁缸，似乎是表示他仍在努力；虽然努力是白饶，但求无愧于心。

十

秀权的后半截话并没都进到烈德的耳中去，一半因他已经听腻，一半因他正在思索。事实是很可怕，家里那群，当伙计的那群，山上种果子的那群，都走到了路尽头！

可怕！可是他所要解放的已用不着他来费事了，他们和她们已经不在牢狱中了；他们和她们是已由牢狱中走向地狱去，鬼是会造反的。非走到无路可走，他们不能明白，历史时时在那儿牺牲人命，历史的新光明来自地狱。

他不必鼻一把泪一把的替他们伤心，用不着，也没用。这种现象不过是消极的一个例证，证明不应当存在的便得死亡，不用别人动手，自己就会败坏，像搁陈了的橘子。他用不着着急，更用不着替他们出力；他的眼光已绕到他们的命运之后，用不着动什么感情。

正在这么想着，父亲进来了。

"哟，你！"父亲可不像样子了；脸因削瘦，已经不那么圆了。两腮下搭拉着些松皮，脸好像接出一块来。嘴上留了胡子，惨白，尖上发黄，向唇里卷卷着。脑门上许多皱纹，眼皮下有些黑锈。腰也弯了些。

烈德吓了一跳，猛的立起来。心中忽然空起来，像电影片猛孤仃断了，台上现出一块空白来。

十一

父亲摘了小帽，脑门上有一道白印。看了烈德一会儿："你来了好，好！"

父亲确是变了，母亲的话不错；父亲原先不这么叨唠。父亲坐下，哈了一声，手按在膝上。又懒懒的抬起头看了烈德一眼："你是大学的学生，总该有办法！我没了办法。我今儿走了半天，想周转俩现钱，再干一下子。弄点钱来，我也怎么缺德怎办，拿日本橘子充福橘，用糖精熬山里红汤，怎么贱怎卖，可是连坑带骗，给小分量，用报纸打包。哼，我转了一早上，这不是，"他拍了拍胸口，"怀里揣着房契，想弄个千儿八百的。哼！哼！我明白了，再有一份儿房契，再走上两天，我也弄不出钱来！你有学问，必定有主意；我没有。我老了，等着一领破席把我卷出城去，不想别的。可是，这个买卖，三辈子了，送在我手里，对得起谁呢！两三年的工夫会赔空了，谁信呢？你叔叔们都去挣工钱了，那哪够养家的，还得仗着买卖，买卖可就是这个样！"他嘴里还咕弄着，可是没出声。然后转向秀权去："秀山还没回来？不一定能匀得来！这年景，谁肯帮谁的忙呢！钱借不到，货匀不来，也好，省事！哈哈！"他干笑起来，紧跟着咳嗽了一阵，一边咳嗽还一边有声无字的叨唠。

十二

敷衍了父亲几句，烈德溜了出来。

他可以原谅父亲不给他寄钱了，可以原谅父亲是个果贩子，可以原谅父亲的瞎叨唠，但是不能原谅父亲的那句话："你是大学的学生，总该有办法。"这句话刺着他的心。他明白了家中的一切，他早就有极完密高明的主意，可是他的主意与眼前的光景联不到一处，好像变戏法的一手耍着一个磁碟，不能碰到一处；碰上就全碎了。

他看出来，他决定不能顺着感情而抛弃自己的理想。虽然自己往往因感情而改变了心思，可是那究竟是个弱点；在感情的雾瘴里见不着真理。真理使刚才所见所闻的成为必不可免的，如同冬天的雨点变成雪花。他不必为雪花们抱怨天冷。他不用可怜他们，也不用对他们说明什么。

是的，他现在所要的似乎只是个有实用的办法——怎样马上把自己的脚从泥中拔出来，拔得干干净净的。丧失了自己是最愚蠢的事，因为自己是真理的保护人。逃，逃，逃！

逃到哪里去呢？怎样逃呢？自己手里没有钱！他恨这个世界，为什么自己不生在一个供养得起他这样的人的世界呢？

想起在本杂志上看见过的一张名画的复印：一溪清水，浮着个少年美女，下半身在水中，衣襟披浮在水上，长发像些金色的水藻随着微波上下，美洁的白脑门向上仰着些，好似希望着点什么；胸上袒露着些，雪白的堆着些各色的鲜花。他不知道为什么想起这张图画，也不愿细想其中的故事。只觉得那长发与玉似的脑门可爱可怜，可是那些鲜花似乎有点画蛇添足。这给他一种欣喜，他觉到自己是有批评能力的，

忘了怎样设法逃走，也忘了自己是往哪里走呢，他微笑着看心中的这张图画。

忽然走到了家门口，红色的"田寓"猛的发现在眼前，他吓了一跳！

（原载 1936 年 3 月 16 日《国闻周报》第 13 卷第 10 期，收入《蛤藻集》，开明书店 1936 年 11 月初版）

新韩穆烈德

老舍

141

且说屋里

一个二十世纪的中国人所能享受与占有的，包善卿已经都享受和占有过，现在还享受与占有着。他有钱，有洋楼，有汽车，有儿女，有姨太太，有古玩，有可作摆设用的书籍，有名望，有身分，有一串可以印在名片上与讣闻上的官衔，有各色的朋友，有电灯、电话、电铃、电扇，有寿数，有胖胖的身体和各种补药。

设若他稍微能把心放松一些，他满可以胖胖的躺在床上，姨太太与儿女们把他伺候得舒舒服服的。即使就这么死去，他的财产也够教儿孙们快乐一两辈子的，他的讣闻上也会有许多名人的题字与诗文，他的棺材也会受得住十年水土的侵蚀，而且会有六十四名杠夫抬着他游街的。

可是包善卿不愿休息。他有他的"政治生活"。他的："政治生活"不包括着什么主义、主张、政策、计划与宗旨。他只有一个决定，就是他不应当闲着。他要是闲散无事，就是别人正在活动与拿权，他不能受这个。他认为自己所不能参预的事都是有碍于他的，他应尽力地去破坏。反之，凡是足以使他活动的，他都觉得不该放过机会。像一只渔船，他用尽方法利用风势，调动他的帆，以便早些达到鱼多的所在。他不管那些风是否有害于别人，他只为自己的帆看风，不管别的。

看准了风，够上了风，便是他的"政治生活"。够上风以后，他可以用极少的劳力而获得一个中国"政治家"所应得的利益。所以他不愿休息，也不肯休息；平白无故地把看风与用风这点眼力与天才牺牲了，太对不起自己。越到老年，他越觉出自己的眼力准确，越觉出别人的幼稚；按兵不动是冤枉的事。况且他才刚交六十；他知道，只要有口气，凭他的经验与智慧，就是坐在那儿呼吸呼吸，也应当有政治的作用。

他恨那些他所不熟识的后起的要人与新事情，越老他越觉得自己的熟人们可爱，就是为朋友们打算，他也应当随手抓到机会扩张自己的势力。对于新的事情他不大懂，于是越发感到自己的老办法高明可喜。洋人也好，中国人也好，不论是谁，自要给他事作，他就应当去拥护。同样，凡不给他权势的便是敌人。他清清楚楚地承认自己的宽宏大度，也清清楚楚地承认自己的嫉妒与褊狭；这是一个政治家应有的态度。他十分自傲有这个自知之明，这也就是他的厉害的地方；"得罪我与亲近我，你随便吧！"他的胖脸上的微笑表示着这个。

刚办过了六十整寿，他的像片又登在全国的报纸上，下面注着："新任建设委员会会长包善卿。"看看自己的像，他点了点头："还得我来！"他想起过去那些政治生活。过去的那些经验使他压得住这个新头衔，这个新头衔既能增多他的经验，又能增高了身分，而后能产生再高的头衔。想到将来的光荣与势力，他微微感到满意于现在。有一二年他的相片没这么普遍地一致地登在各报纸上了；看到这回的，他不能不感到满意；这个六十岁的照像证明出别的政客的庸碌无能，证明了自己的势力的不可轻视与必难消灭。新人新事的确出来不少，可是包善卿是青松翠柏，越老越绿。世事原无第二个办法，包善卿的办法是唯一的，过去如此，现在如此，将来还如此！他的办法是官僚的圣经，他一点不反对"官僚"这两个字；"只有不得其门而入的才叫我官僚，"他在四十岁的时候就这么说过。

看着自己的相片，他觉得不十分像自己。不错，他的胖脸，大眼睛，短须，粗脖子，与圆木筒似的身子，都在那里，可是缺乏着一些生气。这些不足以就代表包善卿。他以几十年的经验知道自己的表情与身段是怎样的玲珑可喜，像名伶那样晓得自己哪一个姿态最能叫好；他不就是这么个短粗胖子。至少他以为也应该把两个姿态照下来，两个最重要的，已经成为习惯而仍自觉地利用着，且时时加以修正的姿态。一个是在面部：每逢他遇到新朋友，或是接见属员，他的大眼会像看见个奇怪的东西似的，极明极大极傻地瞪那么一会儿，腮上的肉往下坠；然后腮上的肉慢慢往上收缩，大眼睛里一层一层的增厚笑意，最后成为个很妩媚的微笑。微笑过后，他才开口说话，舌头稍微团着些，使语声圆柔而稍带着点娇憨，显出天真可爱。这个，哪怕是个冰人儿，也会被他马上给感动过来。

第二个是在脚部。他的脚很厚，可是很小。当他对地位高的人趋进或辞退，他会极巧妙地利用他的小脚：细逗着步儿，弯着点腿，或前或后，非常的灵动。下部的灵动很足给他一身胖肉以不少的危险，可是他会设法支持住身体，同时显出他很灵利，和他的恭敬谦卑。

找到这两点，他似乎才能找到自己。政治生活是种艺术，这两点是他的艺术的表现。他愿以这种姿态与世人相见，最好是在报纸上印出来。可是报纸上只登出个迟重肥胖的人来，似乎是美中不足。

好在，没大关系，有许多事，重大的事，是报纸所不知道的。他想到末一次的应用"脚法"：建设委员会的会长本来十之六七是给王莘老的，可是包善卿在山木那里表现了一番。王莘老所不敢答应山木的，包善卿亲手送过去："你发表我的会长，我发表你的高等顾问！"他向山木告辞时，两脚轻快地细碎地往后退着，腰儿弯着些，提出这个"互惠"条件。果然，王莘老连个委员也没弄到手，可怜的莘老！不论莘老怎样固执不通，究竟是老朋友。得设法给他找个地位！包善卿作事处处想对得住人，他不由地微笑了笑。

王莘老未免太固执！太固执！山木是个势力，不应当得罪。况且有山木作顾问，事情可以容易办得多。他闭上眼想了半天，想个比喻。想不出来。最后想起一个：姨太太要东西的时候，不是等坐在老爷的腿儿上再说吗？但这不是个好比喻。包善卿坐在山木的腿上？笑话！不过呢，有山木在这儿，这次的政治生活要比以前哪一次都稳当、舒服、省事。东洋人喜欢拿权，作事；和他们合作，必须认清了这一点，认清这一点就是给自己的事业保了险。奇怪，王莘老作了一辈子官，连这点还看不透！王莘老什么没作过？教育、盐务、税务、铁道……都作过，都作过，难道还不明白作什么也不过是把上边交下来的，再往下交。把下边呈上来的再呈上去，只须自己签个押？为什么这次非拒绝山木不可呢？奇怪！也许是另有妙计？不能吧？打听打听看；老朋友，但是细心是没过错的。

"大概王莘老总不至于想塌我的台吧？老朋友！"他问自己。他的事永远不愿告诉别人，所以常常自问自答。"不能，王莘老不能！"他想，会长就职礼已平安地举行过；报纸上也没露骨地说什么；委员们虽然有请病假的，可是看我平安无事地就了职，大概一半天内也就会销假。山木很喜欢，那天还请大家吃了饭，虽然饭菜不大讲究，可是也就很难为了一个东洋人！过去的都很顺当；以后的，有山木作主，大概不会出什么乱子的。是的，想法子安置好王莘老吧；一半因为是老朋友，一半因为省得单为这个悬心。至于会里用人，大致也有了个谱儿，几处较硬的介绍已经敷衍过去，以后再有的，能敷衍就敷衍，不能敷衍的好在可以往山木身上推。是的，这回事儿真算我的老运不错！

想法子给山木换辆汽车，这是真的，东洋人喜欢小便宜。自己的车也该换了，不，先给山木换，自己何必忙在这一时！何不一齐呢，真！我是会长，他是顾问，不必，不必和王莘老学，总是让山木一步好！

决定了这个，他这回的政治生活显然是一帆风顺，不必再思索什么了。假如还有值得想一下的，倒是明天三姨太太的生日办不办呢？办呢，她岁数还小，怕教没吃上委员会的家伙们有所借口，说些不三不四的。不办呢，又怕临时来些位客人，不大合适。"政治生活"有个讨厌的地方，就是处处得用"思想"，不是平常人所能干的。在很小的地方，正如在很大的地方，漏了一笔就能有危险。就以娶姨太太说，过政治生活没法子不娶，同时姨太太又能给人以许多麻烦。自然，他想自己在娶姨太太这件事上还算很顺利，一来是自己的福气大，二来是自己有思想，想起在哈尔滨作事时候娶的洋姨太太——后来用五百元打发了的那个——他微笑了笑。再不想要洋的，看着那么白，原来皮肤更粗，处处带着小黄毛。最难堪的是来月信的时候，只用纸卷个小筒一塞！啵！他不喜欢看外国电影片，多一半是因为这个。连中国电影也算上，那些明星没有一个真正漂亮的。娶姨太太还是到苏杭一带找个中等人家的雏儿，林黛玉似的又娇又嫩。三姨太太就是这样，比女儿还小着一岁，比女儿美得多。似乎应当给她办生日，怪可怜的。况且，乘机会请山木吃顿饭也显着不是故意地请客。是的，请山木首席，一共请三四桌人，对大家不提办生日，又不至太冷淡了小姨太太，这是思想！

福命使自己腾达，思想使自己压得住富贵，自己的政治生活和家庭生活是个有力的证明。太太念佛吃斋，老老实实。大儿有很好的差事，长女上着大学。二太太有三个小少爷，三太太去年冬天生了个小女娃娃。理想的家庭，没闹过一桩满城风雨的笑话，好容易！最不放心的是大儿大女，在外边读书，什么坏事学不来！可是，大儿已有了差事，不久就结婚；女儿呢，只盼顺顺当当毕了业，找个合适的小人嫁出去；别闹笑话！过政治生活的原不怕闹笑话，可是自己是老一辈的人，不能不给后辈们立个好榜样，这是政治道德。作政治没法不讲道德，政治舞台是多么危险的地方，没有道德便没有胆量去冒险。自己六十岁了，还敢出肩重任，道德不充实可能有这个勇气？自己的道德修养，不用说，一定比自己所能看到的还要高着许多，一定。

他不愿再看报纸上那个相片，那不过是个短粗而无生气的胖子，而真正的自己是有思想有道德有才具有经验有运气的政治家！认清了这个，他心里非常平静，像无波的秋水映着一轮明月。他想和姨太太们凑几圈牌，为是活动活动自己的心力，太平静了。

"老爷，方委员，"陈升轻轻的把张很大的名片放在小桌上。

"请，"包善卿喜欢方文玉，方文玉的委员完全仗着他的力量。方文玉来的时间也正好，正好二男二女——两个姨太太——凑几圈儿。

方文玉进来，包善卿并没往起立，他知道方文玉不会恼他，而且会把这样的不客气认成为亲热的表示。可是他的眼睛张大，而后渐渐地一层层透出笑意，他知道这足以补足没往起立的缺欠，而不费力地牢笼住方文玉的心。搬弄着这些小小的过节，他觉得出自己的优越，有方文玉在这儿比着，他不能不承认自己的经验与资格。

"文玉！坐，坐！懒得很，这两天够我老头子……哈哈！"他必须这样告诉文玉，表示他并没在家里闲坐着，他最不喜欢忙乱，而最爱说他忙；会长要是忙，委员当然知道应当怎样勤苦点了。

"知道善老忙，现在，我——"方文玉不敢坐下，作出进退两难的样子，唯恐怕来的时间不对而讨人嫌。

"坐！来得正好！"看着方文玉的表演，他越发喜欢这个人，方文玉是有出息的。

方文玉有四十多岁，高身量，白净子脸，带着点烟气。他没别的嗜好，除了吃口大烟。在包善卿眼中，他是个有为的人，精明，有派头，有思想，可惜命不大强，总跳腾不起去。这回很卖了些力气才给他弄到了个委员，很希望他能借着这一步而走几年好运。

"文玉，你来得正好，我正想凑几圈，带着硬的呢？"包善卿团着舌尖，显出很天真淘气。

"伺候善老，输钱向来是不给的！"方文玉张开口，可是不敢高声的笑，露出几个带烟釉的长牙来。及至包善卿哈哈笑了，他才接着出了声。

"本来也是，"包善卿笑完，很郑重地说，"一个委员拿五百六，没车马费，没办公费，苦事！不过，文玉你得会利用，眼睛别闲着；等山木拟定出工作大纲来，每个县城都得安人；留点神，多给介绍几个人。这些人都有县长的希望。可不能只靠着封介绍信！这或者能教你手里松动一点，不然的话，你得赔钱；五百六太损点，五百六！"他的大眼睛看着自己的小胖脚尖，不住地点头。待了一会儿："好吧，今天先记你的账好了。有底没有？"

"有！小刘刚弄来一批地道的，请我先尝尝，烟倒是不坏，可是价儿也够瞧的。"方文玉摇了摇头，用烧黄的手指夹起支"炮台"来。

"我这也有点，也不坏，跟二太太要好了；她有时候吃一口。我不准她多吃！咱们到里院去吧？"包善卿想立起来。

他还没站利落，电话铃响了。他不爱接电话。许多电玩艺儿，他喜欢安置，而不愿去使用。能利用电力是种权威，命令仆人们用电话叫菜或买别的东西，使他觉得他的命令能够传达很远，可是他不愿自己去叫与接电话。他知道自己不是破命去坐飞机的那种政治家。

"劳驾吧，"他立好，小胖脚尖往里一逗，很和蔼地对方文玉说。

方文玉的长腿似乎一下子就迈到了电机旁，拿起耳机，回头向包善卿笑着："喂，要哪里？包宅，啊，什么？呕，墨老！是我，是的！跟善老说话？啊，您也晓得善老不爱接电，嘻嘻，好，我代达！……好，都听明白了，明天见，明天见！"看了耳机一下，挂上。

"墨山？"包善卿的下巴往里收，眼睛往前努，作足探问的姿势。

"墨山，"方文玉点了点头，有些不大愿意报告的样子。"教我跟善老说两件事，头一件，明天他来给三太太贺寿，预备打几圈。"

"记性是真好，真好！"包善卿喜欢人家记得小姨太太的生日。"第二件？"

"那什么，那什么，他听说，听说，未必正确，大概学生又要出来闹事！"

"闹什么？有什么可闹的？"包善卿声音很低，可是很清楚，几乎是一字一字地说。

"墨老说，他们要打倒建设委员会呢！"

"胡闹！"包善卿坐下，脚尖在地上轻轻地点动。

"那什么，善老，"方文玉就着烟头又点着了一支新的，"这倒要防备一下。委员会一切都顺利；不为别的，单为求个吉利，也不应当让他们出来，满街打着白旗，怪丧气的。好不好通知公安局，先给您这儿派一队人来，而后让他们每学校去一队，禁止出入？"

"我想想看，想想看，"包善卿的脚尖点动得更快了，舌尖慢慢地舐着厚唇，眨巴着眼。过了好大一会儿，他笑了："还是先请教山木，你看怎样？"

"好！好！"方文玉把烟灰弹在地毯上，而后用左手捏了鼻子两下，似乎是极深沉地搜索妙策："不过，无论怎说，还是先教公安局给您派一队人来，有个准备，总得有个准备。要便衣队，都带家伙，把住胡同的两头。"他的带烟气的脸上露出青筋，离离光光的眼睛放出一些浮光。"把住两头，遇必要时只好对不起了，啪啪一排枪。啪啪一排枪，没办法！"

"没办法！"包善卿也挂了气，可是还不像方文玉那么浮躁。"不过总是先问问山木好，他要用武力解决呢，咱们便问心无愧。他主张和平呢，咱们便无须乎先表示强硬。我已经想好，明天请山木吃饭，正好商量商量这个。"

"善老，"方文玉有点抱歉的神气，"请原谅我年轻气浮，明天万一太晚了呢？即使和山木可以明天会商，您这儿总是先来一队人好吧？"

"也好，先调一队人来，"包善卿低声地像对自己说。又待了一会儿，他像不愿意说，而又不得不说的，看了了方文玉一眼；仿佛看准方文玉是可与谈心的人，他张开了口。"文玉，事情不这么简单。我不能马上找山木去。为什么？你看，东洋人处处细心。我一见了他，他必先问我，谁是主动人？你想啊，一群年幼无知的学生懂得什么，背后必有人鼓动。你大概要说××党？"他看见方文玉的嘴动了下。"不是！不是！"极肯定而有点得意地他摇了摇头。"中国就没有××党，我活了六十岁，还没有看见一个××党。学生背后必有主动人，弄点糖儿豆儿的买动了他们，主动人好上台，代替你我，你——我——"他的声音提高了些，胖脸上红起来。"咱们得先探听明白这个人或这些人是谁，然后才不至被山木问住。你看，好比山木这么一问，谁是主动人？我答不出；好，山木满可以撅着小黑胡子说：谁要顶你，你都不晓得？这个，我受不了。怎么处置咱们的敌人，可以听山木的，咱们可得自己找出敌人是谁。是这样不是？是不是？"

方文玉的长脑袋在细脖儿上绕了好几个圈，心中"很"佩服，脸上"极"佩服，包善老。"我再活四十多也没您这个心路，善老！"

善老没答碴，眼皮一搭拉，接受对他的谀美。"是的，擒贼先擒王，把主动人拿住。学生自然就老实了。这就是方才说过的了：和平呢还是武力呢，咱们得听山木的，因为主动人的势力必定小不了。"他又想了想："假如咱们始终不晓得他是谁，山木满可以这么说，你既不知道为首的人，那就只好拿这回事当作学潮办吧。这可就糟了，学潮，一点学潮，咱们还办不了，还得和山木要主意？这岂不把乱子拉到咱们身上来？你说的不错，啪啪一排枪，准打回去，一点不错；可是啪啪一排枪犯不上由咱们放呀。山木要是负责的话，管他呢，啪啪一排开花炮也可以！是不是，文玉，我说的是不是？"

"是极！"方文玉用块很脏的绸子手绢擦了擦青眼圈儿。"不过，善老，就是由咱们放枪也无所不可。即使学生背后有主动人，也该惩罚他们——不好好读书，瞎闹哄什么呢！东洋朋友，中国朋友，商界，都拥护我们。除了学生，除了学生！不能不给小孩子们个厉害！我们出了多少力，费了多少心血，才有今日，临完他们喊打倒，善老？"看着善老连连点头，他那点吃烟人所应有的肝火消散了点。"这么办吧，善老，我先通知公安局派一队人来，然后咱们再分头打电打听打听谁是为首的人。"他的眼忽然一亮，"善老，好不好召集全体委员开个会呢！"

"想想看，"包善卿决定不肯被方文玉给催迷了头，在他的经验里，没有办法往往是最好的办法，而延宕足以杀死时间与风波。"先不用给公安局打电；他们应当赶上咱们来，这是他们当当笔好差事的机会，咱们不能迎着他们去。至于开会，不必：一来是委员们都没在这儿，二来委员不都是由你我荐举的，开了会倒麻烦，倒麻烦。咱们顶好是先打听为首之人；把他打听到，"包善卿两只肥手向外一推，"一股拢总全交给山木。省心，省事，不得罪人！"

方文玉刚要张嘴，电话铃又响了。

这回。没等文玉表示出来愿代接电的意思。包善卿的小胖脚紧动慢动地把自己连跑带转地挪过去，像个着了忙的鸭子。摘下耳机，他张开了大嘴喘了一气。"哪里？呕，冯秘书，近来好？啊，啊，啊！局长呢？呕，我忘了，是的，局长回家给老太太作寿去了，我的记性太坏了！那……嗯……请等一等，我想想看，再给你打电，好，谢谢，再见！"挂上耳机。他仿佛接不上气来了。一大堆棉花似的瘫在大椅子上。闭了会儿眼，他低声地说："记性太坏了，那天给常局长送过去了寿幛，今天就会忘了，要不得！要不得！"

"冯秘书怎么说？"方文玉很关切地问。

"哼，学生已经出来了，冯子才跟我要主意！"包善卿勉强着笑了笑。"我刚才说什么来着？咱们还没教他们派人来呢，他们已经和我要主意；要是咱们先张了嘴，公安局还不搬到我这儿来办公？跟我要主意，他们是干什么的？"

"可是学生已经出来了！"方文玉也想不出办法，可是因为有嗜好，所以胆子更小一点。"您想怎样回复冯子才呢？"

"他当然会给常局长打电报要主意；我不挣那份钱，管不着那段事。"包善卿看着桌上的案头日历。

"您这儿没人保护可不行呀！"方文玉又善意地警告。

"那，我有主意，"包善卿知道学生已经出来，不能不为自己的安全设法了。"文玉，你给张七打个电话，教他马上送五十打手来，都带家伙，每人一天八毛，到委员会领钱，他们比巡警可靠！"

方文玉放了点心，马上给张七打了电话。包善卿也似乎无可顾虑了，躺在沙发上闭了眼。方文玉看着善老，不愿再思索什么，可是总惦记着冯秘书。善老真稳，怎么不给冯回电呢？包善卿早把冯子才忘了，他早知道冯子才若是看事情不妙必会偷偷地跑掉，用不着替他担忧，他心中正一一地数点家里的人，自要包家的人都平安，别的都没大关系。他忽然睁开眼，坐起来，按电铃。一边按一边叫："陈升！陈升！"

陈升轻快地跑进来。

"陈升，大小姐回来没有？"他探着脖，想看桌上的日历："今天不是礼拜天吗？"

"是礼拜，大小姐没回家，"陈升一边回答，一边倒茶。

"给学校打电，叫她回来，快！"包善卿十分着急地说。"等等再倒茶，先打电！"对于儿女，他最爱的是大小姐，最不放心的也是大小姐。她是大太太生的，又是个姑娘，所以他对于她特别地慈爱，慈爱之中还有些尊重的意思，姨太太们生的小孩自然更得宠爱，可是止于宠爱；在大姑娘身上，只有在她身上，他仿佛找到了替包家维持家庭间的纯洁与道德的负责人。她是"女儿"，非得纯美得像一朵水仙花不可，这朵水仙花供给全家人一些清香，使全家人觉得他们有个鲜花似的千金小姐，而不至于太放肆与胡闹了。大小姐要是男女混杂地也到街上去打旗瞎喊，包家的鲜花就算落在泥中了，因为一旦和男学生们接触，女孩子是无法保持住纯洁的。

"老爷，学校电话断了！"陈升似乎还不肯放手耳机，回头说完这句，又把耳机放在耳旁。

"打发小王去接！紧自攥着耳机干什么呀！"包善卿的眼瞪得极大，短胡子都立起来。陈升跑出去，门外汽车嘟嘟起来。紧跟着，他又跑回："老爷，张七带着人来了。"

"叫他进来！"包善卿的手微微颤起来，"张七"两个字似乎与祸乱与厮杀有同一的意思，祸乱来在自己的门前，他开始害了怕；虽然他明知道张七是来保护他的。

张七没敢往屋中走，立在门口外："包大人，对不起您，我才带来三十五个人；今天大家都忙，因为闹学生，各处用人；我把这三十五个放在您这儿，马上再去找，误不了事，掌灯以前，必能奏齐五十名。"

"好吧，张七，"包善卿开开屋门，看了张七一眼："他们都带着家伙哪？好！赶快去再找几名来！钱由委员会领；你的，我另有份儿赏！"

"您就别再赏啦，常花您的！那么，我走了，您没别的吩咐了？"张七要往外走。

"等等，张七，汽车接大小姐去了，等汽车回来你再走；先去看看那些人们，东口西口和门口分开了站！别都扎在一堆儿！"

张七出去检阅，包善卿回头看了看方文玉，"文玉，你看怎样！不要紧吧？"关上屋门，他背着手慢慢地来回走。

"没准儿了！"方文玉也立起来，脸上更灰暗了些。"毛病是在公安局。局长没在这儿，冯子才大概——"

"大概早跑啦！"包善卿接过去。"空城计，非乱不可，非乱不可，这玩艺，这玩艺，咱们始终不知为首的是谁，有什么办法呢？"

电话！方文玉没等请示，抓下耳机来。"谁？小王？……等等！"偏着点头："善老，车夫小王在街上借的电话。学生都出去了，大小姐大概也随着走了；街上很乱，打上了！"

"叫小王赶紧回来！"

"你赶紧回来！"方文玉凶狠地挂上耳机，心中很乱，想烧口烟吃。

"陈升！"包善卿向窗外喊："叫张七来！"

这回，张七进了屋中，很规矩地立着。

"张七，五十块钱的赏，去把大小姐给找来！你知道她的学校？"

"知道！可是，包大人，成千成万的学生，叫我上哪儿去找她呢？我一个人，再添上俩，找到小姐也没法硬拉出来呀！"

"你去就是了，见机而作！找了来，我另给你十块！"方文玉看着善老，交派张七。

"好吧，我去碰碰！"张七不大乐观地走出去。

"小王回来了，老爷，"陈升进来报告。

"那什么，陈升，把帽子给我。"包善卿愣了会儿，转向方文玉："文玉，你别走，我出去看看，一个女孩子人家，不能——"

"善老！"方文玉抓住了善老的手，手很凉。"您怎能出去呢！让我去好了。认识我的少一点，您的像片——"

二人同时把眼转到桌上的报纸上。

"文玉你也不能出去！"包善卿腿一软，坐下了。"找山木想办法行不行？这不能算件小事吧？我的女儿，他要是派两名他的亲兵，准能找回来！"

"万一他不管，可不大得劲儿！"方文玉低声地说。

"听！"包善卿直起身来。

包宅离大街不十分远，平常能听得见汽车的喇叭声。现在，像夏日大雨由远而近地那样来了一片继续不断的，混乱而低切的吵嚷，分析不出是什么声音，只是那么流动的，越来越近的一片，一种可怕的，像卷着什么血肉的一团火，或一股怒潮，向前滚进。

方文玉的脸由灰白而惨绿，猛然张开口，咽了一口气。"善老，咱们得逃吧？"

包善卿的嘴动了动，没说出什么来，脸完全紫了。怒气与惧怕往两下处扯他的心，使他说不出话来。"学生！学生！一群毛孩子！"他心里说："你们懂得什么！懂得什么！包善卿的政治生活非生生让你们吵散不可！包善卿有什么对不起人的地方！混账，一群混账！"

张七拉开屋门，没顾得摘帽子："大人，他们到了！我去找大小姐，恰好和他们走碰了头！"

"西口把严没有？"包善卿好容易说出话来。

"他们不上这儿来，上教场去集合。"

"自要进来，开枪，我告诉你！"包善卿听到学生们不进胡同，强硬了些。

"听！"张七把屋门推开。

"打倒卖国贼！"千百条嗓子同时喊出。

包善卿的大眼向四下里找了找，好似"卖国贼"三个字像个风筝似的从空中落了下来。他没找到什么，可是从空中又降下一声："打倒卖国贼！"他看了看方文玉，看了看张七，勉强地要笑笑，没笑出来。"七，""张"字没能说利落："大小姐呢？我教你去找大小姐！"

"这一队正是大小姐学校里的，后面还有一大群男学生。"

"看见她了？"

"第一个打旗的就是大小姐！"

"打倒卖国贼！"又从空中传来一声。

在这一声里，包善卿仿佛清清楚楚地听见了自己女儿的声音。

"好，好！"他的手与嘴唇一劲儿颤。"无父无君，男盗女娼的一群东西！我会跟你算账，甭忙，大小姐！别人家的孩子我管不了，你跑不出我的手心去！爸爸是卖国贼，好！"

"善老！善老！"方文玉的烟瘾已经上来，强挣扎着劝慰："不必生这么大的气，大小姐年轻，一时糊涂，不能算是真心反抗您，绝对不能！"

"你不知道！"包善卿颤得更厉害了。"她要是想要钱，要衣裳，要车，都可以呀，跟我明说好了；何必满街去喊呢！疯了？卖国贼，爸爸是卖国贼，好听？混账，不要脸！"

电话！没人去接。方文玉已经瘾得不爱动，包善卿气得起不来。

张七等铃响了半天，搭讪着过去摘下耳机。"……等等。大人，公安局冯秘书。"

"挂上，没办法！"包善卿躺在沙发上。

"陈升！陈升！"方文玉低声地叫。

陈升就在院里呢，赶快进来。

方文玉向里院那边指了指，然后撅起嘴唇，像叫猫似的轻轻响了几下。

陈升和张七一同退出去。

（原载 1936 年 7 月开明书店创业十周年纪念集《十年》（正编），

收入《蛤藻集》，开明书店 1936 年 11 月初版）

我这一辈子

一

　　我幼年读过书，虽然不多，可是足够读七侠五义与三国志演义什么的。我记得好几段聊斋，到如今还能说得很齐全动听，不但听的人都夸奖我的记性好，连我自己也觉得应该高兴。可是，我并念不懂聊斋的原文，那太深了；我所记得的几段，都是由小报上的"评讲聊斋"念来的——把原文变成白话，又添上些逗哏打趣，实在有个意思！

　　我的字写得也不坏。拿我的字和老年间衙门里的公文比一比，论个儿的匀适，墨色的光润，与行列的齐整，我实在相信我可以作个很好的"笔帖式"。自然我不敢高攀，说我有写奏折的本领，可是眼前的通常公文是准保能写到好处的。

　　凭我认字与写的本事，我本该去当差。当差虽不见得一定能增光耀祖，但是至少也比作别的事更体面些。况且呢，差事不管大小，多少总有个升腾。我看见不止一位了，官职很大，可是那笔字还不如我的好呢，连句整话都说不出来。这样的人既能作高官，我怎么不能呢？

　　可是，当我十五岁的时候，家里教我去学徒。五行八作，行行出状元，学手艺原不是什么低搭的事；不过比较当差稍差点劲儿罢了。学手艺，一辈子逃不出手艺人去，即使能大发财源，也高不过大官儿不是？可是我并没和家里闹别扭，就去学徒了；十五岁的人，自然没有多少主意。况且家里老人还说，学满了艺，能挣上钱，就给我说亲事。在当时，我想象着结婚必是件有趣的事。那么，吃上二三年的苦，而后大人似的去耍手艺挣钱，家里再有个小媳妇，大概也很下得去了。

　　我学的是裱糊匠。在那太平年月，裱糊匠是不愁没饭吃的。那时候，死一个人不像现在这么省事。这可并不是说，老年间的人要翻来覆去的死好几回，不干脆的一下子断了气。我是说，那时候死人，丧家要拼命的花钱，一点不惜力气与金钱的讲排场。就拿与冥衣铺有关系的事来说吧，就得花上老些个钱。人一断气，马上就得去糊"倒头车"——现在，连这个名词儿也许有好多人不晓得了。紧跟着便是"接三"，必定有些烧活：车轿骡马，墩箱灵人，引魂幡，灵花等等。要是害月子病死的，还必须另糊一头牛，和一个鸡罩。赶到"一七"念经，又得糊楼库，金山银山，尺头元宝，四季衣服，四季花草，古玩陈设，各样木器。及至出殡，纸亭纸架之外，还有许多烧活，至不济也得弄一对"童儿"举着。"五七"烧伞，六十天糊船桥。一个死人到六十天后才和我们裱糊匠脱离关系。一年之中，死那么十来个有钱的人，我们便有了吃喝。

裱糊匠并不专伺候死人，我们也伺候神仙。早年间的神仙不像如今晚儿的这样寒碜，就拿关老爷说吧，早年间每到六月二十四，人们必给他糊黄幡宝盖，马童马匹，和七星大旗什么的。现在，几乎没人再惦记着关公了！遇上闹"天花"，我们又得为娘娘们忙一阵。九位娘娘得糊九顶轿子，红马黄马各一匹，九份凤冠霞帔，还得预备痘哥哥痘姐姐们的袍带靴帽，和各样执事。如今，医院都施种牛痘，娘娘们无事可作，裱糊匠也就陪着她们闲起来了。此外还有许许多多的"还愿"的事，都要糊点什么东西，可是也都随着破除迷信没人再提了。年头真是变了啊！

除了伺候神与鬼外，我们这行自然也为活人作些事。这叫作"白活"，就是给人家糊顶棚。早年间没有洋房，每遇到搬家，娶媳妇，或别项喜事，总要把房间糊得四白落地，好显出焕然一新的气象。那大富之家，连春秋两季糊窗子也雇用我们。人是一天穷似一天了，搬家不一定糊棚顶，而那些有钱的呢，房子改为洋式的，棚顶抹灰，一劳永逸；窗子改成玻璃的，也用不着再糊上纸或纱。什么都是洋式好，耍手艺的可就没了饭吃。我们自己也不是不努力呀，洋车时行，我们就照样糊洋车；汽车时行，我们就糊汽车，我们知道改良。可是有几家死了人来糊一辆洋车或汽车呢？年头一旦大改良起来，我们的小改良全算白饶，水大漫不过鸭子去，有什么法儿呢！

二

上面交代过了：我若是始终仗着那份儿手艺吃饭，恐怕就早已饿死了。不过，这点本事虽不能永远有用，可是三年的学艺并非没有很大的好处，这点好处教我一辈子享用不尽。我可以撂下家伙，干别的营生去；这点好处可是老跟着我。就是我死后，有人谈到我的为人如何，他们也必须要记得我少年曾学过三年徒。

学徒的意思是一半学手艺，一半学规矩。在初到铺子去的时候，不论是谁也得害怕，铺中的规矩就是委屈。当徒弟的得晚睡早起，得听一切的指挥与使遣，得低三下四的伺候人，饥寒劳苦都得高高兴兴的受着，有眼泪往肚子里咽。像我学艺的所在，铺子也就是掌柜的家；受了师傅的，还得受师母的，夹板儿气！能挺过这么三年，顶倔强的人也得软了，顶软和的人也得硬了；我简直的可以这么说，一个学徒的脾性不是天生带来的，而是被板子打出来的；像打铁一样，要打什么东西便成什么东西。

在当时正挨打受气的那一会儿，我真想去寻死，那种气简直不是人所受得住的！但是，现在想起来，这种规矩与调教实在值金子。受过这种排练，天下便没有什么受不了的事啦。随便提一样吧，比方说教我去当兵，好哇，我可以作个满好的兵。军队的操演有时有会儿，而学徒们是除了睡觉没有任何休息时间的。我抓着工夫去出恭，一边蹲着一边就能打个盹儿，因为遇上赶夜活的时候，我一天一夜只能睡上三四点钟的觉。我能一口吞下去一顿饭，刚端起饭碗，不是师傅喊，就是师娘叫，要不然便是有照顾主儿来定活，我得恭而敬之的招待，并且细心听着师傅怎样论活讨价钱。不把饭整吞下去怎办呢？这种排练教我遇到什么苦处都能硬挺，外带着还是挺和气。读书的人，据我这粗人看，永远不会懂得这个。现在的洋学堂里开运动会，学生跑上两个圈就仿佛有了汗马功劳一般，喝！又是挽着，又是抱着，往大腿上拍火酒，还闹脾气，还坐汽车！这样的公子哥儿哪懂得什么叫作规矩，哪叫排练呢？话往回来说，我所受的苦处给我打下了作事任劳任怨的底子，我永远不肯闲着，作起活来永不晓得闹脾气，耍别扭，我能和大兵们一样受苦，而大兵们不能像我这么和气。

　　再拿件实事来证明这个吧：在我学成出师以后，我和别的耍手艺的一样，为表明自己是凭本事挣钱的人，第一我先买了根烟袋，只要一闲着便捻上一袋吧唧着，仿佛很有身分，慢慢的，我又学了喝酒，时常弄两盅猫尿哂着嘴儿抿几口。嗜好就怕开了头，会了一样就不难学第二样，反正都是个玩艺吧咧。这可也就出了毛病。我爱烟爱酒，原本不算什么稀奇的事，大家伙儿都差不多是这样。可是，我一来二去的学会了吃大烟。那个年月，鸦片烟不犯私，非常的便宜；我先是吸着玩，后来可就上了瘾。不久，我便觉出手紧来了，作事也不似先前那么上劲了。我并没等谁劝告我，不但戒了大烟，而且把旱烟袋也撅了，从此烟酒不动！我入了"理门"。入理门，烟酒都不准动；一旦破戒，必走背运。所以我不但戒了嗜好，而且入了理门；背运在那儿等着我，我怎肯再犯戒呢？这点心胸与硬气，如今想起来，还是由学徒得来的。多大的苦处我都能忍受。初一戒烟戒酒，看着别人吸，别人饮，多么难过呢！心里真像有一千条小虫爬挠那么痒痒触触的难过。但是我不能破戒，怕走背运。其实背运不背运的，都是日后的事，眼前的罪过可是不好受呀！硬挺，只有硬挺才能成功，怕走背运还在其次。我居然挺过来了，因为我学过徒，受过排练呀！

　　提到我的手艺来，我也觉得学徒三年的光阴并没白费了。凡是一门手艺，都得随时改良，方法是死的，运用可是活的。三十年前的瓦匠，讲究会磨砖对缝，作细工儿活；现在，他得会用洋灰和包镶人造石什么的。三十年前的木匠，讲究会雕花刻木，现在得会造洋式木器。我们这行也如此，不过比别的行业更活动。我们这行讲究看见什么就能糊什么。比方说，人家落了丧事，教我们糊一桌全席，我们就能糊出鸡鸭鱼肉来。赶上人家死了未出阁的姑娘，教我们糊一全份嫁妆，不管是四十八抬，还是三十二抬，我们便能

154

由粉罐油瓶一直糊到衣橱穿衣镜。眼睛一看，手就能模仿下来，这是我们的本事。我们的本事不大，可是得有点聪明，一个心窟窿的人绝不会成个好裱糊匠。

这样，我们作活，一边工作也一边游戏，仿佛是。我们的成败全仗着怎么把各色的纸调动的合适，这是耍心路的事儿。以我自己说，我有点小聪明。在学徒时候所挨的打，很少是为学不上活来，而多半是因为我有聪明而好调皮不听话。我的聪明也许一点也显露不出来，假若我是去学打铁，或是拉大锯——老那么打，老那么拉，一点变动没有。幸而我学了裱糊匠，把基本的技能学会了以后，我便开始自出花样，怎么灵巧逼真我怎么作。有时候我白费了许多工夫与材料，而作不出我所想到的东西，可是这更教我加紧的去揣摸，去调动，非把它作成不可。这个，真是个好习惯。有聪明，而且知道用聪明，我必须感谢这三年的学徒，在这三年养成了我会用自己的聪明的习惯。诚然，我一辈子没作过大事，但是无论什么事，只要是平常人能作的，我一瞧就能明白个五六成。我会砌墙，栽树，修理钟表，看皮货的真假，合婚择日，知道五行八作的行话上诀窍……这些，我都没学过，只凭我的眼去看，我的手去试验；我有勤苦耐劳与多看多学的习惯；这个习惯是在冥衣铺学徒三年养成的。到如今我才明白过来——我已是快饿死的人了！——假若我多读上几年书，只抱着书本死啃，像那些秀才与学堂毕业的人们那样，我也许一辈子就糊糊涂涂的下去，而什么也不晓得呢！裱糊的手艺没有给我带来官职和财产，可是它让我活的很有趣；穷，但是有趣，有点人味儿。

刚二十多岁，我就成为亲友中的重要人物了。不因为我有钱与身分，而是因为我办事细心，不辞劳苦。自从出了师，我每天在街口的茶馆里等着同行的来约请帮忙。我成了街面上的人，年轻，利落，懂得场面。有人来约，我便去作活；没人来约，我也闲不住：亲友家许许多多的事都托咐我给办，我甚至于刚结过婚便给别人家作媒了。

给别人帮忙就等于消遣。我需要一些消遣。为什么呢？前面我已说过：我们这行有两种活，烧活和白活。作烧活是有趣而干净的，白活可就不然了，糊顶棚自然得先把旧纸撕下来，这可真够受的，没作过的人万也想不到顶棚上会能有那么多尘土，而且是日积月累攒下来的。比什么土都干，细，钻鼻子，撕完三间屋子的棚，我们就都成了土鬼。及至扎好了秫秸，糊新纸的时候，新银花纸的面子是又臭又挂鼻子。尘土与纸面子就能教人得痨病——现在叫作肺病。我不喜欢这种活儿。可是，在街上等工作，有人来约就不能拒绝，有什么活得干什么活。应下这种活儿，我差不多老在下边裁纸递纸抹浆糊，为的是可以不必上"交手"，而且可以低着头干活儿，少吃点土。就是这样，我也得弄一身灰，我的鼻子也得像烟筒。作完这么几天活，我愿意作点别的，变换变换。那么，有亲友托我办点什么，我是很乐意帮忙的。

再说呢，作烧活吧，作白活吧，这种工作老与人们的喜事或丧事有关系。熟人们找我定活，也往往就手儿托我去讲别项的事，如婚丧事的搭棚，讲执事，雇厨子，定车马等等。我在这些事儿中渐渐找出乐趣，晓得如何能捏住巧处，给亲友们既办得漂亮，又省些钱，不能窝窝囊囊的被人捉了"大头"。我在办这些事儿的时候，得到许多经验，明白了许多人情，久而久之，我成了个很精明的人，虽然还不到三十岁。

三

由前面所说过的去推测，谁也能看出来，我不能老靠着裱糊的手艺挣饭吃。像逛庙会忽然遇上雨似的，年头一变，大家就得往四散里跑。在我这一辈子里，我仿佛是走着下坡路，收不住脚。心里越盼着天下太平，身子越往下出溜。这次的变动，不使人缓气，一变好像就要变到底。这简直不是变动。而是一阵狂风，把人糊糊涂涂的刮得不知上哪里去了。在我小时候发财的行当与事情，许多许多都忽然走到绝处，永远不再见面，仿佛掉在了大海里头似的。裱糊这一行虽然到如今还阴死巴活的始终没完全断了气，可是大概也不会再有抬头的一日了。我老早的就看出这个来。在那太平的年月，假若我愿意的话，我满可以开个小铺，收两个徒弟，安安顿顿的混两顿饭吃。幸而我没那么办。一年得不到一笔大活，只仗着糊一辆车或两间屋子的顶棚什么的，怎能吃饭呢？睁开眼看看，这十几年了，可有过一笔体面的活？我得改行，我算是猜对了。

不过，这还不是我忽然改了行的唯一的原因。年头儿的改变不是个人所能抵抗的，胳臂扭不过大腿去，跟年头儿叫死劲简直是自己找别扭。可是，个人独有的事往往来得更厉害，它能马上教人疯了。去投河觅井都不算新奇，不用说把自己的行业放下，而去干些别的了。个人的事虽然很小，可是一加在个人身上便受不住；一个米粒很小，教蚂蚁去搬运便很费力气。个人的事也是如此。人活着是仗了一口气，多嗑有点事儿，把这口气憋住，人就要抽风。人是多么小的玩艺儿呢！

我的精明与和气给我带来背运，乍一听这句话仿佛是不合情理。可是千真万确，一点儿不假，假若这要不落在我自己身上，我也许不大相信天下会有这宗事。它竟自找到了我；在当时，我差不多真成了个疯子。隔了这么二三十年，现在想起那回事儿来，我满可以微微一笑，仿佛想起一个故事来似的。现在我明白了个人的好处不必一定就有利于自己。一个人好，大家都好，这点好处才有用，正是如鱼得水。一个人好，而大家并不都好，个人的好处也许就是让他倒霉的祸根。精明和气有什么用呢！现在，我悟过这点理儿来，想起那件事不过点点头，笑一笑罢了。在当时，我可真有点咽不下去那口气。那时候我还很年轻啊。

哪个年轻的人不爱漂亮呢？在我年轻的时候，给人家行人情或办点事，我的打扮与气派谁也不敢说我是个手艺人。在早年间，皮货很贵，而且不准乱穿。如今晚的人，今天得了马票或奖券，明天就可以穿上狐皮大衣，不管是个十五岁的孩子还是二十岁还没刮过脸的小伙子。早年间可不行，年纪身分决定个人的服装打扮。那年月，在马褂或坎肩上安上一条灰鼠领子就仿佛是很漂亮阔气。我老安着这么条领子，马褂与坎肩都是青大缎的——那时候的缎子也不怎么那样结实，一件马褂至少也可以穿上十来年。在给人家糊棚顶的时候，我是个土鬼；回到家中一梳洗打扮，我立刻变成个漂亮小伙子。我不喜欢那个土鬼，所以更爱这个漂亮的青年。我的辫子又黑又长，脑门剃得锃光青亮，穿上带灰鼠领子的缎子坎肩，我的确像个"人儿"！

一个漂亮小伙子所最怕的恐怕就是娶个丑八怪似的老婆吧。我早已有意无意的向老人们透了个口话：不娶倒没什么，要娶就得来个够样儿的。那时候，自然还不时行自由婚，可是已有男女两造对相对看的办法。要结婚的话，我得自己去相看，不能马马虎虎就凭媒人的花言巧语。

二十岁那年，我结了婚，我的妻比我小一岁。把她放在哪里，她也得算个俏式利落的小媳妇；在定婚以前，我亲眼相看的呀。她美不美，我不敢说，我说她俏式利落，因为这四个字就是我择妻的标准；她要是不够这四个字的格儿，当初我决不会点头。在这四个字里很可以见出我自己是怎样的人来。那时候，我年轻，漂亮，作事麻利，所以我一定不能要个笨牛似的老婆。

这个婚姻不能说不是天配良缘。我俩都年轻，都利落，都个子不高；在亲友面前，我们像一对轻巧的陀螺似的，四面八方的转动，招得那年岁大些的人们眼中要笑出一朵花来。我俩竞争着去在大家面前显出个人的机警与口才，到处争强好胜，只为教人夸奖一声我们是一对最有出息的小夫妇。别人的夸奖增高了我俩彼此间的敬爱，颇有点英雄惜英雄，好汉爱好汉的劲儿。

我很快乐，说实话：我的老人没挣下什么财产，可是有一所儿房。我住着不用花租金的房子，院中有不少的树木，檐前挂着一对黄鸟。我呢，有手艺，有人缘，有个可心的年轻女人。不快乐不是自找别扭吗？

对于我的妻，我简直找不出什么毛病来。不错，有时候我觉得她有点太野；可是哪个利落的小媳妇不爽快呢？她爱说话，因为她会说；她不大躲避男人，因为这正是作媳妇所应享的利益，特别是刚出嫁而有些本事的小媳妇，她自然愿意把作姑娘时的腼腆收起一些，而大大方方的自居为"媳妇"。这点实在不能算作毛病。况且，她见了长辈又是那么亲热体贴，殷勤的伺候，那么她对年轻一点的人随便一些也正是理之当然；她是爽快大方，所以对于年老的正像对于年少的，都愿表示出亲热周到来。我没因为她爽快而责备她过。

她有了孕，作了母亲，她更好看了，也更大方了——我简直的不忍再用那个"野"字！世界上还有比怀孕的少妇更可怜，年轻的母亲更可爱的吗？看她坐在门坎上，露着点胸，给小娃娃奶吃，我只能更爱她，而想不起责备她太不规矩。

到了二十四岁，我已有一儿一女。对于生儿养女，作丈夫的有什么功劳呢！赶上高兴，男子把娃娃抱起来，耍巴一回；其余的苦处全是女人的。我不是个糊涂人，不必等谁告诉我才能明白这个。真的，生小孩，养育小孩，男人有时候想去帮忙也归无用；不过，一个懂得点人事的人，自然该使作妻的痛快一些，自由一些；欺侮孕妇或一个年轻的母亲，据我看，才真是混蛋呢！对于我的妻，自从有了小孩之后，我更放任了些；我认为这是当然的合理的。

再一说呢，夫妇是树，儿女是花；有了花的树才能显出根儿深。一切猜忌，不放心，都应该减少，或者完全消灭；小孩子会把母亲拴得结结实实的。所以，即使我觉得她有点野——真不愿用这个臭字——我也不能不放心了，她是个母亲呀。

四

直到如今，我还是不能明白那到底是怎么一回事。

我所不能明白的事也就是当时教我差点儿疯了的事，我的妻跟人家跑了。

我再说一遍，到如今我还不能明白那到底是怎回事。我不是个固执的人，因为我久在街面上，懂得人情，知道怎样找出自己的长处与短处。但是，对于这件事，我把自己的短处都找遍了，也找不出应当受这种耻辱与惩罚的地方来。所以，我只能说我的聪明与和气给我带来祸患，因为我实在找不出别的道理来。

我有位师哥，这位师哥也就是我的仇人。街口上，人们都管他叫作黑子，我也就还这么叫他吧；不便道出他的真名实姓来，虽然他是我的仇人。"黑子"，由于他的脸不白；不但不白，而且黑得特别，所以才有这个外号。他的脸真像个早年间人们揉的铁球，黑，可是非常的亮；黑，可是光润；黑，可是油光水滑的可爱。当他喝下两盅酒，或发热的时候，脸上红起来，就像落太阳时的一些黑云，黑里透出一些红光。至于他的五官，简直没有什么好看的地方，我比他漂亮多了。他的身量很高，可也不见得怎么魁梧，高大而懈懈松松的。他所以不至教人讨厌他，总而言之，都仗着那一张发亮的黑脸。

我跟他是很好的朋友。他既是我的师哥，又那么傻大黑粗的，即使我不喜爱他，我也不能无缘无故的怀疑他。我的那点聪明不是给我预备着去猜疑人的；反之，我知道我的眼睛里不容砂子，所以我因信任自己而信任别人。我以为我的朋友都不至于偷偷的对我掏坏招数。一旦我认定谁是个可交的人，我便真拿他当个朋友看待。对于我这个师哥，即使他有可猜疑的地方，我也得敬重他，招待他，因为无论怎样，他到底是我的师哥呀。同是一门儿学出来的手艺，又同在一个街口上混饭吃，有活没活，一天至少也得见几面；对这么熟的人，我怎能不拿他当作个好朋友呢？有活，我们一同去作活；没活，他总是到我家来吃饭喝茶，有时候也摸几把索儿胡玩——那时候"麻将"还不十分时兴。我和蔼，他也不客气；遇到什么就吃什么，遇到什么就喝什么，我一向不特别为他预备什么，他也永远不挑剔。他吃的很多，可是不懂得挑食。看他端着大碗，跟着我们吃热汤儿面什么的，真是个痛快的事。他吃得四脖子汗流，嘴里西啦胡噜的响，脸上越来越红，慢慢的成了个半红的大煤球似的；谁能说这样的人能存着什么坏心眼儿呢！

一来二去，我由大家的眼神看出来天下并不很太平。可是，我并没有怎么往心里搁这回事。假若我是个糊涂人，只有一个心眼，大概对这种事不会不听见风就是雨，马上闹个天昏地暗，也许立刻把事情弄个水落石出，也许是望风捕影而弄一鼻子灰。我的心眼多，决不肯这么糊涂瞎闹，我得平心静气的想一想。

先想我自己，想不出我有什么不对的地方来，即使我有许多毛病，反正至少我比师哥漂亮，聪明，更像个人儿。

再看师哥吧，他的长像，行为，财力，都不能教他为非作歹，他不是那种一见面就教女人动心的人。

最后，我详详细细的为我的年轻的妻子想一想：她跟了我已经四五年，我俩在一处不算不快乐。即使她的快乐是假装的，而愿意去跟个她真喜爱的人——这在早年间几乎是不能有的——大概黑子也绝不会是这个人吧？他跟我都是手艺人，他的身分一点不比我高。同样，他不比我阔，不比我漂亮，不比我年轻；那么，她贪图的是什么呢？想不出。就满打说她是受了他的引诱而迷了心，可是他用什么引诱她呢，是那张黑脸，那点本事，那身衣裳，腰里那几吊钱？笑话！哼，我要是有意的话吗，我倒满可以去引诱引诱女人；虽然钱不多，至少我有个样子。黑子有什么呢？再说，就是说她一时迷了心窍，分别不出好歹来，难道她就肯舍得那两个小孩吗？

我不能信大家的话，不能立时疏远了黑子，也不能傻子似的去盘问她。我全想过了，一点缝子没有，我只能慢慢的等着大家明白过来他们是多虑。即使他们不是凭空造谣，我也得慢慢的察看，不能无缘无故的把自己，把朋友，把妻子，都卷在黑土里边。有点聪明的人作事不能鲁莽。

可是，不久，黑子和我的妻子都不见了。直到如今，我没再见过他俩。为什么她肯这么办呢？我非见着她，由她自己吐出实话，我不会明白。我自己的思想永远不够对付这件事的。

我真盼望能再见她一面，专为明白明白这件事。到如今我还是在个葫芦里。

当时我怎样难过，用不着我自己细说。谁也能想到，一个年轻漂亮的人，守着两个没了妈的小孩，在家里是怎样的难过；一个聪明规矩的人，最亲爱的妻子跟师哥跑了，在街面上是怎么难堪。同情我的人，有话说不出，不认识我的人，听到这件事，总不会责备我的师哥，而一直的管我叫"王八"。在咱们这讲孝悌忠信的社会里，人们很喜欢有个王八，好教大家有放手指头的准头。我的口闭上，我的牙咬住，我心中只有他们俩的影儿和一片血。不用教我见着他们，见着就是一刀，别的无须乎再说了。

在当时，我只想拼上这条命，才觉得有点人味儿。现在，事情过去这么多年了。我可以细细的想这件事在我这一辈子里的作用了。

我的嘴并没闲着，到处我打听黑子的消息。没用，他俩真像石沉大海一般，打听不着确实的消息，慢慢的我的怒气消散了一些；说也奇怪，怒气一消，我反倒可怜我的妻子。黑子不过是个手艺人，而这种手艺只能在京津一带大城里找到饭吃，乡间是不需要讲究的烧活的。那么，假若他俩是逃到远处去，他拿什么养活她呢？哼，假若他肯偷好朋友的妻子，难道他就不会把她卖掉吗？这个恐惧时常在我心中绕来绕去。我真希望她忽然逃回来，告诉我她怎样上了当，受了苦处；假若她真跪在我的面前，我想我不会不收下她的，一个心爱的女人，永远是心爱的，不管她作了什么错事。她没有回来，没有消息，我恨她一会儿，又可怜她一会儿，胡思乱想，我有时候整夜的不能睡。

过了一年多，我的这种乱想又轻淡了许多。是的，我这一辈子也不能忘了她，可是我不再为她思索什么了。我承认了这是一段千真万确的事实，不必为它多费心思了。

我到底怎样了呢？这倒是我所要说的，因为这件我永远猜不透的事在我这一辈子里实在是件极大的事。这件事好像是在梦中丢失了我最亲爱的人，一睁眼，她真的跑得无影无踪了。这个梦没法儿明白，可是它的真确劲儿是谁也受不了的。作过这么个梦的人，就是没有成疯子，也得大大的改变；他是丢失了半个命呀！

五

最初，我连屋门也不肯出，我怕见那个又明又暖的太阳。

顶难堪的是头一次上街：抬着头大大方方的走吧，准有人说我天生来的不知羞耻。低着头走，便是自己招认了脊背发软。怎么着也不对。我可是问心无愧，没作过一点对不起人的事。

我破了戒，又吸烟喝酒了。什么背运不背运的，有什么再比丢了老婆更倒霉的呢？我不求人家可怜我，也犯不上成心对谁耍刺儿，我独自吸烟喝酒，把委屈放在心里好了。再没有比不测的祸患更能扫除了迷信的；以前，我对什么神仙都不敢得罪；现在，我什么也不信，连活佛也不信了。迷信，我咂摸出来，是盼望得点意外的好处；赶到遇上意外的难处，你就什么也不盼望，自然也不迷信了。我把财神和灶王的龛——我亲手糊的——都烧了。亲友中很有些人说我成了二毛子的。什么二毛子三毛子的，我再不给谁磕头。人若是不可靠，神仙就更没准儿了。

我并没变成忧郁的人。这种事本来是可以把人愁死的，可是我没往死牛犄角里钻。我原是个活泼的人，好吧，我要打算活下去，就得别丢了我的活泼劲儿。不错，意外的大祸往往能忽然把一个人的习惯与脾气改变了；可是我决定要保持住我的活泼。我吸烟，喝酒，不再信神佛，不过都是些使我活泼的方法。不管我是真乐还是假乐，我乐！在我学艺的时候，我就会这一招，经过这次的变动，我更必须这样了。现在，我已快饿死了，我还是笑着，连我自己也说不清这是真的还是假的笑，反正我笑，多嚼死了多嚼我并上嘴。从那件事发生了以后，直到如今，我始终还是个有用的人，热心的人，可是我心中有了个空儿。这个空儿是那件不幸的事给我留下的，像墙上中了枪弹，老有个小窟窿似的。我有用，我热心，我爱给人家帮忙，但是不幸而事情没办到好处，或者想不到的扎手，我不着急，也不动气，因为我心中有个空儿。这个空儿会教我在极热心的时候冷静，极欢喜的时候有点悲哀，我的笑常常和泪碰在一处，而分不清哪个是哪个。

这些，都是我心里头的变动，我自己要是不说——自然连我自己也说不大完全——大概别人无从猜到。在我的生活上，也有了变动，这是人人能看到的。我改了行，不再当裱糊匠，我没脸再上街口去等生意，同行的人，认识我的，也必认识黑子；他们只须多看我几眼，我就没法再咽下饭去。在那报纸还不大时行的年月，人们的眼睛是比新闻还要厉害的。现在，离婚都可以上衙门去明说明讲，早年间男女的事儿可不能这么随便。我把同行中的朋友全放下了，连我的师傅师母都懒得去看，我仿佛是要由这个世界一脚跳到另一个世界去。这样，我觉得我才能独自把那桩事关在心里头，年头的改变教裱糊匠们的活路越来越狭，但是要不是那回事，我也不会改行改得这么快，这么干脆。放弃了手艺，没什么可惜；可是这么放弃了手艺，我也不会感谢"那"回事儿！不管怎说吧，我改了行，这是个显然的变动。

决定扔下手艺可不就是我准知道应该干什么去。我得去乱碰，像一支空船浮在水面上，浪头是它的指南针。在前面我已经说过，我认识字，还能抄抄写写，很够当个小差事的。再说呢，当差是个体面的事，我这丢了老婆的人若能当上差，不用说那必能把我的名誉恢复了一些。现在想起来，这个想法真有点可笑；在当时我可是诚心的相信这是最高明的办法。"八"字还没有一撇儿，我觉得很高兴，仿佛我已经很有把握，既得到差事，又能恢复了名誉。我的头又抬得很高了。

哼！手艺是三年可以学成的；差事，也许要三十年才能得上吧！一个钉子跟着一个钉子，都预备着给我碰呢！我说我识字，哼！敢情有好些个能整本背书的人还挨饿呢。我说我会写字，敢情会写字的绝不算出奇呢。我把自己看得太高了。可是，我又亲眼看见，那作着很大的官儿的，一天到晚山珍海味的吃着，连自己的姓都不大认得。那么，是不是我的学问又太大了，而超过了作官所需要的呢？我这个聪明人也没法儿不显着糊涂了。

慢慢的，我明白过来。原来差事不是给本事预备着的，想做官第一得有人。这简直没了我的事，不管我有多么大的本事。我自己是个手艺人，所认识的也是手艺人；我爸爸呢，又是个白丁，虽然是很有本事与品行的白丁。我上哪里去找差事当呢？

事情要是逼着一个人走上哪条道儿，他就非去不可，就像火车一样，轨道已摆好，照着走就是了，一出花样准得翻车！我也是如此。决定扔下了手艺，而得不到个差事，我又不能老这么闲着。好啦，我的面前已摆好了铁轨，只准上前，不许退后。

我当了巡警。

巡警和洋车是大城里头给苦人们安好的两条火车道。大字不识而什么手艺也没有的，只好去拉车。拉车不用什么本钱，肯出汗就能吃窝窝头。识几个字而好体面的，有手艺而挣不上饭的，只好去当巡警；别的先不提，挑巡警用不着多大的人情，而且一挑上先有身制服穿着，六块钱拿着；好歹是个差事。除了这条道，我简直无路可走。我既没混到必须拉车去的地步，又没有作高官的舅舅或姐丈，巡警正好不高不低，只要我肯，就能穿上一身铜钮子的制服。当兵比当巡警有起色，即使熬不上军官，至少能有抢劫些东西的机会。可是，我不能去当兵，我家中还有俩没娘的小孩呀。当兵要野，当巡警要文明；换句话说，当兵有发邪财的机会，当巡警是穷而文明一辈子；穷得要命，文明得稀松！

以后这五六十年的经验，我敢说这么一句，真会办事的人，到时候才说话，爱张罗办事的人——像我自己——没话也找话说。我的嘴老不肯闲着，对什么事我都有一片说词，对什么人我都想很恰当的给起个外号。我受了报应：第一件事，我丢了老婆，把我的嘴封起来一二年！第二件是我当了巡警。在我还没当上这个差事的时候，我管巡警们叫作"马路行走"，"避风阁大学士"和"臭脚巡"。这些无非都是说巡警们的差事只是站马路，无事忙，跑臭脚。哼！我自己当上"臭脚巡"了！生命简直就是自己和自己开玩笑，一点不假！我自己打了自己的嘴巴，可并不因为我作了什么缺德的事；至多也不过爱多说几句玩笑话罢了。在这里，我认识了生命的严肃，连句玩笑话都说不得的！好在，我心中有个空儿；我怎么叫别人"臭脚巡"，也照样叫自己。这在早年间叫作"抹稀泥"，现在的新名词应叫着什么，我还没能打听出来。

我没法不去当巡警，可是真觉得有点委屈。是呀，我没有什么出众的本事，但是论街面上的事，我敢说我比谁知道的也不少。巡警不是管街面上的事情吗？那么，请看看那些警官儿吧：有的连本地的话都说不上来，二加二是四还是五都得想半天。哼！他是官，我可是"招募警"；他的一双皮鞋够开我半年的饷！他什么经验与本事也没有，可是他作官。这样的官儿多了去啦！上哪儿讲理去呢？记得有位教官，头一天教我们操法的时候，忘了叫"立正"，而叫了"闸住"。用不着打听，这位大爷一定是拉洋车出身。有人情就行，今天你拉车，明天你姑父作了什么官儿，你就可以弄个教官当当；叫"闸住"也没关系，谁敢笑教官一声呢！这样的自然是不多，可是有这么一位教官，也就可以教人想到巡警的操法是怎么稀松二五眼了。内堂的功课自然绝不是这样教官所能担任的，因为至少得认识些个字才能"虎"得下来。我们的内堂的教官大概可以分为两种：一种是老人儿们，多数都有口鸦片烟瘾；他们要是能讲明白一样东西，就凭他们那点人情，大概早就作上大官儿了；唯其什么也讲不明白，所以才来作教官。另一种是年轻的小伙子们，讲的都是洋事，什么东洋巡警怎么样，什么法国违警律如何，仿佛我们都是洋鬼子。这种讲法有个好处，就是他们信口开河瞎扯，我们一边打盹一边听着，谁也不准知道东洋和法国是什么样儿，可不就随他的便说吧。我满可以编一套美国的事讲给大家听，可惜我不是教官罢了。这群年轻的小人们真懂外国事儿不懂，无从知道；反正我准知道他们一点中国事儿也不晓得。这两种教官的年纪上学问上都不同，可是他们有个相同的地方，就是他们都高不成低不就，所以对对付付的只能作教官。他们的人情真不小，可是本事太差，所以来教一群为六块洋钱而一声不敢出的巡警就最合适。

教官如此，别的警官也差不多是这样。想想：谁要是能去作一任知县或税局局长，谁肯来作警官呢？前面我已交代过了，当巡警是高不成低不就，不得已而为之。警官也是这样。这群人由上至下全是"狗熊耍扁担，混碗儿饭吃"。不过呢，巡警一天到晚在街面上，不论怎样抹稀泥，多少得能说会道，见机而作，把大事化小，小事化无；既不多给官面上惹麻烦，又让大家都过得去；真的吧假的吧，这总得算点本事。而作警官的呢，就连这点本事似乎也不必有。阎王好作，小鬼难当，诚然！

六

我再多说几句，或者就没人再说我太狂傲无知了。我说我觉得委屈，真是实话；请看吧；一月挣六块钱，这跟当仆人的一样，而没有仆人们那些"外找儿"：死挣六块钱，就凭这么个大人——腰板挺直，样子漂亮，年轻力壮，能说会道，还得识文断字！这一大堆资格，一共值六块钱！

六块钱饷粮，扣去三块半钱的伙食，还得扣去什么人情公议儿，净剩也就是两块上下钱吧。衣服自然是可以穿官发的，可是到休息的时候，谁肯还穿着制服回家呢；那么，不作不作也得有件大褂什么的。要是把钱作了大褂，一个月就算白混。再说，谁没有家呢？父母——呕，先别提父母吧！就说一夫一妻吧：至少得赁一间房，得有老婆的吃，喝，穿。就凭那两块大洋！谁也不许生病，不许生小孩，不许吸烟，不许吃点零碎东西；连这么着，月月还不够嚼谷！

我就不明白为什么肯有人把姑娘嫁给当巡警的，虽然我常给同事的做媒。当我一到女家提说的时候，人家总对我一撇嘴，虽不明说，但是意思很明显，"哼！当巡警的！"可是我不怕这一撇嘴，因为十回倒有九回是撇完嘴而点了头。难道是世界上的姑娘太多了吗？我不知道。

由哪面儿看，巡警都活该是鼓着腮梆子充胖子而教人哭不得笑不得的。穿起制服来，干净利落，又体面又威风，车马行人，打架吵嘴，都由他管着。他这是差事；可是他一月除了吃饭，净剩两块来钱。他自己也知道中气不足，可是不能不硬挺着腰板，到时候他得娶妻生子，还是仗着那两块来钱。提婚的时候，头一句是说："小人呀当差！"当差的底下还有什么呢？没人愿意细问，一问就糟到底。

是的，巡警们都知道自己怎样的委屈，可是风里雨里他得去巡街下夜，一点懒儿不敢偷；一偷懒就有被开除的危险；他委屈，可不敢抱怨，他劳苦，可不敢偷闲，他知道自己在这里混不出来什么，而不敢冒险搁下差事。这点差事扔了可惜，作着又没劲；这些人也就人儿似的先混过一天是一天，在没劲中要露出劲儿来，像打太极拳似的。

世上为什么应当有这种差事，和为什么有这样多肯作这种差事的人？我想不出来。假若下辈子我再托生为人，而且忘了喝迷魂汤，还记得这一辈子的事，我必定要扯着脖子去喊：这玩艺儿整个的是丢人，是欺骗，是杀人不流血！现在，我老了，快饿死了，连喊这么几句也顾不及了，我还得先为下顿的窝窝头着忙呀！

自然在我初当差的时候，我并没有一下子就把这些都看清楚了，谁也没有那么聪明。反之，一上手当差我倒觉出点高兴来：穿上整齐的制服，靴帽，的确我是漂亮精神，而且心里说：好吧歹吧，这是个差事；凭我的聪明与本事，不久我必有个升腾。我很留神看巡长巡官们制服上的铜星与金道，而想象着我将来也能那样。我一点也没想到那铜星与金道并不按着聪明与本事颁给人们呀。

新鲜劲儿刚一过去，我已经讨厌那身制服了。它不教任何人尊敬，而只能告诉人："臭脚巡"来了！拿制服的本身说，它也很讨厌：夏天它就像牛皮似的，把人闷得满身臭汗；冬天呢，它一点也不像牛皮了，而倒像是纸糊的；它不许谁在里边多穿一点衣服，只好任着狂风由胸口钻进来，由脊背钻出去，整打个穿堂！再看那双皮鞋，冬冷夏热，永远不教脚舒服一会儿；穿单袜的时候，它好像是两大篓子似的，脚指脚踵都在里边乱抓弄，而始终找不到鞋在哪里；到穿棉袜的时候，它们忽然变得很紧，不许棉袜与脚一齐伸进去。有多少人因包办制服皮鞋而发了财，我不知道，我只知道我的脚永远烂着，夏天闹湿气，冬天闹冻疮。自然，烂脚也得照常的去巡街站岗，要不然就别挣那六块洋钱！多么热，或多么冷，别人都可以找地方去躲一躲，连洋车夫都可以自由的歇半天，巡警得去巡街，得去站岗，热死冻死都活该，那六块现大洋买着你的命呢！

记得在哪儿看见过这么一句：食不饱，力不足。不管这句在原地方讲的是什么吧，反正拿来形容巡警是没有多大错儿的。最可怜，又可笑的是我们既吃不饱，还得挺着劲儿，站在街上得像个样子！要饭的花子有时不饿也弯着腰，假充饿了三天三夜；反之，巡警却不饱也得鼓起肚皮，假装刚吃完三大碗鸡丝面似的。花子装饿倒有点道理，我可就是想不出巡警假装酒足饭饱有什么理由来，我只觉得这真可笑。

人们都不满意巡警的对付事，抹稀泥。哼！抹稀泥自有它的理由。不过，在细说这个道理之前，我愿先说件极可怕的事。有了这件可怕的事，我再反回头来细说那些理由，仿佛就更顺当，更生动。好！就这样办啦。

七

应当有月亮，可是教黑云给遮住了，处处都很黑。我正在个僻静的地方巡夜。我的鞋上钉着铁掌，那时候每个巡警又须带着一把东洋刀，四下里鸦雀无声，听着我自己的铁掌与佩刀的声响，我感到寂寞无聊，而且几乎有点害怕。眼前忽然跑过一只猫，或忽然听见一声鸟叫，都教我觉得不是味儿，勉强着挺起胸来，可是心中总空空虚虚的，仿佛将有些什么不幸的事情在前面等着我。不完全是害怕，又不完全气粗胆壮，就那么怪不得劲的，手心上出了点凉汗。平日，我很有点胆量，什么看守死尸，什么独自看管一所脏房，都算不了一回事。不知为什么这一晚上我这样胆虚，心里越要耻笑自己，便越觉得不定哪里藏着点危险。我不便放快了脚步，可是心中急切的希望快回去，回到那有灯光与朋友的地方去。

忽然，我听见一排枪！我立定了，胆子反倒壮起来一点；真正的危险似乎倒可以治好了胆虚，惊疑不定才是恐惧的根源。我听着，像夜行的马竖起耳朵那样。又一排枪，又一排枪！没声了，我等着，听着，静寂得难堪。像看见闪电而等着雷声那样，我的心跳得很快。啪，啪，啪，啪，四面八方都响起来了！

我的胆气又渐渐的往下低落了。一排枪，我壮起气来；枪声太多了，真遇到危险了；我是个人，人怕死；我忽然的跑起来，跑了几步，猛的又立住，听一听，枪声越来越密，看不见什么，四下漆黑，只有枪声，不知为什么，不知在哪里，黑暗里只有我一个人，听着远处的枪响。往哪里跑？到底是什么事？应当想一想，又顾不得想；胆大也没用，没有主意就不会有胆量。还是跑吧，糊涂的乱动，总比呆立哆嗦着强。我跑，狂跑，手紧紧的握住佩刀。像受了惊的猫狗，不必想也知道往家里跑。我已忘了我是巡警，我得先回家看看我那没娘的孩子，要是死就死在一处！

要跑到家，我得穿过好几条大街。刚到了头一条大街，我就晓得不容易再跑了。街上黑黑忽忽的人影，跑得很快，随跑随着放枪。兵！我知道那是些辫子兵。而我才刚剪了发不多日子。我很后悔我没像别人那样把头发盘起来，而是连根儿烂真正剪去了辫子。假若我能马上放下辫子来，虽然这些兵们平素很讨厌巡警，可是因为我有辫子或者不至于把枪口冲着我来。在他们眼中，没有辫子便是二毛子，该杀。我没有了这么条宝贝！我不敢再动，只能藏在黑影里，看事行事。兵们在路上跑，一队跟着一队，枪声不停。我不晓得他们是干什么呢？待一会儿，兵们好像是都过去了，我往外探了探头，见外面没有什么动静，我就像一只夜鸟儿似的飞过了马路，到了街的另一边。在这极快的穿过马路的一会儿里，我的眼梢撩着一点红光。十字街头起了火。我还藏在黑影里，不久，火光远远的照亮了一片；再探头往外看，我已可以影影抄抄的看到十字街口，所有四面把角的铺户已全烧起来，火影中那些兵们来回的奔跑，放着枪。我明白了，这是兵变。不久，火光更多了，一处接着一处，由光亮的距离我可以断定：凡是附近的十字口与丁字街全烧了起来。

说句该挨嘴巴的话，火是真好看！远处，漆黑的天上，忽然一白，紧跟着又黑了。忽然又一白，猛的冒起一个红团，有一块天像烧红的铁板，红得可怕。在红光里看见了多少股黑烟，和火舌们高低不齐的往上冒，一会儿烟遮住了火苗；一会儿火苗冲破了黑烟。黑烟滚着，转着，千变万化的往上升，凝成一片，罩住下面的火光，像浓雾掩住了夕阳。待一会儿，火光明亮了一些，烟也改成灰白色儿，纯净，旺炽，火苗不多，而光亮结成一片，照明了半个天。那近处的，烟与火中带着种种的响声，烟往高处起，火往四下里奔；烟像些丑恶的黑龙，火像些乱长乱钻的红铁笋。烟裹着火，火裹着烟，卷起多高，忽然离散，黑烟里落下无数的火花，或者三五个极大的火团。火花火团落下，烟像痛快轻松了一些，翻滚着向上冒。火团下降，在半空中遇到下面的火柱，又狂喜的往上跳跃，炸出无数火花。火团远落，遇到可以燃烧的东西，整个的再点起一把新火，新烟掩住旧火，一时变为黑暗；新火冲出了黑烟，与旧火联成一气，处处是火舌，火柱，飞舞，吐动，摇摆，颠狂。忽然哗啦一声，一架房倒下去，火星，焦炭，尘土，白烟，一齐飞扬，火苗压在下面，一齐在底下往横里吐射，像千百条探头吐舌的火蛇。静寂，静寂，火蛇慢慢的，忍耐的，往上翻。绕到上边来，与高处的火接到一处，通明，纯亮，忽忽的响着，要把人的心全照亮了似的。

我看着，不，不但看着，我还闻着呢！在种种不同的味道里，我呲摸着：这是那个金匾黑字的绸缎庄，那是那个山西人开的油酒店。由这些味道，我认识了那些不同的火团，轻而高飞的一定是茶叶铺的，迟笨黑暗的一定是布店的。这些买卖都不是我的，可是我都认得，闻着它们火葬的气味，看着它们火团的起落，我说不上来心中怎样难过。

我看着，闻着，难过，我忘了自己的危险，我仿佛是个不懂事的小孩，只顾了看热闹，而忘了别的一切。我的牙打得很响，不是为自己害怕，而是对这奇惨的美丽动了心。

回家是没希望了。我不知道街上一共有多少兵，可是由各处的火光猜度起来，大概是热闹的街口都有他们。他们的目的是抢劫，可是顺着手儿已经烧了这么多铺户，焉知不就棍打腿的杀些人玩玩呢？我这剪了发的巡警在他们眼中还不和个臭虫一样，只须一搂枪机就完了，并不费多少事。

想到这个，我打算回到"区"里去，"区"离我不算远，只须再过一条街就行了。可是，连这个也太晚了。当枪声初起的时候，连贫带富，家家关了门；街上除了那些横行的兵们，简直成了个死城。及至火一起来，铺户里的人们开始在火影里奔走，胆大一些的立在街旁，看着自己的或别人的店铺燃烧，没人敢去救火，可也舍不得走开，只那么一声不出的看着火苗乱窜。胆小一些的呢，争着往胡同里藏躲，三五成群的藏在巷内，不时向街上探探头，没人出声，大家都哆嗦着。火越烧越旺了，枪声慢慢的稀少下来，胡同里的住户仿佛已猜到是怎么一回事，最先是有人开门向外望望，然后有人试着步往街上走。街上，只有火光人影，没有巡警，被兵们抢过的当铺与首饰店全大敞着门！……这样的街市教人们害怕，同时也教人们胆大起来；一条没有巡警的街正像是没有老师的学房，多么老实的孩子也要闹哄闹哄。一家开门，家家开门，街上人多起来；铺户已有被抢过的了，跟着抢吧！平日，谁能想到那些良善守法的人民会去抢劫呢？哼！机会一到，人们立刻显露了原形。说声抢，壮实的小伙子们首先进了当铺，金店，钟表行。男人们回去一趟，第二趟出来已挽夹上女人和孩子们。被兵们抢过的铺子自然不必费事，进去随便拿就是了；可是紧跟着那些尚未被抢过的铺户的门也拦不住谁了。粮食店，茶叶铺，百货店，什么东西也是好的，门板一律砸开。

我一辈子只看见了这么一回大热闹：男女老幼喊着叫着，狂跑着，拥挤着，争吵着，砸门的砸门，喊叫的喊叫，嗑喳！门板倒下去，一窝蜂似的跑进去，乱挤乱抓，压倒在地的狂号，身体利落的往柜台上蹿，全红着眼，全拼着命，全奋勇前进，挤成一团，倒成一片，散走全街。背着，抱着，扛着，曳着，像一片战胜的蚂蚁，昂首疾走，去而复归，呼妻唤子，前呼后应。

苦人当然出来了，哼！那中等人家也不甘落后呀！

贵重的东西先搬完了，煤米柴炭是第二拨。有的整坛的搬着香油，有的独自扛着两口袋面，瓶子罐子碎了一街，米面洒满了便道，抢啊！抢啊！抢啊！谁都恨自己只长了一双手，谁都嫌自己的腿脚太慢；有的人会推着一坛子白糖，连人带坛在地上滚，像屎壳郎推着个大粪球。

强中自有强中手，人是到处会用脑子的！有人拿出切菜刀来了，立在巷口等着："放下！"刀晃了晃。口袋或衣服，放下了；安然的，不费力的，拿回家去。"放下！"不灵验，刀下去了，把面口袋砍破，下了一阵小雪，二人滚在一团。过路的急走，稍带着说了句："打什么，有的是东西！"两位明白过来，立起来向街头跑去。抢啊，抢啊！有的是东西！

我挤在了一群买卖人的中间，藏在黑影里。我并没说什么，他们似乎很明白我的困难，大家一声不出，而紧紧的把我包围住。不要说我还是个巡警，连他们买卖人也不敢抬起头来。他们无法去保护他们的财产与货物，谁敢出头抵抗谁就是不要命，兵们有枪，人民也有切菜刀呀！是的，他们低着头，好像倒怪羞惭似的。他们唯恐和抢劫的人们——也就是他们平日的照顾主儿——对了脸，羞恼成怒，在这没有王法的时候，杀几个买卖人总不算一回事呢！所以，他们也保护着我。想想看吧，这一带的居民大概不会不认识我吧！我三天两头的到这里来巡逻。平日，他们在墙根撒尿，我都要讨他们的厌，上前干涉；他们怎能不恨恶我呢！现在大家正在兴高采烈的白拿东西，要是遇见我，他们一人给我一砖头，我也就活不成了。即使他们不认识我，反正我是穿着制服，佩着东洋刀呀！在这个局面下，冒而咕咚的出来个巡警，够多么不合适呢！我满可以上前去道歉，说我不该这么冒失，他们能白白的饶了我吗？

街上忽然清静了一些，便道上的人纷纷往胡同里跑，马路当中走着七零八散的兵，都走得很慢；我摘下帽子，从一个学徒的肩上往外看了一眼，看见一位兵士，手里提着一串东西，像一串儿螃蟹似的。我能想到那是一串金银的镯子。他身上还有多少东西，不晓得，不过一定有许多硬货，因为他走得很慢。多么自然，多么可羡慕呢！自自然然的，提着一串镯子，在马路中心缓缓的走，有烧亮的铺户作着巨大的火把，给他们照亮了全城！

兵过去了，人们又由胡同里钻出来。东西已抢得差不多了，大家开始搬铺户的门板，有的去摘门上的匾额。我在报纸上常看见"彻底"这两个字，咱们的良民们打抢的时候才真正彻底呢！

这时候，铺户的人们才有出头喊叫的："救火呀！救火呀！别等着烧净了呀！"喊得教人一听见就要落泪！我身旁的人们开始活动。我怎么办呢？他们要是都去救火，剩下我这一个巡警，往哪儿跑呢？我拉住了一个屠户！他脱给了我那件满是猪油的大衫。把帽子夹在夹肢窝底下。一手握着佩刀，一手揪着大襟，我擦着墙根，逃回"区"里去。

八

　　我没去抢，人家所抢的又不是我的东西，这回事简直可以说和我不相干。可是，我看见了，也就明白了。明白了什么？我不会干脆的，恰当的，用一半句话说出来；我明白了点什么意思，这点意思教我几乎改变了点脾气。丢老婆是一件永远忘不了的事，现在它有了伴儿，我也永远忘不了这次的兵变。丢老婆是我自己的事，只须记在我的心里，用不着把家事国事天下事全拉扯上。这次的变乱是多少万人的事，只要我想一想，我便想到大家，想到全城，简直的我可以用这回事去断定许多的大事，就好像报纸上那样谈论这个问题那个问题似的。对了，我找到了一句漂亮的了。这件事教我看出一点意思，由这点意思我哑摸着许多问题。不管别人听得懂这句与否，我可真觉得它不坏。

　　我说过了：自从我的妻潜逃之后，我心中有了个空儿。经过这回兵变，那个空儿更大了一些，松松通通的能容下许多玩艺儿。还接着说兵变的事吧！把它说完全了，你也就可以明白我心中的空儿为什么大起来了。

　　当我回到宿舍的时候，大家还全没睡呢。不睡是当然的，可是，大家一点也不显着着急或恐慌，吸烟的吸烟，喝茶的喝茶，就好像有红白事熬夜那样。我的狼狈的样子，不但没引起大家的同情，倒招得他们直笑。我本排着一肚子话要向大家说，一看这个样子也就不必再言语了。我想去睡，可是被排长给拦住了："别睡！待一会儿，天一亮，咱们全得出去弹压地面！"这该轮到我发笑了；街上烧抢到那个样子，并不见一个巡警，等到天亮再去弹压地面。岂不是天大的笑话！命令是命令，我只好等到天亮吧！

　　还没到天亮，我已经打听出来：原来高级警官们都预先知道兵变的事儿，可是不便于告诉下级警官和巡警们。这就是说，兵变是警察们管不了的事，要变就变吧；下级警官和巡警们呢，夜间糊糊涂涂的照常去巡逻站岗，是生是死随他们去！这个主意够多么活动而毒辣呢！再看巡警们呢，全和我自己一样，听见枪声就往回跑，谁也不傻。这样巡警正好对得起这样警官，自上而下全是瞎打混的当"差事"，一点不假！

　　虽然很要困，我可是急于想到街上去看看，夜间那一些情景还都在我的心里，我愿白天再去看一眼，好比较比较，教我心中这张画儿有头有尾。天亮得似乎很慢，也许是我心中太急。天到底慢慢的亮起来，我们排上队。我又要笑，有的人居然把盘起来的辫子梳好了放下来，巡长们也作为没看见。有的人在快要排队的时候，还细细刷了刷制服，用布擦亮了皮鞋！街上有那么大的损失，还有人顾得擦亮了鞋呢。我怎能不笑呢！

　　到了街上，我无论如何也笑不出来了！从前，我没真明白过什么叫作"惨"，这回才真晓得了。天上还有几颗懒得下去的大星，云色在灰白中稍微带出些蓝，清凉，暗淡。到处是焦糊的气味，空中游动着一些白烟。铺户全敞着门，没有一个整窗子，大人和小徒弟都在门口，或坐或立，谁也不出声，也不动手收拾什么，像一群没有主儿的傻羊。火已经停止住延烧，可是已被烧残的地方还静静的冒着白烟，吐着细小而明亮的火苗。微风一吹，那烧焦的房柱忽然又亮起来，顺着风摆开一些小火旗。最初起火的几家已成了几个巨大的焦土堆，山墙没有倒，空空的围抱着几座冒烟的坟头。最后燃烧的地方还都立着，墙与前脸全没塌倒，可是门窗一律烧掉，成了些黑洞。有一只猫还在这样的一家门口坐着，被烟熏的连连打嚏，可是还不肯离开那里。

平日最热闹体面的街门变成了一片焦木头破瓦，成群的焦柱静静的立着，东西南北都是这样，懒懒的，无聊的，欲罢不能的冒着些烟。地狱什么样？我不知道。大概这就差不多吧！我一低头，便想起往日街头上的景象，那些体面的铺户是多么华丽可爱。一抬头，眼前只剩了焦糊的那么一片。心中记得的景象与眼前看见的忽然碰到一处，碰出一些泪来。这就叫作"惨"吧？火场外有许多买卖人与学徒们呆呆的立着，手揣在袖里，对着残火发愣。遇见我们，他们只淡淡的看那么一眼，没有任何别的表示，仿佛他们已绝了望，用不着再动什么感情。

过了这一带火场，铺户全敞着门窗，没有一点动静，便道上马路上全是破碎的东西，比那火场更加凄惨。火场的样子教人一看便知道那是遭了火灾，这一片破碎静寂的铺户与东西使人莫名其妙，不晓得为什么繁华的街市会忽然变成绝大的垃圾堆。我就被派在这里站岗。我的责任是什么呢？不知道。我规规矩矩的立在那里，连动也不敢动，这破烂的街市仿佛有一股凉气，把我吸住。一些妇女和小孩子还在铺子外边拾取一些破东西，铺子的人不作声，我也不便去管；我觉得站在那里简直是多此一举。

太阳出来，街上显着更破了，像阳光下的叫化子那么丑陋。地上的每一个小物件都露出颜色与形状来，花哨的奇怪，杂乱得使人憋气。没有一个卖菜的，赶早市的，卖早点心的，没有一辆洋车，一匹马，整个的街上就是那么破破烂烂，冷冷清清，连刚出来的太阳都仿佛垂头丧气不大起劲，空空洞洞的悬在天上。一个邮差从我身旁走过去，低着头，身后扯着一条长影。我哆嗦了一下。

待了一会儿，段上的巡官下来了。他身后跟着一名巡警，两人都非常的精神在马路当中当当的走，好像得了什么喜事似的。巡官告诉我：注意街上的秩序，大令已经下来了！我行了礼，莫名其妙他说的是什么？那名巡警似乎看出来我的傻气，低声找补了一句：赶开那些拾东西的，大令下来了！我没心思去执行，可是不敢公然违抗命令，我走到铺户外边，向那些妇人孩子们摆了摆手，我说不出话来！

一边这样维持秩序，我一边往猪肉铺走，为是说一声，那件大褂等我给洗好了再送来。屠户在小肉铺门口坐着呢，我没想到这样的小铺也会遭抢，可是竟自成个空铺子了。我说了句什么，屠户连头也没抬。我往铺子里望了望：大小肉墩子，肉钩子，钱筒子，油盘，凡是能拿走的吧，都被人家拿走了，只剩下了柜台和架肉案子的土台！

我又回到岗位，我的头痛得要裂。要是老教我看着这条街，我知道不久就会疯了。

大令真到了。十二名兵，一个长官，捧着就地正法的令牌，枪全上着刺刀。呕！原来还是辫子兵啊！他们抢完烧完，再出来就地正法别人；什么玩艺呢？我还得给令牌行礼呀！

行完礼，我急快往四下里看，看看还有没有捡拾零碎东西的人，好警告他们一声。连屠户的木墩都搬了走的人民，本来值不得同情；可是被辫子兵们杀掉，似乎又太冤枉。

说时迟，那时快，一个十四五岁的男孩子没有走脱。枪刺围住了他，他手中还攥住一块木板与一只旧鞋。拉倒了，大刀亮出来，孩子喊了声"妈！"血溅出去多远，身子还抽动，头已悬在电线杆子上！

我连吐口唾沫的力量都没有了，天地都在我眼前翻转。杀人，看见过，我不怕。我是不平！我是不平！请记住这句，这就是前面所说过的，"我看出一点意思"的那点意思。想想看，把整串的金银镯子提回营去，而后出来杀个拾了双破鞋的孩子，还说就地正"法"呢！天下要有这个"法"，我×"法"的亲娘祖奶奶！请原谅我的嘴这么野，但是这种事恐怕也不大文明吧？

事后，我听人家说，这次的兵变是有什么政治作用，所以打抢的兵在事后还出来弹压地面。连头带尾，一切都是预先想好了的。什么政治作用？咱不懂！咱只想再骂街。可是，就凭咱这么个"臭脚巡"，骂街又有什么用呢！

简直我不愿再提这回事了，不过为圆上场面，我总得把问题提出来；提出来放在这里，比我聪明的人有的是，让他们自己去细咂摸吧！

怎么会"政治作用"里有兵变？

若是有意教兵来抢，当初干吗要巡警？

巡警到底是干吗的？是只管在街上小便的，而不管抢铺子的吗？

安善良民要是会打抢，巡警干吗去专拿小偷？

人们到底愿意要巡警不愿意？不愿意吧！为什么刚要打架就喊巡警，而且月月往外拿"警捐"？愿意吧！为什么又喜欢巡警不管事：要抢的好去抢，被抢的也一声不言语？

好吧，我只提出这么几个"样子"来吧！问题还多得很呢！我既不能去

我这一辈子

老

舍

171

解决，也就不便再瞎叨叨了。这几个"样子"就真够教我糊涂的了，怎想怎不对，怎摸不清哪里是哪里，一会儿它有头有尾，一会儿又没头没尾，我这点聪明不够想这么大的事的。

我只能说这么一句老话，这个人民，连官儿，兵丁，巡警，带安善的良民，都"不够本"！所以，我心中的空儿就更大了呀！在这群"不够本"的人们里活着，就是个对付劲儿，别讲究什么"真"事儿，我算是看明白了。

还有个好字眼儿，别忘下："汤儿事"。谁要是跟我一样，想不出什么好办法来，顶好用这个话，又现成，又恰当，而且可以不至把自己绕糊涂了。"汤儿事"，完了；如若还嫌稍微秃一点呢，再补上"真他妈的"，就挺合适。

十

不须再发什么议论，大概谁也能看清楚咱们国的人是怎回事了。由这个再谈到警察，稀松二五眼正是理之当然，一点也不出奇。就拿抓赌来说吧：早年间的赌局都是由顶有字号的人物作后台老板；不但官面上不能够抄拿，就是出了人命也没有什么了不得的；赌局里打死人是常有的事。赶到有了巡警之后，赌局还照旧开着，敢去抄吗？这谁也能明白，不必我说。可是，不抄吧，又太不像话；怎么办呢？有主意，捡着那老实的办几案，拿几个老头儿老太太，抄去几打儿纸牌，罚上十头八块的。巡警呢，算交上了差事；社会上呢，大小也有个风声，行了。拿这一件事比方十件事，警察自从一开头就是抹稀泥。它养着一群混饭吃的人，作些个混饭吃的事。社会上既不需要真正的巡警，巡警也犯不上为六块钱卖命。这很清楚。

这次兵变过后，我们的困难增多了老些。年轻的小伙子们，抢着了不少的东西，总算发了邪财。有的穿着两年马褂，有的十个手指头戴着十个戒指，都洋洋得意的在街上扭，斜眼看着巡警，鼻子里哽哽的哼白气。我只好低下头去，本来吗，那么大的阵式，我们巡警都一声没出，事后还能怨人家小看我们吗？赌局到处都是，白抢来的钱，输光了也不折本儿呀！我们不敢去抄，想抄也抄不过来，太多了。我们在墙儿外听见人家里面喊"人九"，"对子"，只作为没听见，轻轻的走过去。反正人们在院儿里头耍，不到街上来就行。哼！人们连这点面子也不给咱们留呀！那穿两件马褂的小伙子们偏要显出一点也不怕巡警——他们的祖父，爸爸，就没怕过巡警，也没见过巡警，他们为什么这辈子应当受巡警的气呢？——单要来到街上赌一场。有骰子就能开宝，蹲在地上就玩起活来。有一对石球就能踢，两人也行，五个人也行，"一毛钱一脚，踢不踢？好啦！'倒回来！'"拍，球碰了球，一毛。耍儿真不小呢，一点钟里也过手好几块。这都在我们鼻子底下，我们管不管呢？管吧！一个人，只佩着连豆腐也切不齐的刀，而赌家老是一帮年轻的小伙子。明人不吃眼前亏，巡警得绕着道儿走过去，不管的为是。可是，不幸，遇见了稽察，"你难道瞎了眼，看不见他们聚赌？"回去，至轻是记一过。这份儿委屈上哪儿诉去呢？

这样的事还多得很呢！以我自己说，我要不是佩着那么把破刀，而是拿着把手枪，跟谁我也敢碰碰，六块钱的饷银自然合不着卖命，可是泥人也有个土性，架不住碰在气头儿上。可是，我摸不着手枪，枪在土匪和大兵手里呢。

明明看见了大兵坐了车不给钱，而且用皮带抽洋车夫，我不敢不笑着把他劝了走。他有枪，他敢放，打死个巡警算得了什么呢！有一年，在三等窑子里，大兵们打死了我们三位弟兄，我们连凶首也没要出来。三位弟兄白白的死了，没有一个抵偿的，连一个挨几十军棍的也没有！他们的枪随便放，我们赤手空拳，我们这是文明事儿呀！

总而言之吧，在这么个以蛮横不讲理为荣，以破坏秩序为增光耀祖的社会里，巡警简直是多余。明白了这个，再加上我们前面所说过的食不饱力不足那一套，大概谁也能明白个八九成了。我们不抹稀泥，怎么办呢？我——我是个巡警——并不求谁原谅，我只是愿意这么说出来，心明眼亮，好教大家心里有个谱儿。

爽性我把最泄气的也说了吧：

当过了一二年差事，我在弟兄们中间已经是个了不得的人物。遇见官事，长官们总教我去挡头一阵。弟兄们并不因此而忌妒我，因为对大家的私事我也不走在后边。这样，每逢出个排长的缺，大家总对我咕唧："这回一定是你补缺了！"仿佛他们非常希望要我这么个排长似的。虽然排长并没落在我身上，可是我的才干是大家知道的。

我的办事诀窍，就是从前面那一大堆话中抽出来的。比方说吧，有人来报被窃，巡长和我就去察看。糙糙的把门窗户院看一过儿，顺口搭音就把我们在哪儿有岗位，夜里有几趟巡逻，都说得详详细细，有滋有味，仿佛我们比谁都精细，都卖力气。然后，找门窗不甚严密的地方，话软而意思硬的开始反攻："这扇门可不大保险，得安把洋锁吧？告诉你，安锁要往下安，门坎那溜儿就很好，不容易教贼摸到。屋里养着条小狗也是办法，狗圈在屋里，不管是多么小，有动静就会汪汪，比院里放着三条大狗还有用。先生你看，我们多留点神，你自己也得注点意，两下一凑合，准保丢不了东西了。好吧，我们回去，多派几名下夜的就是了；先生歇着吧！"这一套，把我们的责任卸了，他就赶紧得安锁养小狗；遇见和气的主儿呢，还许给我们泡壶茶喝。这就是我的本事。怎么不负责任，而且不教人看出抹稀泥来，我就怎办。话要说得好听，甜嘴蜜舌的把责任全推到一边去，准保不招灾不惹祸。弟兄们都会这一套，可是他们的嘴与神气差着点劲儿。一句话有多少种说法，把神气弄对了地方，话就能说出去又拉回来，像有弹簧似的。这点，我比他们强，而且他们还是学不了去，这是天生来的才分！

赶到我独自下夜，遇见贼，你猜我怎么办？我呀！把佩刀攥在手里，省得有响声；他爬他的墙，我走我的路，各不相扰，好吗，真要教他记恨上我，藏在黑影儿里给我一砖，我受得了吗？那谁，傻王九，不是瞎了一只眼吗？他还不是为拿贼呢！有一天，他和董志和在街口上强迫给人们剪发，一人手里一把剪刀，见着带小辫的，拉过来就是一剪子。哼！教人家记上了。等傻王九走单了的时候，人家照准了他的眼就是一把石灰："让你剪我的发，× 你妈妈的！"他的眼就那么瞎了一只。你说，这差事要不像我那么去当，还活着不活着呢？凡是巡警们以为该干涉的，人们都以为是"狗拿耗子多管闲事"，有什么法子呢？

我不能像傻王九似的，平白无故的丢去一只眼睛，我还留着眼睛看这个世界呢！轻手蹑脚的躲开贼，我的心里并没闲着，我想我那俩没娘的孩子，我算计这一个月的嚼谷。也许有人一五一十的算计，而用洋钱作单位吧？我呀，得一个铜子一个铜子的算。多几个铜子，我心里就宽绰；少几个，我就得发愁。还拿贼，谁不穷呢？穷到无路可走，谁也会去偷，肚子才不管什么叫作体面呢！

十一

这次兵变过后，又有一次大的变动：大清国改为中华民国了。改朝换代是不容易遇上的，我可是并没觉得这有什么意思。说真的，这百年不遇的事情，还不如兵变热闹呢。据说，一改民国，凡事就由人民主管了；可是我没看见。我还是巡警，饷银没有增加，天天出来进去还是那一套。原先我受别人的气，现在我还是受气；原先大官儿们的车夫仆人欺负我们，现在新官儿手底下的人也并不和气。"汤儿事"还是"汤儿事"，倒不因为改朝换代有什么改变。可也别说，街上剪发的人比从前多了一些，总得算作一点进步吧。牌九押宝慢慢的也少起来，贫富人家都玩"麻将"了，我们还是照样的不敢去抄赌，可是赌具不能不算改了良，文明了一些。

民国的民倒不怎样，民国的官和兵可了不得！像雨后的蘑菇似的，不知道哪儿来的这么些官和兵。官和兵本不当放在一块儿说，可是他们的确有些相像的地方。昨天还一脚黄土泥，今天作了官或当了兵，立刻就瞪眼；越糊涂，眼越瞪得大，好像是糊涂灯，糊涂得透亮儿。这群糊涂玩艺儿听不懂哪叫好话，哪叫歹话，无论你说什么；他们总是横着来。他们糊涂得教人替他们难过，可是他们很得意。有时候他们教我都这么想了：我这辈大概作不了文官或是武官啦！因为我糊涂的不够程度！

几乎是个官儿就可以要几名巡警来给看门护院，我们成了一种保镖的，挣着公家的钱，可为私人作事。我便被派到宅门里去。从道理上说，为官员看守私宅简直不能算作差事；从实利上讲，巡警们可都愿意这么被派出来。

我一被派出来，就拔升为"三等警"；"招募警"还没有被派出来的资格呢！我到这时候才算入了"等"。再说呢，宅门的事情清闲，除了站门，守夜，没有别的事可作；至少一年可以省出一双皮鞋来。事情少，而且外带着没有危险；宅里的老爷与太太若打起架来，用不着我们去劝，自然也就不会把我们打在底下而受点误伤。巡夜呢，不过是绕着宅子走两圈，准保遇不上贼；墙高狗厉害，小贼不能来，大贼不便于来——大贼找退职的官儿去偷，既有油水，又不至于引起官面严拿；他们不惹有势力的现任官。在这里，不但用不着去抄赌，我们反倒保护着老爷太太们打麻将。遇到宅里请客玩牌，我们就更清闲自在：宅门外放着一片车马，宅里到处亮如白昼，仆人来往如梭，两三桌麻将，四五盏烟灯，彻夜的闹哄，绝不会闹贼，我们就睡大觉，等天亮散局的时候，我们再出来站门行礼，给老爷们助威。要赶上宅里有红白事，我们就更合适：喜事唱戏，我们跟着白听戏，准保都是有名的角色，在戏园子里绝听不到这么齐全。丧事呢，虽然没戏可听，可是死人不能一半天就抬出去，至少也得停三四十天，念好几棚经；好了，我们就跟着吃吧；他们死人，咱们就吃犒劳。怕就怕死小孩，既不能开吊，又得听着大家呕呕的真哭。其次是怕小姐偷偷跑了，或姨太太有了什么大错而被休出去，我们捞不着吃喝看戏，还得替老爷太太们怪不得劲儿的！

教我特别高兴的，是当这路差事，出入也随便了许多，我可以常常回家看看孩子们。在"区"里或"段"上，请会儿浮假都好不容易，因为无论是在"内勤"或"外勤"，工作是刻板儿排好了的，不易调换更动。在宅门里，我站完门便没了我的事，只须对弟兄们说一声就可以走半天。这点好处常常教我害怕，怕再调回"区"里去；我的孩子们没有娘，还不多教他们看看父亲吗？

就是我不出去，也还有好处。我的身上既永远不疲乏，心里又没多少事儿，闲着干什么呢？我呀，宅上有的是报纸，闲着就打头到底的念。大报小报，新闻社论，明白吧不明白吧，我全念，老念。这个，帮助我不少，我多知道了许多的事，多识了许多的字。有许多字到如今我还念不出来，可是看惯了，我会猜出它们的意思来，就好像街面上常见着的人，虽然叫不上姓名来，可是彼此怪面善。除了报纸，我还满世界去借闲书看。不过，比较起来，还是念报纸的益处大，事情多，字眼儿杂，看着开心，唯其事多字多，所以才费劲；念到我不能明白的地方，我只好再拿起闲书来了。闲书老是那一套，看了上回，猜也会猜到下回是什么事；正因为它这样，所以才不必费力，看着玩玩就算了。报纸开心，闲书散心，这是我的一点经验。

在门儿里可也有坏处：吃饭就第一成了问题。在"区"里或"段"上，我们的伙食钱是由饷银里坐地儿扣，好歹不拘，天天到时候就有饭吃。派到宅门里来呢，一共三五个人，绝不能找厨子包办伙食，没有厨子肯包这么小的买卖的。宅里的厨房呢，又不许我们用；人家老爷们要巡警，因为知道可以白使唤几个穿制服的人，并不大管这群人有肚子没有。我们怎办呢？自己起灶，作不到，买一堆盆碗锅勺，知道哪时就又被调了走呢？再说，人家门头上要巡警原为体面好看，好，我们若是给人家弄得盆朝天碗朝地，刀勺乱响，成何体统呢？没法子，只好买着吃。

这可够别扭的。手里若是有钱，不用说，买着吃是顶自由了，爱吃什么就叫什么，弄两盅酒儿伍的，叫俩可口的菜，岂不是个乐子？请别忘了，我可是一月才共总进六块钱！吃的苦还不算什么，一顿一顿想主意可真教人难过，想着想着我就要落泪。我要省钱，还得变个样儿，不能老啃干馍馍辣饼子，像填鸭子似的。省钱与可口简直永远不能碰到一块，想想钱，我认命吧，还是弄几个干烧饼，和一块老腌萝卜，对付一下吧；想到身子，似乎又不该如此。想，越想越难过，越不能决定；一直饿到太阳平西还没吃上午饭呢！

我家里还有孩子呢！我少吃一口，他们就可以多吃一口，谁不心疼孩子呢？吃着包饭，我无法少交钱；现在我可以自由的吃饭了，为什么不多给孩子们省出一点来呢？好吧，我有八个烧饼才够，就硬吃六个，多喝两碗开水，来个"水饱"！我怎能不落泪呢！

看看人家宅门里吧，老爷挣钱没数儿！是呀，只要一打听就能打听出来他拿多少薪俸，可是人家绝不指着那点固定的进项，就这么说吧，一月挣八百块的，若是干挣八百块，他怎能那么阔气呢？这里必定有文章。这个文章是这样的，你要是一月挣六块钱，你就死挣那个数儿，你兜儿里忽然多出一块钱来，都会有人斜眼看你，给你造些谣言。你要是能挣五百块，就绝不会死挣这个数儿，而且你的钱越多，人们越佩服你。这个文章似乎一点也不合理，可是它就是这么作出来的，你爱信不信！

报纸与宣讲所里常常提倡自由；事情要是等着提倡，当然是原来没有。我原没有自由；人家提倡了会子，自由还没来到我身上，可是我在宅门里看见它了。民国到底是有好处的，自己有自由没有吧，反正看见了也就得算开了眼。

你瞧，在大清国的时候，凡事都有个准谱儿；该穿蓝布大褂的就得穿蓝布大褂，有钱也不行。这个，大概就应叫作专制吧！一到民国来，宅门里可有了自由，只要有钱，你爱穿什么，吃什么，戴什么，都可以，没人敢管你。所以，为争自由，得拼命的去搂钱；搂钱也自由，因为民国没有御史。你要是没在大宅门待过，大概你还不信我的话呢，你去看看好了。现在的一个小官都比老年间的头品大员多享着点福：讲吃的，现在交通方便，山珍海味随便的吃，只要有钱。吃腻了这些还可以拿西餐洋酒换换口味；哪一朝的皇上大概也没吃过洋饭吧？讲穿的，讲戴的，讲看的听的，使的用的，都是如此；坐在屋里你可以享受全世界最好的东西。如今享福的人才真叫作享福，自然如今搂钱也比从前自由的多。别的我不敢说，我准知道宅门里的姨太太擦五十块钱一小盒的香粉，是由什么巴黎来的；巴黎在哪儿？我不知道，反正那里来的粉是很贵。我的邻居李四，把个胖小子卖了，才得到四十块钱，足见这香粉贵到什么地步了，一定是又细又香呀，一定！

好了，我不再说这个了；紧自贫嘴恶舌，倒好像我不赞成自由似的，那我哪敢呢！

我再从另一方面说几句，虽然还是话里套话，可是多少有点变化，好教人听着不俗气厌烦。刚才我说人家宅门里怎样自由，怎样阔气，谁可也别误会了人家作老爷的就整天的大把往外扔洋钱，老爷们才不这么傻呢！是呀，姨太太擦比一个小孩还贵的香粉，但是姨太太是姨太太，姨太太有姨太太的造化与本事。人家作老爷的给姨太太买那么贵的粉，正因为人家有地方可以抠出来。你就这么说吧，好比你作了老爷，我就能按着宅门的规矩告诉你许多诀窍：你的电灯，自来水，煤，电话，手纸，车马，天棚，家具，信封信纸，花草，都不用花钱；最后，你还可以白使唤几名巡警。这是规矩，你要不明白这个，你简直不配作老爷。告诉你一句到底的话吧，作老爷的要空着手儿来，满膛满馅的去，就好像刚惊蛰后的臭虫，来的时候是两张皮，一会儿就变成肚大腰圆，满兜儿血。这个比喻稍粗一点，意思可是不错。自由的搂钱，专制的省钱，两下里一合，你的姨太太就可以擦巴黎的香粉了。这句话也许说得太深奥了一些，随便吧！你爱懂不懂。

这可就该说到我自己了。按说，宅门里白使唤了咱们一年半载，到节了年了的，总该有个人心，给咱们哪怕是顿犒劳饭呢，也大小是个意思。哼！休想！人家作老爷的钱都留着给姨太太花呢，巡警算哪道货？等咱被调走的时候，求老爷给"区"里替我说句好话，咱都得感激不尽。

你看，命令下来，我被调到别处。我把铺盖卷打好，然后恭而敬之的去见宅上的老爷。看吧，人家那股子劲儿大了去啦！带理不理的，倒仿佛我偷了他点东西似的。我托咐了几句：求老爷顺便和"区"里说一声，我的差事当得不错。人家微微的一抬眼皮，连个屁都懒得放。我只好退出来了，人家连个拉铺盖的车钱也不给；我得自己把它扛了走。这就是他妈的差事，这就是他妈的人情！

十二

机关和宅门里的要人越来越多了。我们另成立了警卫队，一共有五百人，专作那义务保镖的事。为是显出我们真能保卫老爷们，我们每人有一杆洋枪，和几排子弹。对于洋枪——这些洋枪——我一点也不感觉兴趣：它又沉，又老，又破，我摸不清这是由哪里找来的一些专为压人肩膀，而一点别的用处没有的玩艺儿。我的子弹老在腰间围着，永远不准往枪里搁；到了什么大难临头，老爷们都逃走了的时候，我们才安上刺刀。

这可并非是说，我可以完全不管那枝破家伙；它虽然是那么破，我可得给它支使着。枪身里外，连刺刀，都得天天擦；即使永远擦不亮，我的手可不能闲着。心到神知！再说，有了枪，身上也就多了些玩艺儿，皮带，刺刀鞘，子弹袋子，全得弄得利落抹腻，不能像猪八戒挎腰刀那么懈懈松松的，还得打裹腿呢！

多出这么些事来，肩膀上添了七八斤的分量，我多挣了一块钱；现在我是一个月挣七块大洋了，感谢天地！

七块钱，扛枪，打裹腿，站门，我干了三年多。由这个宅门串到那个宅门，由这个衙门调到那个衙门；老爷们出来，我行礼；老爷进去，我行礼。这就是我的差事。这种差事才毁人呢：你说没事作吧，又有事；说有事作吧，又没事。还不如上街站岗去呢。在街上，至少得管点事，用用心思。在宅门或衙门，简直永远不用费什么一点脑子。赶到在闲散的衙门或汤儿事的宅子里，连站门的时候都满可以随便，挂着枪立着也行，抱着枪打盹也行。这样的差事教人不起一点儿劲，它生生的把人耗疲了。一个当仆人的可以有个盼望，哪儿的事情甜就想往哪儿去，我们当这份儿差事，明知一点好来头没有，可是就那么一天天的穷耗，耗得连自己都看不起了自己。按说，这么空闲无事，就应当吃得白白胖胖，也总算个体面呀。哼！我们并蹲不出膘儿来。我们一天老绕着那七块钱打算盘，穷得揪心。心要是揪上，还怎么会发胖呢？以我自己说吧，我的孩子已到上学的年岁了，我能不教他去吗？上学就得花钱，古今一理，不算出奇，可是我上哪里找这份钱去呢？作官的可以白占许多许多便宜，当巡警的连孩子白念书的地方也没有。上私塾吧，学费节礼，书籍笔墨，都是钱。上学校吧，制服，手工材料，种种本子，比上私塾还费的多。再说，孩子们在家里，饿了可以掰一块窝窝头吃；一上学，就得给点心钱，即使咱们肯教他揣着块窝窝头去，他自己肯吗？小孩的脸是更容易红起来的。

我简直没办法。这么大个活人，就会干瞪着眼睛看自己的儿女在家里荒荒着！我这辈无望了，难道我的儿女应当更不济吗？看着人家宅门的小姐少爷去上学，喝！车接车送，到门口还有老妈子丫环来接书包，抱进去，手里拿着橘子苹果，和新鲜的玩具。人家的孩子这样，咱的孩子那样；孩子不都是将来的国民吗？我真想辞差不干了。我楞当仆人去，弄俩零钱，好教我的孩子上学。

可是人就是别入了辙，入到哪条辙上便一辈子拔不出腿来。当了几年的差事——虽然是这样的差事——我事事入了辙，这里有朋友，有说有笑，有经验，它不教我起劲，可是我也仿佛不大能狠心的离开它。再说，一个人的虚荣心每每比金钱还有力量，当惯了差，总以为去当仆人是往下走一步，虽然可以多挣些钱。这可笑，很可笑，可是人就是这么个玩艺儿。我一跟朋友们说这个，大家都摇头。有的说，大家混的都很好的，干吗去改行？有的说，这山望着那山高，咱们这些苦人干什么也发不了财，先忍着吧！有的说，人家中学毕业生还有当"招募警"的呢，咱们有这个差事当，就算不错；何必呢？连巡官都对我说了：好歹混着吧，这是差事；凭你的本事，日后总有升腾！大家这么一说，我的心更活了，仿佛我要是固执起来，倒不大对得住朋友似的。好吧，还往下混吧。小孩念书的事呢？没有下文！

　　不久，我可有了个好机会。有位冯大人哪，官职大得很，一要就要十二名警卫；四名看门，四名送信跑道，四名作跟随。这四名跟随得会骑马。那时候，汽车还没出世，大官们都讲究坐大马车。在前清的时候，大官坐轿或坐车，不是前有顶马，后有跟班吗？这位冯大人愿意恢复这点官威，马车后得有四名带枪的警卫。敢情会骑马的人不好找，找遍了全警卫队，才找到了三个；三条腿不大像话，连巡官都急得直抓脑袋。我看出便宜来了：骑马，自然得有粮钱哪！为我的小孩念书起见，我得冒下子险，假如从马粮钱里能弄出块儿八毛的来，孩子至少也可以去私塾了。按说，这个心眼不甚好，可是我这是卖着命，我并不会骑马呀！我告诉了巡官，我愿意去。他问我会骑马不会？我没说我会，也没说我不会；他呢，反正找不到别人，也就没究根儿。

　　有胆子，天下便没难事。当我头一次和马见面的时候，我就合计好了：摔死呢，孩子们入孤儿院，不见得比在家里坏；摔不死呢，好，孩子们可以念书去了。这么一来，我就先不怕马了。我不怕它，它就得怕我，天下的事不都是如此吗？再说呢，我的腿脚利落，心里又灵，跟那三位会骑马的瞎扯巴了一会儿，我已经把骑马的招数知道了不少。找了匹老实的，我试了试，我手心里攥着把汗，可是硬说我有了把握。头几天，我的罪过真不小，浑身像散了一般，屁股上见了血。我咬了牙。等到伤好了，我的胆子更大起来，而且觉出来骑马的快乐。跑，跑，车多快，我多快，我算是治服了一种动物！

　　我把马治服了，可是没把粮草钱拿过来，我白冒了险。冯大人家中有十几匹马呢，另有看马的专人，没有我什么事。我几乎气病了。可是，不久我又高兴了：冯大人的官职是这么大，这么多，他简直没有回家吃饭的工夫。我们跟着他出去，一跑就是一天。他当然喽，到处都有饭吃，我们呢？我们四个人商议了一下，决定跟他交涉，他在哪里吃饭，也得有我们的。冯大人这个人心眼还不错，他很爱马，爱面子，爱手下的人。我们一对他说，他马上答应了。这个，可是个便宜。不用往多里说。我们要是一个月准能在外边白吃半个月的饭，我们不就省下半个月的饭钱吗？我高了兴！

　　冯大人，我说，很爱面子。当我们去见他交涉饭食的时候，他细细看了看我们。看了半天，他摇了摇头，自言自语的说："这可不行！"我以为他是说我们四个人不行呢，敢情不是。他登时要笔墨，写了个条子："拿这个见总队长去，教他三天内都办好！"把条子拿下来，我们看了看，原来是教队长给我们换制服：我们平常的制服是斜纹布的，冯大人现在教换呢子的；袖口、裤缝、和帽箍，一律要安金绦子。靴子也换，要过膝的马靴。枪要换上马枪，还另外给一人一把手枪。看完这个条子，连我们自己都觉得不合适：长官们才能穿呢衣，镶金绦，我们四个是巡警，怎能平白无故的穿上这一套呢？自然，我们不能去教冯大人收回条子去，可是我们也怪不好意思去见总队长。总队长要是不敢违抗冯大人，他满可以对我们四个人发发脾气呀！

你猜怎么着？总队长看了条子，连大气没出，照话而行，都给办了。你就说冯大人有多么大的势力吧！喝！我们四个人可抖起来了，真正细黑呢制服，镶着黄登登的金绦，过膝的黑皮长靴，靴后带着白亮亮的马刺，马枪背在背后，手枪挎在身旁，枪匣外搭拉着长杏黄穗子。简直可以这么说吧，全城的巡警的威风都教我们四个人给夺过来了。我们在街上走，站岗的巡警全都给我们行礼，以为我们是大官儿呢！

当我作裱糊匠的时候，稍微讲究一点的烧活，总得糊上匹菊花青的大马。现在我穿上这么抖的制服，我到马棚去挑了匹菊花青的马，这匹马非常的闹手，见了人是连啃带踢；我挑了它，因为我原先糊过这样的马，现在我得骑上匹活的；菊花青，多么好看呢！这匹马闹手，可是跑起来真作脸，头一低，嘴角吐着点白沫，长鬃像风吹着一垄春麦，小耳朵立着像俩小瓢儿；我只须一认镫，它就要飞起来。这一辈子，我没有过什么真正得意的事，骑上这匹菊花青大马，我必得说，我觉到了骄傲与得意！

按说，这回的差事总算过得去了，凭那一身衣裳与那匹马还不值得高高兴兴的混吗？哼！新制服还没穿过三个月，冯大人吹了台，警卫队也被解散；我又回去当三等警了。

十三

警卫队解散了。为什么？我不知道。我被调到总局里去当差，并且得了一面铜片的奖章，仿佛是说我在宅门里立下了什么功劳似的。在总局里，我有时候管户口册子，有时候管辅捐的账簿，有时候值班守大门，有时候看管军装库。这么二三年的工夫，我又把局子里的事情全明白了个大概。加上我以前在街面上，衙门口和宅门里的那些经验，我可以算作个百事通了，里里外外的事，没有我不晓得的。要提起警务，我是地道内行。可是一直到这个时候，当了十年的差，我才升到头等警，每月挣大洋九元。

大家伙或者以为巡警都是站街的，年轻轻的好管闲事。其实，我们还有一大群人在区里局里藏着呢。假若有一天举行总检阅，你就可以看见些稀奇古怪的巡警：罗锅腰的，近视眼的，掉了牙的，瘸着腿的，无奇不有。这些怪物才真是巡警中的盐，他们都有资格有经验，识文断字，一切公文案件，一切办事的诀窍，都在他们手里呢。要是没有他们，街上的巡警就非乱了营不可。这些人，可是永远不会升腾起来；老给大家办事，一点起色也没有，平生连出头露面的体面一次都没有过。他们任劳任怨的办事，一直到他们老得动不了窝，老是头等警，挣九块大洋。多嚓你在街上看见：穿着洗得很干净的灰布大褂，脚底下可还穿着巡警的皮鞋，用脚后跟慢慢的走，仿佛支使不动那双鞋似的，那就准是这路巡警。他们有时候也到大"酒缸"上，喝一个"碗酒"，就着十几个花生豆儿，挺有规矩，一边往下咽那点辣水，一边叹着气。头发已经有些白的了，嘴巴儿可还刮得很光，猛看很像个太监。他们很规则，和蔼，会作事，他们连休息的时候还得穿着那双不得人心的鞋！

　　跟这群人在一处办事，我长了不少的知识。可是，我也有点害怕：莫非我也就这样下去了吗？他们够多么可爱，又多么可怜呢！看着他们，我心中时常忽然凉那么一下，教我半天说不上话来。不错，我比他们都年岁小，也不见得比他们不精明，可是我有希望没有呢？年岁小？我也三十六了！

　　这几年在局子里可也有一样好处，我没受什么惊险。这几年，正是年年春秋准打仗的时期，旁人受的罪我先不说，单说巡警们就真够瞧的。一打仗，兵们就成了阎王爷，而巡警头朝了下！要粮，要车，要马，要人，要钱，全交派给巡警，慢一点送上去都不行。一说要烙饼一万斤，得，巡警就得挨着家去到切面铺和烙烧饼的地方给要大饼；饼烙得，还得押着清道夫给送到营里去；说不定还挨几个嘴巴回来！

　　要单是这么伺候着兵老爷们，也还好；不，兵老爷们还横反呢。凡是有巡警的地方，他们非捣乱不可，巡警们管吧不好，不管吧也不好，活受气。世上有糊涂人，我晓得；但是兵们的糊涂令我不解。他们只为逞一时的字号，完全不讲情理；不讲情理也罢，反正得自己别吃亏呀；不，他们连自己吃亏不吃亏都看不出来，你说天下哪里再找这么糊涂的人呢。就说我的表弟吧，他已当过十多年的兵，后来几年还老是排长，按说总该明白点事儿了。哼！那年打仗，他押着十几名俘虏往营里送。喝！他得意非常的在前面领着，仿佛是个皇上似的。他手下的弟兄都看出来，为什么不先解除了俘虏的武装呢？他可就是不这么办，拍着胸膛说一点错儿没有。走到半路上，后面响了枪，他登时就死在了街上。他是我的表弟，我还能盼着他死吗？可是这股子糊涂劲儿，教我也没法抱怨开枪打他的人。有这样一个例子，你也就能明白一点兵们是怎样的难对付了。你要是告诉他，汽车别往墙上开，好啦，他就非去碰碰不可，把他自己碰死倒可以，他就是不能听你的话。

　　在总局里几年，没别的好处，我算是躲开了战时的危险与受气。自然罗！一打仗，煤米柴炭都涨价儿，巡警们也随着大家一同受罪，不过我可以安坐在公事房里，不必出去对付大兵们，我就得知足。

　　可是，在局里我又怕一辈子就窝在那里，永没有出头之日，有人情，可以升腾起来；没人情而能在外边拿贼办案，也是个路子，我既没人情，又不到街面上去，打哪儿升高一步呢？我越想越发愁。

十 四

到我四十岁那年，大运亨通，我补了巡长！我顾不得想已经当了多少年的差，卖了多少力气，和巡长才挣多少钱：都顾不得想了。我只觉得我的运气来了！

小孩子拾个破东西，就能高兴的玩耍半天，所以小孩子能够快乐。大人们也得这样，或者才能对付着活下去。细细一想，事情就全糟。我升了巡长，说真的，巡长比巡警才多挣几块钱呢？挣钱不多，责任可有多么大呢！往上说，对上司们事事得说出个谱儿来；往下说，对弟兄们得又精明又热诚；对内说，差事得交得过去；对外说，得能不软不硬的办了事。这，比作知县难多了。县长就是一个地方的皇上，巡长没那个身分，他得认真办事，又得敷衍事，真真假假，虚虚实实，哪一点没想到就出蘑菇。出了蘑菇还是真糟，往上升腾不易呀，往下降可不难呢。当过了巡长再降下来，派到哪里去也不吃香：弟兄们咬吃，喝！你这作过巡长的，……这个那个的扯一堆。长官呢，看你是刺儿头，故意的给你小鞋穿，你怎么忍也忍不下去。怎办呢？哼！由巡长而降为巡警，顶好干脆卷铺盖家去，这碗饭不必再吃了。可是，以我说吧，四十岁才升上巡长，真要是卷了铺盖，我干吗去呢？

真要是这么一想，我登时就得白了头发。幸而我当时没这么想，只顾了高兴，把坏事儿全放在了一旁。我当时倒这么想：四十作上巡长，五十——哪怕是五十呢！——再作上巡官，也就算不白当了差。咱们非学校出身，又没有大人情，能作到巡官还算小吗？这么一想，我简直的拼了命，精神百倍的看着我的事，好像看着颗夜明珠似的！

作了二年的巡长，我的头上真见了白头发。我并没细想过一切，可是天天揪着心，唯恐哪件事办错了，担了处分。白天，我老喜笑颜开的打着精神办公；夜间，我睡不实在，忽然想起一件事，我就受了一惊似的，翻来覆去的思索；未必能想出办法来，我的困意可也就不再回来了。

公事而外，我为我的儿女发愁：儿子已经二十了，姑娘十八。福海——我的儿子——上过几天私塾，几天贫儿学校，几天公立小学。字吗，凑在一块儿他大概能念下来第二册国文；坏招儿，他可学会了不少，私塾的，贫儿学校的，公立小学的，他都学来了，到处准能考一百分，假若学校里考坏招数的话。本来吗，自幼失了娘，我又终年在外边瞎混，他可不是爱怎么反就怎么反呗。我不恨铁不成钢去责备他，也不抱怨任何人，我只恨我的时运低，发不了财，不能好好的教育他。我不算对不起他们，我一辈子没给他们弄个后娘，给他们气受。至于我的时运不济，只能当巡警，那并非是我的错儿，人还能大过天去吗？

福海的个子可不小，所以很能吃呀！一顿胡搂三大碗芝麻酱拌面，有时候还说不很饱呢！就凭他这个吃法，他再有我这么两份儿爸爸也不中用！我供给不起他上中学，他那点"秀气"也没法考上。我得给他找事作。哼！他会作什么呢？

从老早，我心里就这么嘀咕：我的儿子愣可去拉洋车，也不去当巡警；我这辈子当够了巡警，不必世袭这份差事了！在福海十二三岁的时候，我教他去学手艺，他哭着喊着的一百个不去。不去就不去吧，等他长两岁再说；对个没娘的孩子不就得格外心疼吗？到了十五岁，我给他找好了地方去学徒，他不说不去，可是我一转脸，他就会跑回家来。几次我送他走，几次他偷跑回来。于是只好等他再大一点吧，等他心眼转变过来也许就行了。哼！从十五到二十，他就愣荒荒过来，能吃能喝，就是不爱干活儿。赶到教我给逼急了："你到底愿意干什么呢？你说！"他低着脑袋，说他愿意挑巡警！他觉得穿上制服，在街上走，既能挣钱，又能就手儿散心，不像学徒那样永远圈在屋里。我没说什么，心里可刺着痛。我给打了个招呼，他挑上了巡警。我心里痛不痛的，反正他有事作，总比死吃我一口强啊。父是英雄儿好汉，爸爸巡警儿子还是巡警，而且他这个巡警还必定跟不上我。我到四十岁才熬上巡长，他到四十岁，哼！不教人家开革出来就是好事！没盼望！我没续娶过，因为我咬得住牙。他呢，赶明儿个难道不给他成家吗？拿什么养着呢？

是的，儿子当了差，我心中反倒堵上个大疙疸！

再看女儿呀，也十八九了，紧自搁在家里算怎回事呢？当然，早早撮出去的为是，越早越好。给谁呢？巡警，巡警，还得是巡警？一个人当巡警，子孙万代全得当巡警，仿佛掉在了巡警阵里似的。可是，不给巡警还真不行呢：论模样，她没什么模样；论教育，她自幼没娘，只认识几个大字；论陪送，我至多能给她作两件洋布大衫；论本事，她只能受苦，没别的好处。巡警的女儿天生来的得嫁给巡警，八字造定，谁也改不了！

唉！给了就给了吧！撮出她去，我无论怎说也可以心净一会儿。并非是我心狠哪；想想看，把她撂到二十多岁，还许就剩在家里呢。我对谁都想对得起，可是谁又对得起我来着！我并不想唠里唠叨的发牢骚，不过我愿把事情都撂平了，谁是谁非，让大家看。

当她出嫁的那一天，我真想坐在那里痛哭一场。我可是没有哭；这也不是一半天的事了，我的眼泪只会在眼里转两转，简直的不会往下流！

十五

儿子有了事作，姑娘出了阁，我心里说：这我可能远走高飞了！假若外边有个机会，我愣把巡长撂下，也出去见识见识。什么发财不发财的，我不能就窝囊这么一辈子。

机会还真来了。记得那位冯大人呀，他放了外任官。我不是爱看报吗？得到这个消息，就找他去了，求他带我出去。他还记得我，而且愿意这么办。他教我去再约上三个好手，一共四个人随他上任。我留下个心眼，请他自己向局里要四名，作为是拨遣。我是这么想：假若日后事情不见佳呢，既省得朋友们抱怨我，而且还可以回来交差，有个退身步。他看我的办法不错，就指名向局里调了四个人。

这一喜可非同小喜。就凭我这点经验知识，管保说，到哪儿我也可以作个很好的警察局局长，一点不是瞎吹！一条狗还有得意的那一天呢，何况是个人？我也该抖两天了，四十多岁还没露过一回脸呢！

果然，命令下来，我是卫队长；我乐得要跳起来。

哼！也不是咱的命不好，还是冯大人的运不济；还没到任呢，又撤了差。猫咬尿泡，瞎欢喜一场！幸而我们四个人是调用，不是辞差；冯大人又把我们送回局里去了。我的心里既为这件事难过，又为回局里能否还当巡长发愁，我脸上瘦了一圈。

幸而还好，我被派到防疫处作守卫，一共有六位弟兄，由我带领。这是个不错的差事，事情不多，而由防疫处开我们的饭钱。我不确实的知道，大概这是冯大人给我说了句好话。

在这里，饭钱既不必由自己出，我开始攒钱，为是给福海娶亲——只剩了这么一档子该办的事了，爽性早些办了吧！

在我四十五岁上，我娶了儿媳妇——她的娘家父亲与哥哥都是巡警。可倒好，我这一家子，老少里外，全是巡警，凑吧凑吧，就可以成立个警察分所！

人的行动有时候莫名其妙。娶了儿媳妇以后，也不知怎么我以为应当留下胡子，才够作公公的样子。我没细想自己是干什么的，直入公堂的就留下胡子了。小黑胡子在我嘴上，我捻上一袋关东烟，觉得挺够味儿。本来吗，姑娘聘出去了，儿子成了家，我自己的事又挺顺当，怎能觉得不是味儿呢？

哼！我的胡子惹下了祸。总局局长忽然换了人，新局长到任就检阅全城的巡警。这位老爷是军人出身，只懂得立正看齐，不懂得别的。在前面我已经说过，局里区里都有许多老人们，长相不体面，可是办事多年，最有经验。我就是和局里这群老手儿排在一处的，因为防疫处的守卫不属于任何警区，所以检阅的时候便随着局里的人立在一块儿。

当我们站好了队，等着检阅的时候，我和那群老人们还有说有笑，自自然然的。我们心里都觉得，重要的事情都归我们办，提哪一项事情我们都知道，我们没升腾起来已经算很委屈了，谁还能把我们踢出去吗？上了几岁年纪，诚然，可是我们并没少作事儿呀！即使说老朽不中用了，反正我们都至少当过十五六年的差，我们年轻力壮的时候是把精神血汗耗费在公家的差事上，冲着这点，难道还不留个情面吗？谁能够看狗老了就一脚踢出去呢？我们心中都这么想，所以满没把这回事放在心里，以为新局长从远处看我们一眼也就算了。

局长到了，大个子胸前挂满了徽章，又是喊，又是蹦，活像个机器人。我心里打开了鼓。他不按着次序看，一眼看到我们这一排，他猛虎扑食似的就跑过来了。岔开脚，手握在背后，他向我们点了点头。然后忽然他一个箭步跳到我们跟前，抓起一个老书记生的腰带，像摔跤似的往前一拉，几乎把老书记生拉倒；抓着腰带，他前后摇晃了老书记生几把，然后猛一撒手，老书记生摔了个屁股墩。局长对准了他就是两口唾沫，"你也当巡警！连腰带都系不紧？来！拉出去毙了！"

我们都知道，凭他是谁，也不能枪毙人。可是我们的脸都白了，不是怕，是气的。那个老书记生坐在地上，哆嗦成了一团。

局长又看了看我们，然后用手指划了条长线，"你们全滚出去，别再教我看见你们！你们这群东西也配当巡警！"说完这个，仿佛还不解气，又跑到前面，扯着脖子喊："是有胡子的全脱了制服，马上走！"

有胡子的不止我一个，还都是巡长巡官，要不然我也不敢留下这几根惹祸的毛。

二十年来的服务，我就是这么被刷下来了。其实呢，我虽四十多岁，我可是一点也不显着老苍，谁教我留下了胡子呢！这就是说，当你年轻力壮的时候，你把命卖上，一月就是那六七块钱。你的儿子，因为你当巡警，不能读书受教育；你的女儿，因为你当巡警，也嫁个穷汉去吃窝窝头。你自己呢，一长胡子，就算完事，一个铜子的恤金养老金也没有，服务二十年后，你教人家一脚踢出来，像踢开一块碍事的砖头似的。五十以前，你没挣下什么，有三顿饭吃就算不错；五十以后，你该想主意了，是投河呢，还是上吊呢？这就是当巡警的下场头。

二十年来的差事，没作过什么错事，但我就这样卷了铺盖。

弟兄们有含着泪把我送出来的，我还是笑着；世界上不平的事可多了，我还留着我的泪呢！

十六

穷人的命——并不像那些施舍稀粥的慈善家所想的——不是几碗粥所能救活了的；有粥吃，不过多受几天罪罢了，早晚还是死。我的履历就跟这样的粥差不多，它只能帮助我找上个小事，教我多受几天罪；我还得去当巡警。除了说我当巡警，我还真没法介绍自己呢！它就像颗不体面的痣或瘤子，永远跟着我。我懒得说当过巡警，懒得再去当巡警，可是不说不当，还真连碗饭也吃不上，多么可恶呢！

歇了没有好久，我由冯大人的介绍，到一座煤矿上去作卫生处主任，后来又升为矿村的警察分所所长；这总算运气不坏。在这里我很施展了些我的才干与学问：对村里的工人，我以二十年服务的经验，管理得真叫不错。他们聚赌，斗殴，罢工，闹事，醉酒，就凭我的一张嘴，就事论事，干脆了当，我能把他们说得心服口服。对弟兄们呢，我得亲自去训练。他们之中有的是由别处调来的，有的是由我约来帮忙的，都当过巡警；这可就不容易训练，因为他们懂得一些警察的事儿，而想看我一手儿。我不怕，我当过各样的巡警，里里外外我全晓得；凭着这点经验，我算是没被他们给撅了。对内对外，我全有办法，这一点也不瞎吹。

假若我能在这里混上几年，我敢保说至少我可以积攒下个棺材本儿，因为我的饷银差不多等于一个巡官的，而到年底还可以拿一笔奖金。可是，我刚作到半年，把一切都布置得有个大概了，哼！我被人家顶下来了。我的罪过是年老与过于认真办事。弟兄们满可以拿些私钱，假若我肯睁着一只闭着一只眼的话。我的两眼都睁着，种下了毒。对外也是如此，我明白警察的一切，所以我要本着良心把此地的警务办得完完全全，真像个样儿。还是那句话，人民要不是真正的人民，办警察是多此一举，越办得好越招人怨恨。自然，容我办上几年，大家也许能看出它的好处来。可是，人家不等办好，已经把我踢开了。

在这个社会中办事，现在才明白过来，就得像发给巡警们皮鞋似的。大点，活该！小点，挤脚？活该！什么事都能办通了，你打算合大家的适，他们要不把鞋打在你脸上才怪。这次的失败，因为我忘了那三个宝贝字——"汤儿事"，因此我又卷了铺盖。

这回，一闲就是半年多。从我学徒时候起，我无事也忙，永不懂得偷闲。现在，虽然是奔五十的人了，我的精神气力并不比那个年轻小伙子差多少。生让我闲着，我怎么受呢？由早晨起来到日落，我没有正经事作，没有希望，跟太阳一样，就那么由东而西的转过去；不过，太阳能照亮了世界，我呢，心中老是黑糊糊的。闲得起急，闲得要躁，闲得讨厌自己，可就是摸不着点儿事作。想起过去的劳力与经验，并不能自慰，因为劳力与经验没给我积攒下养老的钱，而我眼看着就是挨饿。我不愿人家养着我，我有自己的精神与本事，愿意自食其力的去挣饭吃。我的耳目好像作贼的那么尖，只要有个消息，便赶上前去，可是老空着手回来，把头低得无可再低，真想一跤摔死，倒也爽快！还没到死的时候，社会像要把我活埋了！晴天大日头的，我觉得身子慢慢往土里陷；什么缺德的事也没作过，可是受这么大的罪。一天到晚我叼着那根烟袋，里边并没有烟，只是那么叼着，算个"意思"而已。我活着也不过是那么个"意思"，好像专为给大家当笑话看呢！

好容易，我弄到个事：到河南去当盐务缉私队的队兵。队兵就队兵吧，有饭吃就行呀！借了钱，打点行李，我把胡子剃得光光的上了"任"。

半年的工夫，我把债还清，而且升为排长。别人花俩，我花一个，好还债。别人走一步，我走两步，所以升了排长。委屈并挡不住我的努力，我怕失业。一次失业，就多老上三年，不饿死，也憋闷死了。至于努力挡得住失业挡不住，那就难说了。

我想——哼！我又想了！——我既能当上排长，就能当上队长，不又是个希望吗？这回我留了神，看人家怎作，我也怎作。人家要私钱，我也要，我别再为良心而坏了事；良心在这年月并不值钱。假若我在队上混个队长，连公带私，有几年的工夫，我不是又可以剩下个棺材本儿吗？我简直的没了大志向，只求腿脚能动便去劳动；多喒动不了窝，好，能有个棺材把我装上，不至于教野狗们把我嚼了。我一眼看着天，一眼看着地。我对得起天，再求我能静静的躺在地下。并非我倚老卖老，我才五十来岁；不过，过去的努力既是那么白干一场，我怎能不把眼睛放低一些，只看着我将来的坟头呢！我心里是这么想，我的志愿既这么小，难道老天爷还不睁开点眼吗？

来家信，说我得了孙子。我要说我不喜欢，那简直不近人情。可是，我也必得说出来：喜欢完了，我心里凉了那么一下，不由得自言自语地嘀咕："哼！又来个小巡警吧！"一个作祖父的，按说，哪有给孙子说丧气话的，可是谁要是看过我前边所说的一大片，大概谁也会原谅我吧？有钱人家的儿女是希望，没钱人家的儿女是累赘；自己的肚中空虚，还能顾得子孙万代，和什么"忠厚传家久，诗书继世长"吗？

我的小烟袋锅儿里又有了烟叶，叼着烟袋，我咂摸着将来的事儿。有了孙子，我的责任还不止于剩个棺材本儿了；儿子还是三等警，怎能养家呢？我不管他们夫妇，还不管孙子吗？这教我心中忽然非常的乱，自己一年比一年的老，而家中的嘴越来越多，哪个嘴不得用窝窝头填上呢！我深深的打了几个嗝儿，胸中仿佛横着一口气。算了吧，我还是少思索吧，没头儿，说不尽！个人的寿数是有限的，困难可是世袭的呢！子子孙孙，万年永实用，窝窝头！

风雨要是都按着天气预测那么来，就无所谓狂风暴雨了。困难若是都按着咱们心中所思虑的一步一步慢慢地来，也就没有把人急疯了这一说了。我正盘算着孙子的事儿，我的儿子死了！

他还并没死在家里呀！我还得去运灵。

福海，自从成家以后，很知道要强。虽然他的本事有限，可是他懂得了怎样尽自己的力量去作事。我到盐务缉私队上来的时候，他很愿意和我一同来，相信在外边可以多一些发展的机会。我拦住了他，因为怕事情不稳，一下子再教父子同时失业，如何得了。可是，我前脚离开了家，他紧随着也上了威海卫。他在那里多挣两块钱。独自在外，多挣两块就和不多挣一样，可是穷人想要强，就往往只看见了钱，而不多合计合计。到那里，他就病了；舍不得吃药。及至他躺下了，药可也就没了用。

把灵运回来，我手中连一个钱也没有了。儿媳妇成了年轻的寡妇，带着个吃奶的小孩，我怎么办呢？我没法再出外去作事，在家乡我又连个三等巡警也当不上，我才五十岁，已走到了绝路。我羡慕福海，早早的死了，一闭眼三不知；假若他活到我这个岁数，至好也不过和我一样，多一半还许不如我呢！儿媳妇哭，哭得死去活来，我没有泪，哭不出来，我只能满屋里打转，偶尔的冷笑一声。

以前的力气都白卖了。现在我还得拿出全套的本事，去给小孩子找点粥吃。我去看守空房；我去帮着人家卖菜；我去作泥水匠的小工子活；我去给人家搬家……除了拉洋车，我什么都作过了。无论作什么，我还都卖着最大的力气，留着十分的小心。五十多了，我出的是二十岁的小伙子的力气，肚子里可是只有点稀粥与窝窝头，身上到冬天没有一件厚实的棉袄，我不求人白给点什么，还讲仗着力气与本事挣饭吃，豪横了一辈子，到死我还不能输这口气。时常我挨一天的饿，时常我没有煤上火，时常我找不到一撮儿烟叶，可是我决不说什么；我给公家卖过力气了，我对得住一切的人，我心里没毛病，还说什么呢？我等着饿死，死后必定没有棺材，儿媳妇和孙子也得跟着饿死，那只好就这样吧！谁教我是巡警呢！我的眼前时常发黑，我仿佛已摸到了死，哼！我还笑，笑我这一辈的聪明本事，笑这出奇不公平的世界，希望等我笑到末一声，这世界就换个样儿吧！

（原载 1937 年 7 月 1 日《文学》第 9 卷第 1 号，
收入《火车集》，上海杂志公司 1939 年 8 月初版）

感悟名家经典

小人物自述（未完）

一

假若人类确是由猴子变来的，像一些聪明人有板有眼的那么讲说，我以为在介绍我自己的时候，就无须乎先搬出家谱来了。

干脆的说吧，我姓王，名叫一成。我不敢说我喜欢这个姓，也不敢说一定讨厌它。人既必须有个姓，那么我碰上哪个就是哪个吧。再说呢，张王李赵几乎可以算作四大标准姓，将来政府施行姓氏统制的时候——我相信会有这么一天的——大概我还可以省去改姓的麻烦，这无论怎说也得算一点好处。至于我的名字，我倒常想把成数加高一些，即使不便自居"十成"，反正也须来个六七成吧。不过呢，据说这个名字是父亲给起的，而且我们父子的关系好像只有这一点——因为在我活到十一个月的时候，他便死去了——那么，设若我贸然的改了名字，岂不把这点关系也打断，倒好似我根本没有过父亲么？好吧，假若用好字眼遮掩起坏心眼是件不十分对的事，我便老实地承认自己的藐小，只弄一成生命敷衍过去这一辈子吧。容或父亲，在给我起这个名字的时节，是另有心思的，比如说希望我成个什么专门家，明一经通一史，或有份专门的技艺；可是，我无从去探问这个，他既是死得那么早。我曾屡屡的问过母亲，她，连她，也一点不晓得父亲的心意。这几乎成了宇宙间小小的一个谜。即使我嫌它的成数过少，把生命打了很低的折扣，我也不肯轻易换掉它，唯恐破坏了那点神秘性。

是的，我的确是藐小。就拿我降生时的情形说吧，我没有一点什么主张与宣传，要不是我大姐从婆家赶回来，几乎没人知道王家又多了一个男孩，更不用说增光耀祖什么的了。

那时候，大姐已经出嫁，而且有了个女小孩。我倒不因为生下来便可以作舅舅而感谢大姐，虽然这是件值得自傲的事。我感谢她，因为她是头一个人发现了我，而把我揣在怀中的。要不是她，十之八九我想我是活不成了的，不管我是怎样的贪生怕死。

事实是这样的：父亲在外作生意，哥哥已去学徒，家中只有母亲和小姐姐。东屋的邻居关二大妈是满好而颇肥胖的，但是耳朵聋得像块碌碡似的。已寡的姑母是和我们住在一处的，她白天可不常在家，总到东邻西舍去摸索儿胡，有时候连晚饭也不回来吃。

母亲一定是愿意生个"老"儿子的；可是，大概也想到了长女已经出嫁，生了娃娃，似乎有点怪不好意思，所以谁也不肯惊动，只教小姐姐请了老娘婆来。那是腊月中旬，天冷得好像连空气也冻上了似的——谁要说我缺乏着点热情，应当晓得我初次和世界会面的时节，世界就是那么寒冷无情的。

正是日落的时候，我的细弱啼声在屋中宣读着生命的简单而委屈的小引言。生命的开始是多么寒俭呢！

我哭啼，母亲背过气去。小姐姐的哭声压过了我的去。她不知怎样才好，只双手捂着脸哭。无疑的，她是喜爱小弟弟的，可是在那生死不大分明的黄昏时节，也无疑的她更爱妈妈；所以，她简直没搭理我。我生下来活不活几乎是不成个问题，她只想用眼泪给母亲救活了。我到如今也未曾讥讽过她一句，说她只爱妈妈而不爱弟弟，因为我一到懂得爱妈妈的年纪，我也是老把妈妈当作我一个人的那么爱着。

正在这个时候，关二大妈来到了外间屋，掀开布帘向里间屋打了一眼。不知是怎么一股子巧劲儿，她一口咬定，说母亲是中了煤气。别人的话是没用的，她听不见。因此，她也就不和任何人辩论，而简当的凭着良心该干什么便干什么去。她闹哄着去找酸菜汤，又是去找解毒散；这些都没找到，她只由抽屉里翻出几个干红枣，放在了炉口上，据说这是能吸收煤气的。

这点十分真诚而毫无用处的热心使小姐姐哭得更厉害了。

"没事儿干吗又号丧？！丫头片子！"窗外喝了这么一声。姑母摸够了四五把儿牌，大概还输了几吊铜钱，进门儿便没好脾气。

小姐姐虽然一向怕姑母，可是大胆的迎了出去，一头扎在她的身上："妈妈断了气！"

"啊？干吗无缘无故的断了气？我说今儿个丧气，果不其然的处处出岔子！扣叫儿的么四万会胡不出来，临完还输给人家一把九莲灯！"姑母是我们家中的霸王，除非父亲真急了敢和她顶几句，其余的人对她是连眼皮也不敢往高里翻一翻的。

"妈妈生了小孩！"小姐姐居然敢拉住了姑母的手，往屋里领。

"啊！孩子还不够数儿！添多少才算完呢？"姑母有过两个孩子，据她自己的评判，都是天下最俊秀的娃娃，在哪里再也找不出对儿来。特别是那个名叫拴子的，在一岁半的时候便什么也会说，什么事儿也懂，头上梳着，啊哟，这么长，这么粗的一个大甜锥锥。姑母要是和些老太太们凑索儿胡，拴子就能在炕上玩一天，连口大气也不出。不过，可惜的是有一天拴子一口大气也没出就死了，多么乖呢！拴子没拴住，拴子的妹妹——眼睛就好比两汪儿雨水似的！——也没好意思多活几年。所以，姑母老觉得别人的孩子活着有点奇怪，而且对生儿养女的消息得马虎过去就马虎过去，省得又想起那梳着甜锥锥的宝贝儿来。

可也别说，姑母抽冷子也有点热心肠，也能出人意外的落几点同情的泪，教人家在感激她的时候都不大想说她的好话。小姐姐一拉她的手，她的心软了起来："你爸爸呢？"

"没回来！"

"嗯！"姑母一手拉着屋门，一手拉着小姐姐，想了一会儿："去！叫你姐姐去！快！"

小姐姐揉着眼，像疯了似的跑出去。

据关二大妈后来对我说故事似的细批细讲：姑母进到屋中，一个嘴巴把收生婆打到院中去，回手把炉口上的几个红枣全搂在火里，然后掏出些铜钱来摆在桌上算账，大概是细算算一共输了多少钱。她并没有往炕上看一眼！要不然关二大妈也就不会坚持着说母亲是中了煤气了。

大概那时候我要是有什么主意，那一定就是盼着大姐姐快来。她来到，叫了一声"妈"，顺手儿便把我揣了起来，她的眼泪都落在我的拳头大的脸儿上。我几乎要了母亲的命，而姐姐用她的泪给我施了入世的洗礼。

三小时后，母亲才又睁开了眼。

后来，每当大姐姐和小姐姐斗嘴玩的时节，大姐姐总说小姐姐顾妈不顾弟弟，小姐姐却说大姐姐顾弟弟不顾妈。母亲看看她俩，看看我，不说什么只微微一笑，泪在眼眶里。这时候，姑母必定揪过我去："要不是我出主意找姐姐去，你也活到今儿个？"她说完，看着大家，看明白大家的眼神完全承认她的话，才找补上一声"啊"！然后，右手极快的伸进和白面口袋一样宽的袖子，掏出个铜子儿来，放在我的手心上："臭小子，哼！"

二

我一点不能自立：是活下去好呢？还是死了好呢？我还不如那么一只小黄绒鸡。它从蛋壳里一钻出来便会在阳光下抖一抖小翅膀，而后在地上与墙角，寻些可以咽下去的小颗粒。我什么也不会，我生我死须完全听着别人的；饿了，我只知道啼哭，最具体的办法不过是流泪！我只求一饱，可是母亲没有奶给我吃。她的乳房软软的贴在胸前，乳头只是两个不体面而抽抽着的黑葡萄，没有一点浆汁。怎样呢，我饿呀！母亲和小姐姐只去用个小沙锅熬一点浆糊。加上些糕干面，填在我的小红嘴里。代乳粉与鲜牛乳，在那不大文明的时代还都不时兴；就是容易找到，家中也没有那么多的钱为我花。浆糊的力量只足以消极的使我一时不至断气，它不能教我身上那一层红软的皮儿离开骨头。我连哭都哭不出壮烈的声儿来。

假如我能自主，我一定不愿意长久这么敷衍下去，虽然有点对不起母亲，可是这样的苟且偷生怎能对得起生命呢？

自然母亲是不亏心的。她想尽了方法使我饱暖。至于我到底还是不饱不暖，她比任何人，甚至于比我自己，都更关心着急，可是她想不出好的方法

小人物自述（未完）

老舍

191

来。她只能偎着我的瘦脸，含着泪向我说："你不会投生到个好地方去吗？"然后她用力的连连吻我，吻得我出不来气，母子的瘦脸上都显出一点很难见到的血色。

"七坐八爬"。但是我到七个月不会坐，八个月也不会爬。我很老实，仿佛是我活到七八月之间已经领略透了生命的滋味，已经晓得忍耐与敷衍。除了小姐姐把我扯起来趔趄着的时候，我轻易也不笑一笑。我的青黄的小脸上几乎是带出由隐忍而傲慢的神气，所以也难怪姑母总说我是个"姥姥不疼，舅舅不爱的小东西"。

我猜想着，我那个时候一定不会很体面。虽然母亲总是说我小时候怎么傻，怎么白净，可是我始终不敢深信。母亲眼中要是有了丑儿女，人类即使不灭绝，大概也得减少去好多好多吧。当我七八岁的时候，每逢大姐丈来看我们，他必定要看看我的"小蚕"。看完了，他仿佛很放心了似的，咬着舌儿说——他是个很漂亮的人，可惜就是有点咬舌儿——"哼，老二行了，当初，也就是豌豆那么点儿！"我很不爱听这个，就是小一点吧，也不至于与豌豆为伍啊！可是，恐怕这倒比母亲的夸赞更真实一些，我的瘦弱丑陋是无可否认的。

每逢看见一条癞狗，骨头全要支到皮外，皮上很吝啬的附着几根毛，像写意山水上的草儿那么稀疏，我就要问：你干吗活着？你怎样活着？这点关切一定不出于轻蔑，而是出于同病相怜。在这条可怜的活东西身上我看见自己的影子。我当初干吗活着？怎样活着来的？和这条狗一样，得不到任何回答，只是默然的感到一些迷惘，一些恐怖，一些无可形容的忧郁，是的，我的过去——记得的，听说的，似记得又似忘掉的——是那么黑的一片，我不知是怎样摸索着走出来的。走出来，并无可欣喜；想起来，却在悲苦之中稍微有一点爱恋；把这点爱恋设若也减除了去，那简直的连现在的生活也是多余，没有一点意义了。

简单的说吧，我就是那么皮包着骨，懈懈松松的，活起来的，很像个空室里的臭虫，饥寒似乎都失去了杀死生命的能力，无可如何它，这也许就是生命的力量吧？

快到一周年了，我忽然的振作起来。父亲死在了外乡。哥哥太小，不能去接灵；姑母与母亲，一对新旧的寡妇，也没法子出去。路途的遥远，交通的不便，金钱的困难，又把托朋友或亲戚给办理的希望打断。母亲与小姐姐的眼都哭得几乎不能再睁开。就是正在这个时节，我振作起来；穿着件二尺来长的孝袍，我昼夜的啼哭，没有眼泪，只是不住的干嚎。

一两天下去，母亲，姑母，与小姐姐，都顾不得再哭父亲，她们都看着我，抱着我，勉强的笑着逗我玩，似乎必须得先把我逗笑了，她们才好安心的去痛哭父亲。我的啼声使她们心焦，使她们莫名其妙的恐惶不安，好像我若不停住哭声，就必有一些更大的灾难将要来到这个已够阴暗的家庭里。姑母，那么有脾气，好安适，居然在半夜起来抱着我，颠弄着在屋中走遛儿。桌上一盏菜油灯，发着点略带鬼气的光儿，小姐姐披着被子在炕上坐着，呆呆的看着墙上的黑影，看一会，揉一揉红肿着的眼。"妞子，睡吧！"姑母温和的劝说。小姐姐摇了一摇头，发辣的眼睛又湿了一次。姑母抱着我，母亲立在屋角，时时掀起衣襟擦着眼睛。我还是哭，嚎，瘦小的脸儿涨紫，窄胸脯儿似乎要爆炸开，生命仿佛只是一股怨气，要一下儿炸裂，把那细细的几根嫩骨都散碎在姑母的怀中。姑母一会儿耐性的逗我，一会儿焦躁的叫骂，一会儿向我说长道短的讲理，一会儿连我的父亲也骂在内，没有任何效果。最后，她把我扔给母亲，跑回自己的屋中数数唠唠的骂了一阵，而后又擦着泪跑回来："还把他交给我吧！"

　　小而零碎的方法用尽。而困难依旧在眼前，那就非往大处想一想不可了。舅舅家的二哥，与大姐姐，都被请了来，商议个妥当的办法。二哥是最有热心肠的人，而且是这个场面中唯一的男子，当然他的话最有力量，不管他的意见是怎样的不高明。他主张去接父亲的灵，因为我的不合情理的哭嚎，一定是看见了鬼，小孩眼净，而无所归依的孤魂是不会不找到家中来的。假如能凑出一点钱来，他情愿跑上一趟，哪怕是背着呢，他也愿意把尸身背回来，安葬在祖茔里。

　　他的理由，他的热烈，都使大家点着头落泪：假如能凑出钱来，他的话是没有一句可驳回的。不过，哪儿凑钱去呢？姑母手里有一点积蓄，而且为这件事也肯拿出来。母亲可是不能接受，把这点钱用了，指着什么还补上呢？即使不用偿还，我们可有养活姑母的能力没有呢？不能这么办，无论姑母是怎样的热诚与义气。大姐姐的家中也还过得去，她愿意向公婆去说。母亲又摇了头：这笔钱，不管是借谁的，是只能用而不能还的；那么，怎能教女儿受公婆一辈子的闲话呢。此外，别无办法，连二哥也是从手到口，现挣现吃的人。谁能狠心的把丈夫的尸身抛在异乡呢，若是但分有主意可想的话。母亲可是横了心，她的泪并没有浸软了她的刚强，她只恨自己是个妇道，不能亲自把丈夫背负了回来；至于为这件事而使别人跟着吃累，说什么她也不能点头。在她的心要碎的时候，她会把牙咬紧。

　　于是，二哥又出了次好的主意，灵若是可以暂时不接，至少家中得请几个僧人来念一台经，超度超度，世界上没有比这个再好的方法了，因为这能不费很多的周折就办到；大家在凄凉之中感到一点轻松与安慰。据母亲的意思呢，只须请五个和尚——因为这是个起码的数目——接个光头儿三就行了。这就是说，和尚傍天黑的时候来到，打打法器，念上几句，而后随着纸人纸马去到空场；纸东西燃着，法器停响，和尚们就不用再回来；省事省钱，而法器的响动——据母亲看——即使不能安慰孤魂，也总可以镇吓住它不再来惊吓将到周岁的小宝宝。苦人的正气是需要一点狠心维持着的，母亲是想独自办了这件事，不求任何人来帮忙。

姑母与大姐当然是不能赞同的，大姐姐以为糊烧活必定是她的事，以一个出了嫁的女儿来看，这点孝心不但是义务，也是权利，别人是没法抢劫了去的。姑母呢，就着事情自然的程序，把和尚扩充到七名，而且是必须念一整夜的经。死了的是她的弟弟，无论怎样也不能只用法器惊动一下的。

　　于是，大姐姐给糊来一份儿很体面的车马，二哥七拼八凑的，献了一桌祭席，姑母监视着七位僧人念了一台经，母亲给僧人们预备的素菜与柳叶儿汤。当送出烧活的时候，二哥挽领着哥哥，小姐姐抱着我，全胡同的邻居都笑着出来看热闹，而抹着泪走进街门去。

　　回来，我便睡在小姐姐的怀中，再也不哭嚎了。

　　到夜里三点多钟，和尚们念到"召请"：正座儿戴起目连僧式的花帽，一手掐诀，一手摇着集魂铃，然后用掐过诀的手指抓起些小面球向前面扔去，意思是打走那些冤魂怨鬼，而单让父亲平安无阻的去参见阎王。小姐姐哆嗦着，一手捂着眼，一手在地上摸，拾起些这避邪壮胆的小面球，留给我吃。

　　小面球必定是很灵验的，因为我再也不见神见鬼的瞎闹。直到我二十多岁，这点"坡"派风味的故事还被亲友们记忆着，他们都晓得我能看见鬼，我的眼必是与常人的不大相同，我见了鬼还能不怕，因为曾在幼小的时期尝过那带有佛法的面球儿。有一回，一位在东洋学过化学而善于拘鬼的人，请我去参观他所召集的鬼群，不知怎的，我连个鬼毛儿也没看到。不知是他的法术欠佳，还是因为我的眼睛近视了一些，到如今这还是个值得研究的问题。

194

三

　　当母亲与姑母讨论是否去接灵的时候，她们心中都隐藏着一点不愿说出来的话。我们有不动产，就是我们住着的那所破房，房子无论怎么破，契纸总是庄严而完整的，盖着衙门里的大红印。指着这份契纸，无疑的我们是可以借到一些钱的。这个，她们都晓得。

　　可是，母亲等着姑母先出这个主意，因为在买房的时节，父亲与姑母是合股出的钱，虽然契纸是落在父亲的名下。姑母呢，不愿出这样的绝户主意。她知道，借了款就没法还上，那么到时候人家再找过一点钱来，房子便算人家的了。不错，房子一半是她的，可是自从她一守寡，便吃着弟弟，受弟妇的服侍；她愿意把这点产业留给内侄们，才能在死去的时候心里不至于太不舒服了。所以，她一声没出。

　　姑母既不言语，母亲就更不便于多嘴。她看得非常的清楚，此后的生活是要仗她自己维持了。怎样去维持？她还没想好。不过，责任是没法不往自己身上叫过来的。那么，先有几间破房住着，哪怕是一家大小挨饿呢，总还不至于马上到街上去出丑。关上两扇破门，墙儿外的人是无从看见我们的泪容的。为教儿女们住在屋里，便只好把丈夫的尸骨扔在异乡，狠辣的手段出自慈善的心肠，寒家是没有什么浪漫史的。

我便在这所破房子里生长起来。这是所敞亮而没有样子的房子，院子东西长，南北窄，地势很洼，每逢下了大雨，院中便积满了水，很像一条运河。北屋三间，有两个门；我们住两间，姑母住一间，各走各的门。东屋两间，租给关二大妈和她的学油漆匠的儿子住着。她的耳朵极聋，她的眼睛很大，也许是因为她老听不见话，所以急得她常瞪着眼吧。东屋的背后是小小的厕所，空气还不算十分坏，因为是露天的；夜晚一边出恭，一边就可以数天上的星星，也还不怎样寂寞。因为院子南北里窄，所以两间南房是在西尽头，北房的西垛子对着南房的东垛子，于是两闻的垛子形成了一座关口似的，下雨的时候，这里的积水最深，非放上板凳不能来往。

这所房，通体的看来，是不宜于下雨的。不但院中可以变作运河，而用板凳当作桥，屋子里也不十分干燥，因为没有一间不漏水的。水最多的当然是那两间南房，原因是自从我能记事的时候起，我就没看见它有过屋顶。这是两间很奇怪的屋子。

院里一共有三棵树：南屋外与北屋前是两株枣树，南墙根是一株杏树。两株枣树是非常值得称赞的，当夏初开花的时候，满院都是香的，甜酥酥的那么香。等到长满了叶，它们还会招来几个叫作"花布手巾"的飞虫，红亮的翅儿，上面印着匀妥的黑斑点。极其俊俏。一入秋，我们便有枣子吃了；一直到叶子落净，在枝头上还发着几个深红的圆珠，在那儿诱惑着老鸦与小姐姐。

那棵杏树简直提不的。我不记得它结过杏子，而永远看见它满身都是黑红的小包包，藏着一些什么虫儿。它的叶子永远卷卷着，多毛的绿虫一躬一躬的来往，教谁都害怕。

母亲爱花，可是自从父亲死后，我们的花草只有减无加；买花自然得用钱，而为每月的水钱也少不得要打一打算盘的，我们只剩下一盆很大的粉红双瓣的夹竹桃，与四棵甜石榴。这五株花的年纪都比小姐姐还大，它们一定是看见过母亲的青春的。年纪大，它们已好似成为家中人口的一部分，每当小姐姐教给我数算家中都有谁的时候，我们必定也数上夹竹桃与甜石榴。所以，我们谁也不肯断绝了它们的清水。再说呢，这种木本的花儿都很容易养，好歹的经一点心，它们便到时候开些花。到冬天，我们把它搬到屋里来，给夹竹桃用旧纸糊一个大风帽，把叶子都套在里面，省得承受一冬的灰土。石榴入冬没有叶子，所以用不着戴纸帽，反之，我们倒教它们作一些简单易作的事情，比如教它们给拿着筷子笼与小笊篱什么的。一冬都无须浇水，我们只在涮茶壶的时候，把残茶连汁带叶的倒在盆里，据说茶叶中是有些养分的。到了"谷雨"左右，菠菜已有三尺来长的时候，我们把它们搬到院中去，到四五月间，我们总有些照眼明的红花。配上墙根的一些野花，屋瓦上一些小草，这个破院子里也多少有一些生气。及至到了中秋节，我们即使没能力到市上买些鲜果子，也会有自家园的红枣与甜石榴点染着节令。

院子的南墙外，是一家香烛店的后院，极大，为的是好晒香。那边的人，我们隔着墙不能看见，只听见一些人声。可是，在墙这边，我们能看见那边的各色的蜀菊花，与一棵大楮树，树上在夏天结满了鲜红的椹子。我们的老白猫，在夜间，总是到那边去招待朋友，它们的呼号是异常的尖锐而不客气，大概猫的交友与谈话是另有一种方法与规矩的，赶到我们呼唤它的时候，十回倒有八回它是由楮树上跳到墙头，而后再由那棵似乎专为给它作梯子用的杏树跳到地上来。在我的小小的想象里，我仿佛觉得老猫是来自个什么神秘的地域，我常幻想着我有朝一日也会随着它到"那边"去探探险。

过了这个香厂子，便是一家澡堂。这更神秘。我那时候，就是欠起脚来也看不见澡堂子的天棚，可是昼夜不绝的听到打辘轳的声音，晚上听得特别的真：呱嗒，呱……没声了，忽然哗——哗——哗啦哗啦……像追赶着什么东西似的。而后，又翻回头来呱嗒，呱嗒。这样响过半天，忽然尖声的一人喊了句什么，我心里准知道辘轳要停住了，感到非常的寂寞与不安。好多晚上的好梦，都是随着这呱嗒的声音而来到的！好多清早的阳光，是与这呱嗒呱嗒一同颤动到我的脑中的。赶到将快过年，辘轳的声音便与吃点好东西的希望一齐加紧起来！每到除夕，炮声与辘轳是彻夜不断的，我们没钱买炮放，压岁钱也只有姑母所给的那几个，清锅冷灶的一点也不热闹，一家大小就那么无从欢喜，也不便于哭的，静静听着辘轳响，响得有点说不出来的悲哀。

我们的胡同是两头细中间宽的。很像地图上两头有活口的一个湖。胡同的圆肚里有我们六户人家，和两棵大槐树。夏天，槐树的叶影遮满了地，连人家的街门都显着有点绿阴阴的。微风过来，树影轻移，悬空的绿槐虫便来回的打着秋千。在这两株大树下面，小姐姐领着我捡槐虫，编槐花，和别家小孩们玩，或吵嘴；我们不知在这里曾消磨过多少光阴，啼笑过多少回。当我呆呆的向上看着树叶的微动，我总以为它们是向我招手，要告诉我些什么怪亲密和善的言语似的。

这些个记住不记住都没大要紧的图像，并不是我有意记下来的，现在这么述说也并不费什么心力；它们是自自然然的生活在我的心里，永远那么新鲜清楚——一张旧画可以显着模糊，我这张画的颜色可是仿佛渗在我的血里，永不褪色。

因此，我常常有一些几乎是可笑的恐怖：比如说吧，我这个孤儿假若没有这样的一个家庭，或假若我是今天搬到这里明天搬到那里，我想我必不会积存下这些幅可宝贵的图画。私产的应该消灭几乎是个有点头脑的人都能想到，家庭制度的破坏也是一些个思想前进的人所愿主张的。可是据我看，假如私产都是像我们的那所破房与两株枣树，我倒甘心自居一个保守主义者，因为我们所占有的并不帮助我们脱离贫困，可是它给我们的那点安定确乎能使一草一木都活在我们心里，它至少使我自己像一棵宿根的小草，老固定的有个托身的一块儿土。我的一切都由此发生，我的性格是在这里铸成的。假若我是在个最科学化的育婴堂或托儿所长起来的，也许我的身心的发展都能比在家里好上好几倍，可是我很不放心，我是否能有一段幼年的生活，像母亲，小姐姐，和那几株石榴树所给我的。

当我旅行去的时候，我看见高山大川和奇花异草，但是这些只是一些景物，伟丽吧，幽秀吧，一过眼便各不相干了，它们的伟丽或幽秀到不了我的心里来，不能和我混成一个。反之，我若是看见个绿槐虫儿，我便马上看见那两株老槐，听见小姐姐的笑声，我不能把这些搁在一旁而还找到一个完整的自己；那是我的家，我生在那里，长在那里，那里的一草一砖都是我的生活标记。是的，我愿有这种私产，这样的家庭；假若你能明白我的意思——恐怕我是没有说得十分清楚——那么也许我不至于被误会了。不幸我到底是被误会了，被称为私产与家庭制度的拥护者，我也不想多云分辩，因为一想起幼年的生活，我的感情便掐住了我的理智，越说便越不近情理；爽性倒是少说的为是吧。

四

我们的街门门楼是用瓦摆成了一些古钱的，到我能记事的时候，可是，那些古钱已然都歪七扭八的，在钱眼里探出些不十分绿的草叶来。每逢雪后，那可怜的小麻雀在白银世界里饿着肚子，便悬在这些草梗上喙取那不丰满的草粒儿。两扇门的破旧是不易形容得恰到好处的；大概的说，它们是瘦透玲珑，像画中的石头那么处处有孔有缝。自然这一点也无碍于我们天天晚上把它们关好，扣上镣吊儿，钎好插关。并且倚上一块大石头；我们的门的观念反正是齐全的。门框上，有许多年也没贴过对联，只在小姐姐出阁的那一年，曾由我亲自写过一副：我自信是写得很好，可惜被母亲把上下联贴颠倒了，左右门垛上的青灰并没有完全脱落，我确乎记得有那么两三块，像石板似的由水夫画满了鸡爪形的记号，好到月底与我们算账；姑母有时候高兴，便顺手把鸡爪擦去一两组，水夫与我们也都不说什么。

门洞只有二尺多宽，每逢下小雨或刮大风，我和小姐姐便在这里玩耍。那块倚门的大石头归我专用，真不记得我在那里唱过多少次"小小子，坐门墩"。影壁是值不得一提的，它终年的老塌倒半截；渐渐的，它的砖也都被拾去另有任用，于是它也就安于矮短，到秋天还长出一两条瓜蔓儿来，像故意要点俏似的。

长大成人之后，我逛过一次金銮宝殿。那里，红墙接着红墙，大殿对着大殿，处处碰壁，处处齐整，威严倒也威严，可是我很怀疑，皇太子可曾看见过影壁上长出来的瓜蔓。假若他有意和我换换住处，我还真不喜欢那些死板板的院落呢，对着那些红墙，我想，就是比太白还聪明的人也难得写出诗来吧。反之，我们的破房子，处处萧疏洒脱，凡是那些清癯的诗人们所描画的颓垣败瓦，与什么落叶孤灯，在这里都是都能领略到的，我们的院里，在夏日晚间，确是有三五萤火与不少蟋蟀的。

至于我们的那几间屋子，不知怎的说起来倒不如院里这些东西有趣。我最熟悉的当然是我们住着的那两间。里间是顺檐的一铺大炕，对着炕是一张长大的"连三"。这张桌子上有一对画着"富贵白头"的帽筒，里面并没有什么东西，外面可有不少的铁锯子。桌头摆着个豆青地蓝花的大掸瓶，样式拙重，只装着一把鸡毛掸子，有些大而无当。炕与连三之间，靠着西墙，是一个大木箱，也兼作凳子，当屋中的坐位都被占据了的时节，便得有人上这箱子上去，可是无论怎样坐着不能显出很自然的样子。两只红漆小凳是随便放在哪里都可以的，但是每天早上必定在连三的前边，暂时充当洗脸盆架。我不敢说我不喜爱这些东西，和它们陈列的方法，可是我也不十分迷信它们。大概它们最大的缺陷还不是它们本身的恶劣，而是屋中的空隙太小，所以哪样东西都带出点"逼人太甚"的意味，因而我也就感到一些压迫似的。

外间屋就好得多了：北墙根有张八仙桌，桌面的木板是那么不平正，放点什么也不会安妥的立住，所以上面永远是空的。八仙两旁有两把椅子，是榆木擦漆的；冬天，火炉在里间屋内，没人来坐它们；夏天，一遇到返潮，那些漆皮就偷偷的抽敛起来，出着一些颇有胶性的汗味，也就没人敢去牺牲裤子。空的桌，空的椅，永远有种使人敬而远之的威严，于是我对它们就发生了点有相当距离的爱慕。只有春秋不冷不潮的时节，我才敢爬上椅子去，坐那么一会儿，觉得分外的香甜适意。

东墙根是一张佛爷桌，上面供着灶王龛与财神爷，他们分享着一份儿小号的锡烛台，香炉可是一大一小的两个。龛头上的旧佛字被香烟熏的渺茫阴暗，看过去总有些神秘。到新年的时候，便有一只小瓦盆，盛着年饭，饭上摆着几个红枣与一块柿饼；我总是不放心那几个枣子，所以还到不了初五六便都被我偷吃干净；我的肚子，我以为是十分靠得住的地方。佛桌下面横搭着一块板，托着很厚的尘土。尘土，在器物上，是多少有点可怕的，所以我很久就想动一动板子上的东西，可是许多次手到那里又缩了回来。最后，我攒足了胆量去探险，我在那里发现了三本《三侠五义》与好几本《五虎平西》。前者的纸很绵软，字儿很小而秀气，而且有一本全是小人儿。后者极不体面，纸黄，本子小，字儿大而模糊。我把那有小人儿的一本当作了宝贝。姑母虽不识字，可是据说姑父在世的时候是个唱戏的，所以姑母懂得许多戏文，许多故事，闲着的时候也喜欢去听大鼓书词和评讲《包公案》什么的，并且还能评判好坏，因为姑爷是地道内行的戏子呀。她看了看那本书，告诉了我哪个是包公，哪个是老陈琳，于是我就开始明白：除了我所认识的人以外，还有些人是生长在书里的。

佛爷桌的对面是一口大缸，缸上横着一块长石板儿，放着个小瓦罐。我看不见缸里的水，可是我会把嘴张在石板儿的一头下，等着一滴滴的水落在我的口中。在夏天，什么地方都是烫手的热，只有这口缸老那么冰凉的，而且在缸肚儿以下出着一层凉汗，摸一摸好像摸到一条鱼似的，又凉又湿。

总之，外间屋是空灵静肃的。每天早上初次由里间走出来，我总感到一些畅快；虽然里外间只是一帘之隔，可是分明的有两样空气与情景。晚饭后，还不到点灯的时候，佛龛前便先有六个安静的火星儿，徐徐的冒着些香烟。灶王与财神是每天享受三炷香的。不过，有时候我只看见一炷香孤立在炉中，我便知道母亲的袋中又没了钱，而分外的老实一些，免得惹她生气。自然，还有时候连一炷香也没有，神们和人们就都静默无言，很早的都睡了觉。

我不常到姑母的屋中去。一来是她白天不常在家，二来是她好闹脾气；所以除非她喊我进去，我是不便自动的跑去讨厌的。况且我还不喜爱那间屋子呢。姑母屋中有我们那么多的东西；不，恐怕是比我们的东西还多呢，比如说，她的大镜子与茶叶罐，便是我们所没有的。母亲与小姐姐梳头，只用一面很小的镜子，每次都会把鼻子照歪了的。姑母的这么些东西都放在一间屋子里，无疑的是彼此挤着，压着，好像谁也喘不出来气。在这里，我觉得憋得慌。还有呢，姑母若是急于出去听鼓书或摸索儿胡，便不顾得收拾房间，盆朝天碗朝地的都那么撂着。母亲不喜爱这项办法，所以小姐姐与我也就不以为然。更使我们看不上眼的，是姑母独自喝茶的时候，总是口对壶嘴，闭住气往下灌。到有客来的时候，她才陪着用一次茶杯。我们很自幸不是她的客人，永远不喝她的茶；我们也暗中为客人们叫苦，可是无法给他们点警告。

脆快的说吧，我对这间屋子的印象欠佳。自然，若是有人强迫着我报告那里都有什么东西，我是不会失败的。不过，我真不愿去细想，因为东西和人一样，一想起便头疼的总是关闭在心中好；过于直爽的人，我看，是不会作诗的。

关二大妈的那两间东屋没有隔断；一拉门便看见屋中的一切，那铺大炕是那么大，好像是无边无岸的，以至于使我想到有朝一日它会更大起来，而把一切的东西都吞并下去。这可也并不很难实现。因为屋中是那么简单；简直没有什么东西可以阻止大炕的野心的。

东西虽然不多，可是屋中，在夏天，非常匀热；窄长的院子的阳光与热气仿佛都灌到此处来。关二大妈在屋中老是光着脊背，露着两个极大而会颤动的乳。她的身上，与母亲的大不相同，简直的找不到筋骨，而处处都是肉，我最喜爱用手摸她的脊背，那么柔软，那么凉滑。因而我常劝告母亲也学着点关二大妈。把肉多往外长一长。母亲不说什么，只不像笑的那么笑一下。

关二大妈的可爱战胜了那两间屋子的可憎。我一天倒在那里玩耍半天。我嚷我闹，她都听不见；她总夸奖我老实安稳。有时候我张开大嘴去喊，故意的试试她讨厌我否，我失败了。她便顺手数数我的牙有多少，然后称赞我的牙个个都可爱。当她后来搬走了的时候，我在梦中都哭醒过好几次，口口声声的要二大妈。白天，我偷偷的跑到那空屋去，念念叨叨的："二大妈，给你菠菜，你包饺子吧！"我想象着她坐在炕沿上，向我点头，向我笑；可是我摸不到她的胖手了。急得无法，我便到院中拾一两朵落花，给她送去。因为她是极喜欢戴花的，不管什么不合体统的花。她总是有机会便往头上插的。落花送到炕沿上，没有那与笑意一同伸出来的手；关二大妈！我绕着墙根儿叫遍。没有任何动静！

有母亲，没父亲；有姑母，没姑父，有关二大妈，没关二大爷，合着我们院中的妇人都是寡妇。所以，我那时候以为这是理当如此的，而看那有父亲的小孩倒有点奇怪。用不着说，我久而久之也有点近乎女性的倾向，对于一切的事都要像妇女们那样细心的管理，安排。而且因此对于那不大会或不大爱管家事的妇女，不管她是怎样的有思想，怎样的有学问，我总是不大看得起的。自然，我决不会帮助谁去喊："妇女们回到厨房里去！"可是我知道，我也不会帮着谁去喊："妇女们，上戏馆子去！"

现在该说那两间破南屋了：有炕的那一间，是完全没有屋顶的。据说，当年我祖母的寿材就放在那里；自然那时候屋顶是还存在一些的。当我大姐姐十六岁的时候，有人来相看，而且留下一对戒指，她就藏在棺材后面蹲了一天，谁叫她，她也不肯应声，更不用说是出来了。到了晚间，她的眼泪大概已经洒完，而腹中怪空虚，才给了母亲个面子，回到北屋吃了两碗茶泡饭。有这段历史的屋子，后来，只剩了半截儿炕，炕上长着很足壮的青草。没有炕的那一间的屋顶还留着个大概，里面放着一块满是尘土的案子，案子上横七竖八的堆着一些无用的东西。当我的腿一会迈步的时候，我就想到这里去检阅一下，看看有没有好玩的物件。这间屋子破得既可怜，又可怕，我的怜悯与好奇凝成一股勇气，时时催促着我到里面看看。

那是在何年何月？可惜我已记不甚清了。我到底是钻进了那间可怕的屋子里去。按说，这个年月是绝不应该忘记的，因为这是值得大书而特书的——我在那里发现了些玩具。我是怎样的贫苦？不大容易说，我只能告诉你：我没有过任何的玩具！当母亲拆洗棉被的时候，我扯下一小块棉花；当家里偶尔吃顿白面的时候，我要求给我一点：揉好了的面，这就是我的玩艺儿。我能把那点棉花或面块翻来覆去的揉搓，捏成我以为形态很正确的小鸡小鱼，与各样的东西。直到我进到这间破屋里，我才有了真正的玩具：我得到十几个捏泥饽饽的模子，和几个染好颜色的羊拐子。也许是哥哥学徒去的时

（原载 1937 年 8 月 1 日《方舟》第 39 期）